as indecorosas
DAMAS DE LONDRES

A CONDESSA

SOPHIE JORDAN

as indecorosas
DAMAS DE LONDRES

A CONDESSA

Tradução de Natalie Gerhardt

Rocco

Título original
THE SCANDALOUS LADIES OF LONDON
The Countess

Este livro é uma obra de ficção. Nomes, personagens, lugares e incidentes são produtos da imaginação da autora, ou foram usados de forma fictícia, e não devem ser interpretados como reais. Qualquer semelhança com fatos reais, localidades, organizações ou pessoas, vivas ou não, é mera coincidência.

Copyright © 2023 *by* Sharie Kohler

Todos os direitos reservados.
Nenhuma parte desta obra pode ser reproduzida ou transmitida por meio eletrônico, mecânico, fotocópia ou sob qualquer outra forma sem a prévia autorização do editor.

Edição brasileira publicada mediante acordo com Avon, um selo da HarperCollins Publishers.

Direitos para a língua portuguesa reservados com exclusividade para o Brasil à
EDITORA ROCCO LTDA.
Rua Evaristo da Veiga, 65 – 11º andar
Passeio Corporate – Torre 1
20031-040 – Rio de Janeiro – RJ
Tel.: (21) 3525-2000 – Fax: (21) 3525-2001
rocco@rocco.com.br | www.rocco.com.br

Printed in Brazil/Impresso no Brasil

Preparação de originais
MÔNICA FIGUEIREDO

CIP-BRASIL. CATALOGAÇÃO NA PUBLICAÇÃO
SINDICATO NACIONAL DOS EDITORES DE LIVROS, RJ

J69c

Jordan, Sophie
    A condessa / Sophie Jordan ; tradução Natalie Gerhardt. - 1. ed. - Rio de Janeiro : Rocco, 2023.
    (As indecorosas damas de Londres ; 1)

    Tradução de: The countess
    ISBN 978-65-5532-362-7
    ISBN 978-65-5595-205-6 (recurso eletrônico)

    1. Ficção americana. I. Gerhardt, Natalie. II. Título. III. Série.

23-84574   CDD: 813
                   CDU: 82-3(73)

Gabriela Faray Ferreira Lopes - Bibliotecária - CRB-7/6643

O texto deste livro obedece às normas do novo Acordo Ortográfico da Língua Portuguesa

Para Katie Horton... meu refúgio da imensidão.
Que felicidade ter você na minha vida.

FUXICO LONDRINO

14 de abril de 1821

É oficial. Lady Cordelia Chatham foi apresentada à corte, e a Sociedade está em polvorosa! Ela é a imagem da beleza e do encanto. Decerto que seu pedigree impecável há de ser suficiente para compensar qualquer escassez de dote que possa acometer a filha de um conde conhecido por passar mais tempo do que o aceitável nas jogatinas. Caçadores de fortuna não precisam se candidatar, mas aqueles que desejam uma noiva nobre e bem relacionada não precisam procurar mais nada além dessa beleza deslumbrante, ainda que cara, para adornar o braço de qualquer cavalheiro com sorte o suficiente para ganhar seu coração. A bela da temporada chegou...

Capítulo 1

Uma dama raramente escolhe o marido, mas pode muito bem escolher as amigas. É de se estranhar que ela prefira a companhia das amigas?

— Gertrude, a condessa de Chatham

Grosvenor Square
Londres, Inglaterra

Gertrude largou o pasquim escandaloso com um suspiro baixo e satisfeito, totalmente ciente de que aquela deve ter sido a primeira vez que tocou naquele periódico sentindo algo além de desprezo no coração. Por mais que odiasse pasquins e todos os problemas que poderiam causar, *e causavam*, aquele artigo era, com certeza, deleitável. Nada daquela sujeira usual, por certo.

Coisas boas estavam acontecendo para Delia, e aquele era um bom sinal. Ela teria opções. Pretendentes entre os quais escolher. Um destino planejado por ela. Tudo que Tru havia prometido que a filha teria. Tudo estava indo de acordo com o planejado.

Ela pegou a xícara de chá.

— A senhora parece muito satisfeita — disse Hilda enquanto se movia pelo quarto, arrumando o aposento e pegando tudo de que Tru precisaria para se aprontar para o dia.

— Pois estou, mesmo.

— E tem a ver com o que leu ali? — Hilda, com ar de dúvida, usou a sapatilha que segurava para apontar para o jornal.

— Certamente. Delia recebeu um grande elogio no *Fuxico Londrino* hoje. — Chatham pode até ter recebido uma alfinetada sutil no processo, mas Delia não fora insultada de forma alguma. E era o que importava. Era *tudo* que importava.

— Ah. — A criada levantou as sobrancelhas. — É mesmo? — Hilda colocou o vestido que tinha acabado de passar na *chaise*. — Então lady Delia vai ficar feliz.

— Decerto que sim.

Tru assentiu com um sorriso que não demonstrava tanta certeza. Esperava que sim. Aquilo era um sinal de que coisas boas estavam por vir. Coisas que a filha era jovem e inexperiente demais para compreender, mas Tru compreendia.

Tru compreendia perfeitamente.

Hilda inclinou a cabeça com ar pensativo.

— O que acha, senhora? Pérolas? Ou talvez seja melhor o broche de safiras?

Tru olhou para o vestido amarelo e alegre que usaria naquele dia.

— Acho que safiras são mais apropriadas para a primavera.

Assentindo, a criada a ajudou a se vestir, apertando bem o espartilho.

— Não aperte tanto — instruiu Tru. Seus dias de cintura minúscula já haviam passado. Apreciava demais as panquecas inglesas da cozinheira para mantê-la. — Eu preciso respirar.

— Claro, senhora.

Tru analisou os cabelos desgrenhados pelo reflexo no espelho de corpo inteiro. Passara uma noite agitada, preocupando-se com a primeira temporada de Delia, e seu cabelo era testemunha. Hilda ficaria um bom tempo tentando domar as mechas embaraçadas em algo apresentável.

Suspirou. As pessoas sempre diziam que a vida era curta, mas era interminavelmente longa quando se sofria em um casamento infeliz. Os dias se arrastavam, sem pressa, como uma goteira lenta e suave pingando de um beiral.

Dias se transformavam em semanas, que se transformavam em meses e, depois, em anos, sem parar. Delia não passaria por aquilo.

Ainda assim, mesmo acalentando aquele pensamento feliz, Tru continuava a sentir uma preocupação incômoda. Uma desconfiança sombria que passava pela sua mente e que poderia ser considerada uma premonição, se ela acreditasse naquelas tolices, mas ela com certeza não acreditava.

Havia no mundo apenas a felicidade (ou a infelicidade) que alguém reivindicava na vida.

Ela se certificaria de que a filha tivesse todas as chances de reivindicar tal felicidade para si.

JASPER THORNE LEU e releu o jornal antes de apoiá-lo no peito. Ainda precisava levantar da cama. Viu a fumaça da xícara de café que seu criado pessoal deixara para ele em uma bandeja na mesinha de cabeceira, dando as boas-vindas ao dia. Ao longe, ouviu os outros criados se movimentando nas entranhas do edifício.

Os pasquins de fofoca não costumavam ser sua preferência, mas a vida tinha formas de mudar que surpreendiam até mesmo ele, e, de repente, ele se viu não apenas sendo servido por um criado pessoal, mas também lendo a coluna social dos jornais e os pasquins de fofoca como se fosse um cavalheiro de sangue azul que se importava com tais coisas. De que outra forma ele poderia aprender sobre o mundo no qual desejava se infiltrar?

A bela da temporada chegou...

— Lady Cordelia Chatham — murmurou ele, testando o nome em voz alta. *Lady Cordelia.*

Ela parecia ser exatamente o que procurava, ou *quem* procurava. Ele deu um peteleco no jornal, satisfeito. *Aqueles que desejam uma noiva nobre e bem relacionada não precisam procurar mais nada.* Realmente.

O CONDE DE Chatham se sentou na cama, apertando o jornal em suas mãos com uma expressão perplexa, e praguejou. Leu novamente, como se não acreditasse nos próprios olhos.

Lady Cordelia Chatham. Sua filha. Quantos anos tinha a menina? Começou a fazer as contas na cabeça. A menina... ia ser *apresentada à corte?*

Não se lembrava da última vez que a tinha visto. Certamente não pensava nela havia... Bem, talvez nunca. Não além do dia do seu nascimento, quando a parteira surgiu para informar que ele tinha uma filha. Uma menina. Uma menina inútil. Não um filho.

Olhou novamente para o jornal. Talvez não tão inútil assim.

Na cabeça dele, ela ainda usava tranças e passava o dia no quarto de brincar fazendo o que quer que meninas faziam. De alguma forma, ela havia passado dessa fase. Tinha crescido, e sua esposa tinha se esquecido de alertá-lo para esse fato. *É claro*. Gertie era uma vaca pudica que não fazia absolutamente nada para agradá-lo.

A mulher deitada ao seu lado despertou, mas não deu sinais de que deixaria o calor da cama. Com os olhos ainda fechados, ela puxou o lençol sobre a curva nua e atraente do quadril. Desde o instante em que se casara com Gertie, ela não passara de uma grande decepção, uma corda no pescoço, seu único grande arrependimento, mas não tinha como desfazer aquilo. Infelizmente, sua esposa era forte e saudável e provavelmente viveria mais do que ele. Estava preso a ela.

— Aquela idiota — murmurou.

O som da voz dele causou um sobressalto na parceira, que levantou a cabeça com um murmúrio e perguntou baixinho:

— O que houve?

— Nada que seja da sua conta. Volte a dormir — ordenou ele.

— Então que tal parar de falar?

Ele fulminou o lindo corpo encolhido ao seu lado com o olhar. Era uma garota petulante, mas tinha gasto uma quantia substancial de dinheiro e tempo para atraí-la e conquistá-la, então deixaria aquela impertinência passar. Aguentaria a petulância se significasse ter aquela boquinha sempre que quisesse e onde quisesse.

— É minha filha — resmungou ele.

Fatima abriu um dos olhos sonolentos.

— Filha? Não sabia que era pai.

— Parece que ela foi apresentada à corte e eu não estava lá.

— Como pode? — Fatima se apoiou no cotovelo, muito sedutora naquele estado sonolento, apertando os olhos e tentando enxergar o jornal na mão dele.

— Minha esposa se esqueceu de me avisar.

— Esposa? Não sabia que era casado.

— Claro que sou — sibilou ele.

— E vocês não moram juntos.

— Deus me livre.

Ele tinha se mudado para outra casa logo depois do casamento. Já fazia muito tempo.

— Então, como ela poderia avisar?

Ele fez cara feia ao ouvir o argumento.

— Você está do lado dela? A condessa de Chatham pode ser admirada pela *alta sociedade*, mas eu a conheço e sei que...

— Ah. A condessa de Chatham? Vi uma carta dela na escrivaninha no seu escritório. Uma caligrafia elegante. Foi o que pensei assim que vi o envelope.

— Uma carta? Quando chegou?

Ela encolheu o ombro encantador.

— Não me lembro. Semanas atrás.

— Semanas? Por que você não disse nada, sua idiota?

A expressão dela se anuviou.

— Não sou sua secretária. A escrivaninha é *sua*. Não tenho culpa se você prefere ignorá-la. A carta está lá, junto com o restante da correspondência que você tem negligenciado há um tempo.

Ele contraiu os lábios. Estava na escrivaninha dele. Fechada junto com inúmeras contas não pagas das melhores lojas de Londres. A loja de tecidos. O alfaiate. O clube. Eram todos irritantes. Incômodos impertinentes que se atreviam a pressioná-lo como se não levassem em conta que ele era um conde do reino.

Na verdade, ele provavelmente viu a carta e a ignorou. Uma carta da esposa seria considerada algo tão enfadonho quanto uma cobrança. Ele a teria deixado de lado e esquecido completamente, exatamente como tinha feito com ela.

Não importava.

Agora ele sabia e assumiria o controle.

A filha estava na idade de casar. De repente, passou a servir para alguma coisa. E ele pretendia tirar todas as vantagens possíveis disso.

A DUQUESA DE Dedham soltou um grito de triunfo diante do prato de ovos e peixe defumado e se levantou.

O criado que cochilava ao lado da porta da sala de jantar despertou com um sobressalto, piscando sem parar.

— Alguma coisa errada, vossa alteza?

Valencia apertou o jornal na mão e o sacudiu.

— Nada de errado! Na verdade, está tudo muito bem.

Pelo menos para a querida Delia. Ela acabara de virar a atração da temporada. Tru devia estar nas nuvens. Navegar com a doce filha pelas águas agitadas do Mercado Casamenteiro tinha acabado de se tornar uma perspectiva menos desafiadora.

Ainda sorrindo, Valencia se sentou novamente à mesa. Então, o sorriso foi embora. Olhou ao seu redor para as cadeiras vazias e soltou um suspiro. Era uma visão solitária. Como todas as manhãs. Tinha imaginado que o marido e os filhos ocupariam aqueles lugares agora. Só que não havia filhos, e o marido não era mais o homem com quem tinha casado. Imaginara muitas coisas grandiosas ao se casar com Dedham.

O que não imaginara, porém, eram essas manhãs que passaria na mais completa solidão. Mas ali estava ela. Aquela era a sua vida. A vida que lhe cabia. Não fosse pelas amigas, estaria no mais profundo sofrimento.

Pelo menos Delia teria a chance de ter algo diferente. Algo melhor.

— **O QUE** a deixou tão absorta, mulher?

A marquesa de Sutton tirou os olhos do jornal que estava lendo, acomodada na poltrona favorita diante da lareira.

O marido estava de pé, perto da porta, apoiado pesadamente na bengala cravejada de pedras e encimada por um globo de ouro. Hazel, como ele disse, estava deveras absorta. Não havia outro motivo para não o ter ouvido enquanto ele atravessava os cômodos em direção à sala de visitas. O som da bengala sempre a alertava com antecedência.

— Ah, o *Fuxico Londrino* está cheio de histórias deleitáveis esta manhã.

— Desde que não sejam sobre nós... Já passamos tempo o suficiente nessas páginas.

O marquês estava certo quanto àquilo. Felizmente, as coisas tinham se acalmado. Estava tudo em paz. O nome dela já não era mais mencionado em escândalos havia um tempo. Era como se a sociedade tivesse aceitado a presença de Hazel.

— Não, a história é sobre lady Cordelia, a filha de Chatham. Parece que ela é a nova queridinha da temporada.

— É mesmo? Bem, a mãe sempre foi uma mulher bonita.

— Verdade. Tru é muito bonita.

O marido adentrou o aposento e afundou em uma poltrona perto da lareira com um gemido baixo enquanto as articulações estalavam. Eram casados havia cinco anos, e a mobilidade dele tinha diminuído bastante durante esse período. Desconfiava que ele logo fosse ficar totalmente imobilizado e preso a uma cama. Isso que dava ter se casado com um homem no crepúsculo da vida.

Com boa sorte e estratégia, além da orientação cuidadosa da mãe, aquele não seria o destino de lady Cordelia. A condessa de Chatham era sábia. Faria o melhor pela filha e cuidaria para que fizesse um bom casamento. Talvez até mesmo um casamento por amor.

E sem precisar viver uma existência presa a um velho. Jamais.

Aquele destino cabia só a Hazel.

LADY CORDELIA ATIROU o jornal longe.

— Algo de errado, milady?

— Aquele... aquele pasquim dos infernos!

A criada ficou observando até o jornal cair todo embolado no chão.

— Achei que ficaria feliz.

— Feliz? *Feliz?* — Ela se deu conta de que estava quase gritando, mas não conseguia evitar.

— Sua mãe está feliz.

— Mamãe? — Delia fez uma careta. — Como você sabe?

Stella deu um sorriso enigmático.

— Os criados sabem de tudo.

Delia assentiu, distraída. Sim. É claro. A mãe tinha incutido aquela verdade nela... Junto com incontáveis outros dogmas. *Sempre pense antes de falar.* Os criados podem desaparecer dos lugares, mas sempre estão presentes. Observando. Ouvindo.

— Uma presa — resmungou ela. — Fui reduzida a uma mera presa.

Stella arregalou os olhos.

— Milady preferia não ter sido mencionada? Ou pior, preferia que apontassem algo de negativo?

— Por favor, não tente argumentar comigo, Stella. Estou chateada e quero continuar assim.

A criada assentiu, de bom humor, e se abaixou para pegar o jornal que Delia jogara no chão.

— E por quanto tempo planeja continuar... hum... chateada?

— Não sei. — Delia gemeu e se deitou na cama, fulminando o dossel com ar de reprovação.

— Pelo restante do dia? — perguntou Stella com voz gentil.

— Talvez. — Delia pegou um travesseiro e o abraçou. — Bem, pelo menos por uns vinte minutos.

— Então, aproveite seus vinte minutos, milady. — Stella deu tapinhas no braço da jovem com um risinho. — Vá tomando coragem, pois tenho certeza de que vai receber muitas visitas depois desse sucesso retumbante. — Ela sacudiu o jornal para dar uma olhada. — Talvez você queira descansar para ficar com uma aparência animada.

O tecido branco do dossel parecia dançar sobre Delia, deixando-a tonta.

— Para que eu possa mostrar a todos como sou linda e charmosa — resmungou ela.

— Exatamente — concordou Stella.

— E se eu não conseguir?

— Não conseguir... o quê?

— O que vai acontecer se... — Ela fez uma pausa para umedecer os lábios. — E o que acontece se eu não conseguir ser linda e charmosa? Quando eles todos descobrirem que eu sou apenas uma garota e que não sou tão especial assim?

Nem um pouco especial? O que aconteceria?

O que aconteceria quando descobrissem que ela era uma fraude?

Capítulo 2

Que destino estranho que uma dama só seja valorizada pela aparência e pela capacidade de gerar herdeiros — duas qualidades que estão bem além do seu controle.

— Gertrude, a condessa de Chatham

Era uma ocasião rara quando o marido da condessa aparecia para uma visita. Tru foi alertada imediatamente da presença dele quando a sra. Fitzgibbon a interpelou ainda na porta, assim que chegou em casa. Sentiu um frio na barriga, compreendendo imediatamente a implicação da expressão tensa no rosto da criada que entrava, a saia engomada farfalhando. Só havia um motivo para um semblante tão sombrio. Ela nem precisava dizer as palavras. Tru sabia.

O conde está aqui.

Ela umedeceu os lábios e engoliu em seco.

— Quando ele chegou, sra. Fitzgibbon?

— Há cerca de uma hora, milady — respondeu a criada, enquanto desamarrava o laço da capa de Tru com eficiência, tirando-a de seus ombros.

Chatham não devia estar nada feliz com tamanha espera. Não havia nada de extraordinário naquilo, contudo. Não conseguia se lembrar de nenhuma ocasião em que o conde estivesse feliz. Pelo menos não em sua companhia.

A sra. Fitzgibbon fez um gesto ansioso para que uma criada viesse pegar as encomendas que o lacaio carregava atrás de Tru e suas acompanhantes.

— Não se preocupe — disse a sra. Fitzgibbon, nitidamente preocupada com a expressão de terror no rosto da patroa. — Eu servi comida e aquele conhaque francês de que ele tanto gosta. Ele está satisfeito.

— Eu agradeço, sra. Fitzgibbon. — Tru soltou um suspiro aliviado, mesmo sem acreditar em suas palavras.

O marido satisfeito? Aquilo parecia impossível. Ele sempre tinha alguma coisa da qual reclamar. A comida, a bebida, a temperatura do aposento, a companhia, ou seja, *ela*, sempre poderiam melhorar. Principalmente ela. Nada jamais era bom o suficiente para o homem.

Em todos os anos de casamento, Tru duvidava que tivesse passado um mês ininterrupto na companhia do marido. Pensava nele sempre como "o conde" ou "Chatham" (ele nunca permitira que ela o chamasse por qualquer outro nome), e só estivera na presença dela por tempo suficiente para gerar os dois filhos.

Para procriar, ela aprendeu, não era preciso passar muito tempo juntos. Na verdade, Tru logo soube que bastavam alguns instantes. Não fosse pela chegada dos bebês alguns meses depois, mal saberia que Chatham estivera no quarto, na *cama*, dela.

— Ele está aguardando na sala de estar.

A sra. Fitzgibbon apontou para as portas duplas. Estavam fechadas, mas Tru o imaginou do outro lado, comendo e bebendo o que a governanta servira com tanta generosidade.

Tru o vira duas semanas antes, no baile de Marsten. Foi um vislumbre rápido enquanto ele seguia para o salão de jogos, onde os cavalheiros fumavam charutos, jogavam carteado e apostavam. Ele obviamente não a cumprimentara. O salão de jogos era o destino dele. Cordelia e ela não eram o motivo de sua presença. Estava ali por interesse próprio.

Ela tirou as luvas e as entregou para a sra. Fitzgibbon.

— Melhor não o fazer esperar mais.

Ela se virou para suas acompanhantes do dia, que observavam tudo de olhos arregalados. Rosalind e Valencia sabiam muito bem que a visita do conde era um evento bastante singular.

— Queiram me perdoar, mas terei de retirar o convite para um refresco.

Elas haviam passado a tarde fazendo compras, e Tru sugerira que fossem à casa dela para tomarem um chá.

— Podemos ficar com você — sugeriu Valencia, os olhos escuros demonstrando preocupação.

— Sim, podemos acompanhá-la. — Rosalind assentiu enfaticamente. — Eu ficaria feliz de ver meu cunhado.

Tru fez uma careta ao imaginar a cena.

A irmã nunca fingira gostar de Chatham, e o sentimento era recíproco, com certeza. Sempre que se encontravam, a conversa rapidamente se transformava em troca de farpas e insultos velados. Aquilo não ajudava em nada, só tornava Chatham uma pessoa ainda mais difícil de lidar, e lidar com o marido indiferente nunca tinha sido o forte de Tru.

— Melhor não, Ros. Vá para casa. Conto tudo amanhã.

— Tem certeza? — Valencia ainda não parecia convencida. A desconfiança dela era compreensível. Ela sabia muitas coisas sobre maridos libertinos.

— Agradeço a preocupação, mas tenho certeza.

A irmã e a amiga lhe deram um beijo no rosto.

— Até amanhã, então.

Ela concordou com um murmúrio, mas já tinha seguido para a sala, pensando no homem que a aguardava do outro lado das portas.

Tru fez um aceno impassível, e um lacaio próximo lhe abriu as portas. Ela entrou. O som da porta se fechando atrás dela ressoou como um sino.

Encontrou o marido exatamente como esperava: sem as botas, os pés com meias apoiados em um banco, comendo e bebendo tudo que lhe fora servido. A sra. Fitzgibbon lhe trouxera um verdadeiro banquete.

Mesmo que não fosse uma visita frequente, ele era o conde de Chatham, e os criados da cozinha conheciam todas as suas preferências. Sabiam muito bem que era melhor agradá-lo. Ele podia até não morar no endereço de Grovesnor Square, mas era o lorde e o patrão. Era ele quem controlava o sustento deles. Era lamentável, mas era verdade... e nunca era esquecido.

Tru se casara aos dezoito anos, e na época não se sentia tão jovem. Não quando todas as suas amigas também estavam se casando. Era o que tinham de fazer, o que *era feito*. Pensando em quem era na época, sabia que fora completamente pueril em suas esperanças ingênuas e expectativas irreais.

Acreditara estar vivendo um conto de fadas, e Chatham era o príncipe da história. Foi um erro fácil para uma jovem cometer, um erro pelo qual ela ainda pagava. Alguns erros eram assim... tinham consequências que nunca paravam de machucar.

Apenas seis anos mais velho, Chatham era muito bonito na época, o partido mais cobiçado da temporada, com a beleza e o ar de menino. Ela era invejada pelas amigas. Não que ele fosse feio agora. Até que era atraente para um homem da sua idade, mesmo que o cabelo antes farto tivesse se esvaído. Mechas castanhas e ralas se espalhavam no alto da cabeça. A barriga estava um pouco saliente e pelo visto ele tinha intenção de fazer jus a ela, pela voracidade com que consumia a bandeja de cordeiro.

Gostaria de poder voltar no tempo e avisar a si mesma para não se deixar levar pela aparência e pelo charme superficial dele. Gostaria de ter conhecido primeiro como ele era por dentro antes de fazer os votos inquebrantáveis do casamento. Gostaria de ter resistido à insistência dos pais para aceitar o pedido dele.

Gostaria de...

Gostaria de muitas coisas, mas não permitia que o arrependimento a consumisse. Aquilo não serviria para nada. Se o passado pudesse ser reescrito, ela não teria Delia e Charles.

— Chatham — cumprimentou ela, pois ele ainda não tinha notado sua presença.

Ele levantou o olhar, ainda mastigando, e a encarou com toda a sua indolência.

— Olá, esposa. Que gentil da sua parte finalmente se juntar a mim.

— Eu não sabia que faria uma visita hoje, ou estaria aqui para recebê-lo.

Ele ignorou a desculpa.

— Saiu para fazer compras?

— Sim, na Bond Street.

O conde largou um osso, já sem nenhuma carne.

— Você sempre teve talento para gastar o meu dinheiro.

Meu dinheiro.

A ousadia do homem. Tudo que existia dentro dela se incendiou diante da injustiça do comentário. Respirou tentando resistir às respostas acaloradas que lhe queimavam a língua. Era naqueles momentos que ela mal conseguia reconhecer nele o homem que conhecera e com quem se casara.

Chatham não tinha um tostão furado no bolso quando se casara com Tru. Era um pobretão em busca de uma herdeira, e ela fora exatamente aquilo. Uma herdeira que se destacou na da temporada, cortejada por Chatham e muitos outros.

Tru fora a resposta para as orações de Chatham. Presumindo que ele rezasse, o que era bastante improvável. O marido não fazia o gênero devoto. Ele rezava no altar de mulheres livres, nos inferninhos de jogatina e, o atual favorito, nas apostas em corrida de cavalo em Tattersalls.

Ainda assim, tinha algo a oferecer. Algo que fez os pais dela ignorarem a falta de dinheiro. Ele tinha um título antigo e venerável e duas casas: uma na cidade e um mausoléu antigo com um terreno extenso em Lake District com ossos que estalavam mais alto do que os do rei Jorge no inverno. Ambas as casas estavam caindo aos pedaços em volta dele, mas, ainda assim, eram bens impressionantes e valiosos que bastaram para encantar os pais dela. E foi dessa forma que ela se tornou a condessa de Chatham.

Por anos, eles viveram do seu generoso dote de casamento. Quando o dinheiro acabou, Chatham recorreu aos pais dela para obter mais. A mãe de Tru nunca a deixava esquecer o fato, nunca. Não que aquilo a tivesse impedido de dar o dinheiro à filha. As aparências importavam. Eram tudo para a mãe, que não aceitaria que Tru, a condessa de Chatham, andasse como uma pobre coitada.

A acusação dele de que era *ela* quem gastava o dinheiro de Chatham a enojava, considerando que os pais dela os sustentavam e era *ele* quem mais gastava.

Chatham só comprava as coisas mais finas para si. Depois do casamento, reformou a mansão na zona rural e comprou uma terceira casa para morar, longe dela e dos filhos. Uma casa elegante em Gresham Square na qual se sentia totalmente à vontade para se distrair e levar a amante que bem quisesse para aquecer a cama.

Ele não sabia nada sobre restrição. Por isso, mantinha várias casas, vestia-se na última moda, gastava uma quantidade imensa de tempo e dinheiro em casas de jogos, esbanjava com viagens caras (e com mulheres caras), enquanto ela vivia uma vida discreta com os filhos e sem grandes gastos.

— A que devemos a honra da sua visita?

— Ah, sim. — Ele pegou um pedaço de queijo e deu uma enorme mordida. — A nossa filha.

Tru ficou tensa. Nunca, em dezoito anos, ele tinha feito pergunta alguma a respeito da filha. Não era um assunto que discutiam. Ele não se interessara pela criação dela. Era Tru quem tomava todas as decisões em relação a Cordelia, e ela sentiu uma fisgada de medo diante daquele interesse repentino.

— O que tem ela?

— Ela tem dezoito anos agora.

— Estou ciente. — O tom dela era cortante, mas ele pareceu não notar.

O conde mergulhou outra costela na geleia de hortelã.

— Está na hora de ela se casar.

Respire.

Então esse era o motivo da visita.

Sabia que esse dia chegaria. Era inevitável. É claro que ele se interessaria pelas perspectivas de casamento da filha. Delia tinha se tornado a queridinha da temporada. Especialmente depois da coluna do *Fuxico Londrino* da semana anterior. O conde deve ter ouvido que ela estava bem cotada, e decidiu fazer algo a respeito.

Tru vinha orientando Delia sobre a sociedade com prudência, sempre empenhada em mostrar à filha que ela tinha escolha, que não precisava se apressar para se casar, que poderia, e *deveria*, dedicar um tempo antes de escolher e conhecer bem o futuro marido. Tru não queria que Delia repetisse os mesmos erros que ela. Não permitiria que a filha fosse pressionada do jeito que Tru fora quando tinha apenas dezoito anos.

— Delia tem a honra de ter muitas possibilidades — disse ela com cuidado. — É motivo de muito orgulho para você. Tenho certeza de que, na hora certa, ela vai fazer uma boa escolha que o deixará muito satisfeito.

— Ah, mas eu já estou muito satisfeito e pronto para colher os lucros. — Ele terminou de chupar o osso da costela, enfiando-o todo na boca, e depois o atirou na pilha que se acumulava no prato. — Eu já escolhi para ela.

Abateu-se um longo silêncio no qual as palavras do marido ficaram ecoando em sua mente. *Eu já escolhi para ela.*

As palavras ressoavam como os sinos da morte: cada palavra com um clangor longo e vibrante dentro dela. Tru foi tomada por um enjoo.

Ele continuou:

— Tenho um ótimo partido para ela que será de grande benefício. Desde que nossa filha o agrade, é claro.

Uma corda invisível parecia apertar o pescoço de Tru. As palavras lançaram um refluxo amargo de medo em sua boca. Apesar do gosto terrível, ela engoliu enquanto lutava para manter a compostura. Sabia que era melhor não demonstrar medo. Medo era vulnerabilidade. Os animais atacavam os vulneráveis, e sim, quanto a isso, quando se tratava do marido, a analogia servia como uma luva.

Logo que se casara, fora ingênua o suficiente para achar que ele talvez se importasse com os sentimentos dela. Ela abrira o coração para ele, revelando todas as suas vulnerabilidades.

Mas ele não se importava.

Ela avançou mais em direção a ele, as saias farfalhando no ar. Sentou-se diante do marido, mantendo a postura, e perguntou:

— O que disse?

Tru tinha a exata noção do que ele acabara de dizer, mas não conseguia se obrigar a repetir, como se fazer isso fosse transformar suas desconfianças em realidade.

Ele parou de mastigar e a fulminou com o olhar.

— Você começou a perder a audição por causa da idade avançada?

O sorriso congelou no rosto, mas ela não mordeu a isca. Idade avançada, pois sim. Ela era muito mais jovem que Chatham, mas ele a tratava como se ela já estivesse com o pé na cova. Ela achava que aquilo fazia sentido para ele, que preferia mulheres bem jovens. Os parâmetros dele eram nem um dia após os trinta.

— Escolhi um marido para Cordelia — repetiu ele, bastante exasperado e claramente irritado com a suposta burrice da esposa.

Suas desconfianças se confirmaram, então. Ela respirou fundo.

Era tão inconcebível, mas nada surpreendente. O marido mal tinha visto a filha ao longo dos anos, mas agora encontrara um marido para ela.

— Um marido — murmurou ela. — Como assim?

Ele estreitou o olhar para a esposa.

— O que você acha, Gertie? Que inferno, mulher! Você sempre foi tão burra assim?

Ela se encolheu. Não por causa do tom agressivo, embora o marido realmente estivesse exaltado. Não, era por causa do nome que odiava. *Gertie*.

O conde era a única pessoa que a chamava assim, e ela desprezava o apelido. Ela o corrigira educadamente logo que ele começara a lhe fazer a corte, mas ele continuara usando o apelido e ela se convencera de que poderia passar a gostar, que ela *deveria*... que era carinhoso. Depois do casamento, logo aceitou que odiava. Sempre odiara. Aceitara aquela verdade junto com tantas outras em relação ao novo marido.

— Delia tem a honra de ter muitas possibilidades — repetiu ela. — É cedo demais para ela restringir suas escolhas ainda no início da temporada.

— Sou eu que digo quando é a hora de restringir as escolhas.

Uma criada entrou na sala bem naquele momento, carregando uma bandeja de aperitivos. Abigail sorriu e assentiu para Tru ao passar, e parou diante do conde. Fez uma rápida reverência e ofereceu a bandeja.

— Milorde.

— Ah. — Ele se empertigou e se inclinou para a moça, a mão pairando sobre a bandeja. — Parecem deliciosos. — Mesmo enquanto dizia as palavras, seu olhar passeava pela jovem criada, principalmente pelas curvas generosas do corpo dela, escondidas sob o avental.

Tru soltou um suspiro pesado, esperando que o som o fizesse retroceder. Mas obviamente não adiantou. Ele não tinha vergonha na cara.

A criada também percebeu a atenção, e o rosto corou enquanto aguardava, os braços trêmulos segurando a bandeja estendida para ele.

Chatham escolheu um canapé de pato com um fio de mel e o enfiou na boca.

— Hum... Delicioso. Sua cozinheira é maravilhosa. Eu realmente deveria frequentar mais esta casa se esse é o tipo de comida que costuma ser servida.

Tru sentiu o estômago embrulhar. *Meu Deus. Não.*

Talvez recebê-lo com comida de primeira qualidade servida por garotas bonitas não tivesse sido a melhor decisão. Não se isso o fizesse continuar vindo.

— Pode deixar a bandeja, Abigail. Obrigada — disse Tru, dispensando a criada.

A garota abriu espaço na mesa e colocou a bandeja diante de Chatham. Com um olhar de alívio para Tru, saiu apressada.

Chatham observou a saída com um olhar de deleite, inclinando a cabeça para ter um melhor ângulo.

— Não me lembro dela. É uma criada nova?

Tru ignorou deliberadamente a pergunta, nem um pouco interessada em alimentar o gosto inadequado do marido por jovens mulheres da criadagem. Até aquele momento, tinha conseguido proteger as mulheres da sua casa dos... apetites dele. Esperava manter as coisas assim.

Umedecendo os lábios, ela flexionou os dedos, apertando os joelhos.

— Será que pode me dizer o nome do cavalheiro que escolheu?

Foi com muita dificuldade que conseguiu fazer aquela pergunta. Havia uma aceitação inerente nela... e a última coisa que sentia era aceitação. Mas sabia bem como lidar com o marido. Uma oposição direta nunca era o caminho. Precisava ser mais habilidosa. A sutileza e o planejamento eram necessários.

Ele voltou a olhar para ela, piscando como se estivesse confuso. A criada bonita e os canapés frescos o haviam distraído. Ele já havia se esquecido sobre o que estavam conversando.

— O nome desse homem que... escolheu? — insistiu ela.

— Ah, sim. O nome dele é Jasper Thorne.

Ela tentou se lembrar do nome.

— Não conheço esse cavalheiro.

Ela achava que sabia o nome de todos os solteiros da cidade, afinal, a filha estava em idade de se casar. Que tipo de mãe seria se não soubesse?

— Você não o conhece. Ele não frequenta os mesmos círculos que nós.

— Então, por que você o recomendaria?

Se aquele tal de Thorne não fazia parte da mesma classe social, por que seria um candidato adequado na mente do conde?

O marido era extremamente consciente de sua posição na hierarquia da alta sociedade, de seu lugar na alta nobreza. Na verdade, não perdia tempo com ninguém que não impulsionasse suas ambições sociais e o servisse de alguma forma.

Ela arriscaria até supor que Jasper Thorne fosse alguém que poderia fazê-lo avançar socialmente. Não podia haver outra explicação. O homem ou era rico ou era o próximo rei da Inglaterra.

Diante do silêncio de Chatham, ela continuou:

— O jovem lorde Ruthford está enamorado de Delia, e eles se conhecem desde pequenos.

O marido fez uma careta.

— Ruthford? Aquele lordezinho não tem nada a ver com o que tenho em mente.

— Não há nenhum traço de maldade no corpo daquele jovem, ele sempre gostou muito de Delia.

Havia um grande conforto naquilo. Tru sabia que ele nunca a maltrataria. Estava nos olhos bondosos que se suavizavam quando olhavam para Delia. Ele a venerava e seria grato de poder chamá-la de esposa.

O marido negou com a cabeça.

— A família Ruthford tem uma fortuna moderada. Podemos nos sair muito melhor do que isso. Thorne é um homem de imensa fortuna. O suficiente para virar o jogo. — Os olhos de Chatham brilharam como quando tinham admirado a jovem Abigail.

— Delia se sentiria bem confortável como a futura viscondessa de Ruthford...

— O conforto de Delia não é relevante.

Claro que não. Ela só era uma filha. Uma mulher. Pouco melhor do que um imóvel. Não importava a classe, não importava a posição, as mulheres eram peões a serem movidos no tabuleiro da vida. Os jogadores, como sempre, eram os homens.

Chatham continuou:

— Eu só tenho uma filha, graças a você, e tenho a intenção de ganhar o máximo que puder com ela. Com apenas um filho, que escolha eu tenho?

Tru ignorou a alfinetada. Ela bem sabia que ele a culpava por não considerar a prole grande o suficiente.

— Por favor, Chatham. Eu ainda nem conheço esse tal de Thorne. Mais importante ainda: Delia também não.

O conde deu de ombros.

— Uma questão que logo será retificada.

Ela tentou desesperadamente pensar em algo para dizer que talvez pudesse afetar Chatham e fazê-lo mudar de ideia.

— Eu tinha certeza de que você gostaria que Delia se casasse com alguém com título de nobreza.

Ele deu de ombros mais uma vez.

— Um título não significa absolutamente nada se um homem não tem meios de sustentá-lo.

Tru sabia que ele tinha aprendido aquilo bem cedo. Foi o que o levara a se casar com ela... o dinheiro. E agora o interesse o levava àquilo, a escolher um pretendente para a filha com base não no pedigree, no caráter ou no amor, mas apenas no bolso.

Ela ficou olhando enquanto ele continuava comendo, sentindo o desamparo crescer.

— Ruthford tem como sustentá-la com conforto. Ele não é perdulário. Não gasta tempo nos jogos nem com mulheres. É um rapaz muito sensato. — *Diferente de você*, pensou.

O olhar dele endureceu como se tivesse ouvido o pensamento.

— Melhor se esquecer de Ruthford. Ele não é bom o suficiente.

Não é bom o suficiente para Chatham. Porque ele não pode, ou não vai querer, sustentar o sogro além da mulher. Com certeza, não. Os pais de Ruthford não permitiriam tal coisa.

— E esse sr. Thorne é?

— Não se preocupe. Você logo vai conhecê-lo. Já tomei todas as providências.

Logo? Quando? Ela ficou olhando para ele, cheia de expectativa, aguardando com um aperto no peito. Ele continuou comendo sem se preocupar, fazendo-a perguntar:

— Providências?

— O baile de Lindley é amanhã à noite. Ele estará lá. Eu mesmo me certifiquei de que ele recebesse um convite. Espero que Cordelia seja afável. Certifique-se de ensinar o que é esperado dela. Ela deve ser o mais agradável possível com ele, pois não será a única jovem lá com intenções de conquistá-lo. — Ele franziu o cenho em contemplação silenciosa ao dizer aquilo. — Você acha que é capaz de lidar com esta questão de forma satisfatória, mulher?

Ele claramente tinha dúvidas. Ela também.

A mente estava um turbilhão. É claro que elas tinham planejado ir àquele baile. Nunca tinham perdido nenhum dos eventos de lady Lindley.

Agora o conde olhava para ela cheio de expectativa, esperando a resposta.

— Ela será educada — prometeu Tru, porque nenhuma outra resposta seria aceitável. — Vou me certificar disso.

Não que precisasse fazer nada de especial para cumprir tal promessa. Delia era uma moça de boas maneiras. Uma alma gentil. Quase boa demais para aquele mundo, e era o que preocupava Tru quando pensava em como o mundo podia ser ruim com pessoas bondosas.

Debutantes poderiam ser criaturas brutais, e Delia tinha um alvo pintado nas costas como uma das debutantes mais belas da temporada.

— Espero que ela seja *mais* que educada. — O olhar do conde se fixou em Tru novamente, e havia ameaça suficiente brilhando ali. — Certifique-se disso, mulher. Talvez seja melhor pedir para outra pessoa orientá-la, já que essa não é sua melhor qualidade. Posso recomendar algumas damas. Sua amiga, a duquesa de Dedham... ah... — Ele estalou os dedos. — Ou a deleitável marquesa de Sutton. — Uma expressão distante e lasciva tomou o rosto dele, enquanto ele claramente imaginava Hazel, provavelmente sem as roupas. — Ah, *aquela* sim é uma mulher que sabe usar seus atributos de forma eficaz. Eu me arrependo de não ter aproveitado quando tive a chance de possuí-la.

Ele era um porco.

Tudo que Tru podia fazer era permanecer sentada, sentindo-se pequena, indefesa e cheia de um ódio impotente conforme o marido falava sobre os charmes de outra mulher, uma de suas amigas, ainda por cima.

De todo modo, mesmo enquanto permanecia imóvel, uma determinação forte queimava no fundo do seu estômago. Sua filha teria algo melhor do que aquilo. O marido não ganharia.

Tru talvez estivesse para sempre ali, uma prisioneira das vontades do marido, sujeita aos seus caprichos, mas não permitiria que Delia fosse sentenciada ao mesmo destino.

Ela lutaria. Lutaria por Delia. Lutaria pela filha como jamais lutara por si mesma.

Talvez, pela primeira vez na vida, Tru entraria em uma luta, e ela com certeza sairia vencedora.

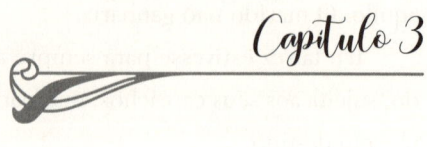

> *Sessões espíritas são muito banais e vulgares, cheias de fraudes deploráveis e charlatões. Mal posso esperar para ir a uma.*
> — A honorável lady Rosalind Shawley

Pelo visto, não conseguiria ficar sozinha.

Valencia e Rosalind ignoraram as instruções para ir embora. Tru as encontrou no quarto dela, um par de gatinhas prontas para atacar no instante em que ela entrasse.

Suspirando, ela encostou-se à porta, agradecida pelo forte apoio depois do encontro com Chatham, mas não necessariamente querendo encarar Rosalind nem Valencia. Preferia socar o próprio travesseiro a sós. É claro que não poderia fazer aquilo diante delas.

Nunca perdia a compostura e muito menos a calma. Não importava que aquelas mulheres fossem suas amigas. Ela era a mais velha do grupo. A que sempre mantinha a calma e fazia com que permanecessem unidas. A fachada não poderia desmoronar, nem mesmo rachar.

Soltou o ar e percebeu que a respiração estava ofegante.

Tru não costumava valorizar o fato de o marido a deixar sozinha até ele lhe fazer uma visita. E a visita daquele dia talvez tenha sido a pior e a mais odiosa, mesmo com tantos momentos odiosos no decorrer daquele casamento.

Logo depois de ter feito os votos, lançando-os no ar, Tru percebera que tinha cometido um grave erro. Eles moraram juntos no início. Chatham ainda não tinha comprado a nova casa. O alívio veio depois. Desse modo, o primeiro ano como marido e mulher fora repleto de momentos odiosos *e* insuportáveis.

Mas o que tinha acabado de acontecer? Aquilo era completamente diferente, uma vez que envolvia Delia. Aquilo atingia um novo nível de horror.

Devia saber que chegaria o dia em que ele faria uma coisa daquelas, em que usaria a própria filha como uma moeda de troca. Na verdade, *sabia*, só tinha evitado o pensamento enquanto se dedicava a ajudar Delia a encontrar o próprio caminho na sociedade, rezando fervorosamente para que ela conseguisse um pretendente de sua escolha antes que o conde soubesse que a filha tinha sido apresentada à sociedade e que estava conquistando corações com tanta facilidade.

Parece que elas não foram rápidas o suficiente.

Rosalind se levantou da cama com a mesma energia que sempre demonstrava, desde pequena. Ninguém olharia para ela e imaginaria que era uma solteirona de trinta anos. Ela mantinha a aparência jovem. Linda, animada e bem satisfeita de continuar morando com os pais.

— Aquele infeliz ainda está aqui?

— Não. Já foi. — Ele nunca ficava por muito tempo, preferindo estar em qualquer lugar que não fosse na companhia dela, e Tru era grata por isso.

— Já foi tarde. — Rosalind assentiu. — O que ele disse? O que ele queria?

O que ele queria? Rosalind conhecia o conde bem o suficiente para saber que sempre havia um motivo para ele aparecer. E sua única motivação eram as próprias necessidades.

Ultimamente, o único motivo das visitas dele era Charles. Ele nunca tinha feito o menor esforço para ver a própria filha. Quando Charles voltava de férias da faculdade, Chatham aparecia para visitá-lo. O conde tinha interesse no filho, afinal, era seu herdeiro.

Tinha sido difícil explicar a falta de interesse de Chatham para uma garotinha que só percebia a preferência do pai pelo filho. Tru bem que se esforçara até que, por fim, deixou de ser necessário. Delia atingiu uma idade em que começou a ser capaz de tirar as próprias conclusões sobre o tipo de homem que o pai era. Mais cedo ou mais tarde, a realidade, assim como a verdade, simplesmente aparecia.

Como resultado, Delia não tinha nenhum sentimento carinhoso em relação ao seu genitor, e Charles já seguia no mesmo caminho aos dezesseis anos. Não importava que o pai *o* visitasse. Ele observava a total falta de interesse do conde na mãe e na irmã, e aquilo deixara uma impressão duradoura nele, um rapaz doce e leal. Os dois filhos eram bondosos e gentis, não parecendo em nada com o pai.

Era responsabilidade de Tru protegê-los. Mesmo que aquilo significasse protegê-los do próprio pai. Estava, mais do que nunca, determinada a fazer aquilo.

Tru respirou fundo para se preparar e disse da forma mais casual e natural que conseguiu:

— Ele veio aqui me informar que encontrou um marido para Delia.

Aquela era sua natureza, ou como tinha aprendido a ser, como o mundo a moldara. Nunca revelava o turbilhão que se passava dentro do coração, nem as decepções que sentia. De que adiantaria? A história da sua vida já estava escrita e não tinha como mudar. Ela se apresentava apenas como uma pessoa controlada e austera. Uma mulher de compostura inabalável.

— Ele encontrou um marido para ela? — Rosalind colocou a mão na cintura e parecia pronta para sair do quarto e ir atrás de Chatham.

Aquilo bem que era possível quando se tratava de Rosalind. A irmã era destemida, tão diferente da condessa como água do vinho. Ela aguentara firme a pressão dos pais, recusando todas as propostas que recebeu no decorrer dos anos, e aquilo exigia coragem... e teimosia.

— A audácia desse homem! — exclamou Rosalind.

— E quem ele escolheu para Delia? — perguntou Valencia, sempre pragmática.

Claro que ela entenderia, pois também se casara na primeira temporada, obedecendo a ordem do pai. Na verdade, da família, dos amigos... de toda a sociedade. As coisas eram assim.

Valencia, assim como Tru, sabia tudo sobre a pressão que as jovens damas enfrentavam... Expectativas que, de alguma forma, Rosalind conseguira ignorar. Ao que tudo indicava, Ros podia se dar àquele luxo. Era a mais nova. O irmão e as irmãs já tinham se casado. Ela tinha autorização para se rebelar sem enfrentar reprimendas, e Tru ficava feliz por ela. De verdade. Não havia ressentimentos.

— Um tal de sr. Thorne. — Tru meneou a cabeça e soltou outro suspiro. — Vocês já ouviram falar dele? De acordo com Chatham, ele é tão rico quanto o rei Creso, mas nunca ouvi falar nada dele.

— Nem eu, mas decerto que deve ser muito rico. Não tem como ser diferente. — Rosalind deu uma risada de desdém. — Que outro requisito Chatham determinaria?

Tru olhou para Valencia. A amiga deu de ombros, indicando que também não tinha ouvido falar dele. Isso a preocupava. A amiga era bem relacionada com as pessoas da alta sociedade. Em que buraco Chatham tinha encontrado esse homem?

— Pois hei de investigar e descobrir tudo que eu puder sobre ele — jurou Tru.

— Isso mesmo. — Valencia assentiu. — E nós vamos ajudar. Também vamos convocar Maeve para a tarefa. Ela tem muitos contatos.

— Ela tem contatos no governo. Que funcionário público ou diplomata é tão rico quanto o rei Creso? — perguntou Rosalind. — Se ele fosse alguém na sociedade, nós o conheceríamos. O que me faz perguntar... Que tipo de homem Chatham desenterrou?

Elas ficaram pensando naquilo em um silêncio preocupado.

— E quanto a Hazel? — sugeriu Rosalind.

— Hazel. — O rosto de Valencia se contorceu na hora ao ouvir o nome da mulher do pai.

— Ah, não fique assim. Eu sei que você não gosta dela, mas ela é da sua família...

— Ela não é da minha família. Não diga isso — interrompeu Valencia em um protesto que já conheciam bem.

Rosalind continuou:

— Ela conhece muita gente. Gente que não está nos nossos círculos sociais. Homens que não conhecemos. Homens ricos. Não deveríamos deixar de considerá-la como um recurso. Talvez ela conheça esse tal de sr. Thorne.

— É claro que ela *conhece* homens. — O rosto de Valencia estava rubro.

— Ela faz parte de um mundo sobre o qual não sabemos nada. Será que não deveríamos perguntar se ela o conhece? — Rosalind levantou uma das sobrancelhas. — Pelo bem de Delia.

Tru assentiu.

— É um argumento bem lógico.

Valencia apertou os lábios insatisfeita, mas não colocou mais objeções, por mais que quisesse. Ao que tudo indica, ela estava disposta a lidar com a madrasta por Delia.

— Ah! — Rosalind estalou os dedos ao se lembrar de repente de algo. — Não podemos nos esquecer de que vamos visitar madame Klara esta noite. Hazel estará lá.

Valencia lançou um olhar de dúvida para Tru. Valencia até podia ter um título hierarquicamente superior de duquesa, mas consultava Tru na maior parte das questões.

Talvez pelo fato de Tru ser seis anos mais velha. Ou talvez fosse por sua reputação impecável na alta sociedade. A condessa era considerada como uma das damas que se sobressaíam no *beau monde*. Uma reputação que vinha cultivando por quase duas décadas.

— Tru disse que essa visita seria uma tolice. — Valencia olhou para a condessa, claramente buscando uma confirmação.

— Mas isso nos dará uma chance de conversar com Hazel — argumentou Rosalind.

Valencia lançou um olhar amargo para a amiga.

— Você pode muito bem visitar Hazel a qualquer momento. Por que simplesmente não admite que quer ir a essa sessão espírita?

Era verdade. Rosalind tinha se esforçado para conseguir um convite.

— Estou curiosa — admitiu Rosalind. — Não vou negar. Madame Klara certamente está dando o que falar na cidade.

— Valencia está certa. Poderíamos simplesmente fazer uma visita a Hazel. — Tru se perguntou se parecia tão cansada quanto se sentia. A última coisa que queria era participar de tamanha tolice como uma sessão espírita.

— Você prometeu que poderíamos ir, Tru. — Rosalind a fez se lembrar da criancinha que a irmã tinha sido, implorando para Tru deixar os estudos de lado e ir brincar com ela. — Não vou poder ir se você não for. — O tom era esperançoso. A irmã realmente queria aquilo. Havia uma escassez de aventuras para mulheres solteiras, e sua irmã via aquilo como uma delas.

Tru realmente preferia não ir à sessão espírita da famosa madame Klara. Aquilo não passava de uma bobagem, e nada a faria mudar de opinião.

No entanto, os convites eram disputadíssimos... e Hazel estaria lá. Seria uma ótima oportunidade para perguntar a ela se conhecia Jasper Thorne. Além disso, a irmã estava dizendo a verdade. Ela tinha prometido.

Era uma coisa tão pequena e que faria Rosalind tão feliz. A irmã sempre foi muito boa com ela, e agora Tru poderia retribuí-la.

— Pois muito bem. Vamos visitar madame Klara.

Não consigo entender como uma sessão espírita poderia despertar emoções, mas talvez eu só esteja exausta. Afinal de contas, sobrevivi ao Mercado Casamenteiro e dezenove anos (até agora) de infelicidade conjugal. Não pode haver nada mais ousado que isso.

— Gertrude, a condessa de Chatham

Talvez seus colegas da alta sociedade ficassem surpresos, mas Tru, conhecida no mundo como a Condessa Contida de Chatham, não gostava de pessoas. Ah, em pequenas doses, até conseguia lidar e tolerar. Gostava das amigas. Da irmã. Dos filhos. Sua criada pessoal, Hilda, era uma alegria particular. Mas era uma questão completamente diferente quando havia muita gente junta.

As massas da nata da sociedade podiam ser um pesadelo para os sentidos de qualquer um, principalmente os *dela*, mas não era aceitável que morasse exclusivamente no campo. Não com uma filha que precisava ser apresentada à alta sociedade. Tru não podia se dar ao luxo da solidão ou de morar no campo. Assim como todos os outros, ela podia passar apenas alguns meses por ano longe da cidade. Quando começava a temporada, não tinha escolha, a não ser ir para Londres.

Podia até ser uma anfitriã experiente e conhecer todo mundo que era alguém em Londres, mas a maioria das pessoas era odiosa. Principalmente as pessoas mais habilidosas da sociedade... E, sim, ela se incluía entre elas, na verdade, ela era uma das principais do meio. Mesmo assim, compatriotas ou não, era difícil absorvê-los em altas doses.

No entanto, Tru sabia dar o sorriso perfeito e representar seu papel entre o mar de festas, recepções e chás da tarde, entre mães em busca de favores enquanto se acotovelavam para que as filhas conquistassem a melhor posição entre as debutantes.

Tru abriu um sorriso daqueles enquanto se preparava para descer da carruagem e enfrentar o mundo naquela noite.

As luzes brilhavam nas janelas e nos postes do lado de fora. Uma atmosfera alegre permeava a noite, lembrando os jardins de Vauxhall. Havia uma fila de carruagens que seguiam por vários quarteirões, condutores gritando uns com os outros e com os cavalos conforme tentavam manobrar e chegar aos portões de entrada da casa. Criados com librés resplandecentes estavam a postos para abrir a porta das carruagens e ajudar os convidados a descer.

Rosalind se debruçou por cima de Tru para espiar a rua agitada pela janela, sem se importar com o fato de que, ao fazer isso, fincava o cotovelo no quadril da irmã.

— Os vizinhos não devem gostar nada de morar tão perto desse constante espetáculo.

— Talvez madame Klara ofereça leituras gratuitas — comentou Tru, tentando afastar o cotovelo ossudo da irmã.

Rosalind se recostou de volta no assento.

— Pois isso seria uma bênção.

— Decerto que para você, sim.

Tru, por outro lado, não conseguia imaginar pior tipo de vizinha, cujo fascínio serviria de grande distração para os criados. Isso sem mencionar a sociedade como um todo. Sua casa deixaria de ser o seu santuário. Rosalind apareceria sempre, não que ela já não fizesse isso.

Um criado de libré apareceu na janela com uma lista. Ele gritou para o condutor, verificando se o nome das passageiras estava na lista que trazia. Assentindo com satisfação, ele fez um sinal para que seguissem.

— Que solução prática — murmurou Valencia, descendo ao seu lado.

— Não muito civilizada. — Tru raramente precisava se apresentar. As pessoas simplesmente sabiam quem ela era.

— Ah, não seja tão sensível. Como é que madame Klara poderia saber quem você é? Você nunca a visitou antes e ela é relativamente nova na cidade. — Rosalind balançou a cabeça com um olhar de reprovação. — Você às vezes parece a mamãe. Estamos aqui. Fique feliz por isso. — Rosalind respirou fundo, olhando para a casa com uma expressão de encantamento como se fosse um monge em deferência a um lugar sagrado.

Diante da casa, Tru fungou e olhou à sua volta, avaliando a rua movimentada de carruagens que não paravam de chegar. Os criados continuavam perguntando para os cocheiros os nomes de quem traziam. Algumas carruagens seguiam caminho sem ninguém descer. Aparentemente ninguém entrava sem aprovação.

Tru sabia que madame Klara era popular, mas não esperava nada como aquilo. Muito menos que tantas pessoas fossem dispensadas, impedidas até mesmo de descer da carruagem.

O pequeno grupo seguiu adiante, passando pelas portas sem dificuldades, mas ali foram parados com cortesia.

A sessão espírita daquela noite não estava aberta para qualquer um, o que foi novamente enfatizado no vestíbulo, onde as doações eram feitas. Ficou evidente que madame Klara não era motivada apenas pela natureza altruísta. Só aqueles com dinheiro eram considerados qualificados.

Uma mulher bem-vestida segurava um baú laqueado de forma artística, aberto como a bocarra de um animal faminto. Ela sorria enquanto aceitava envelopes robustos de cada um dos convidados, depositando as "doações" lá dentro. Ao lado dela, havia um homem. A roupa elegante não escondia o fato de que ele era forte e tinha punhos de ferro que pareciam capazes de esmagar tijolos.

Tru teve certeza de que ele estava ali para impor as doações indispensáveis com sua presença intimidadora. O *sine qua non* estava implícito. Embora ninguém parecesse ter dificuldade de ser caridoso. Rosalind pegou a sua doação na bolsa e a depositou na caixa.

O criado de libré as acompanhou pelo salão. Hazel já estava lá, tomando champanhe e muito bonita em um vestido de seda vermelho com detalhes em pele de arminho. Tru a viu assim que entraram. Ela brilhava, os traços iluminados pela animação. Ao que tudo indicava, Rosalind não era a única empolgada de estar naquele local tão inusitado.

Hazel ergueu a taça como um cumprimento de boas-vindas. Tru fez um pequeno aceno em retribuição. O olhar de Hazel passou dela para Valencia, e o sorriso perdeu visivelmente o brilho, parecendo frágil como um pergaminho antigo. Ela não tentaria se aproximar. Tru sabia.

Hazel já era casada com o marquês de Sutton havia cinco anos. Àquela altura, a condessa já sabia como era a interação entre as duas: ou discutiam ou se ignoravam friamente. Quando eram convidadas para reuniões grandes o suficiente, e sim, aquela poderia ser considerada grande, elas geralmente nem interagiam. Tinha sido esse o padrão de comportamento delas por anos. Tru não se considerava tão influente assim para mudar aquilo. Nem conseguia se imaginar sendo uma árbitra naquela situação. Poderia apenas dar conselhos maternais para as duas jovens adultas, mas não agir como se fosse *de fato* a mãe delas.

Por mais que Tru desaprovasse a hostilidade que compartilhavam, não se metia naquela guerra. Na maior parte do tempo, era uma guerra de silêncio, troca de farpas e olhares fulminantes. Só que às vezes deixava de ser assim e as duas se atacavam, partindo para um combate ostensivo. Tru considerava ambas amigas e se esforçava para tratá-las bem. Como se tratavam era uma decisão delas. Deveriam resolver as coisas sozinhas, pois não cabia a Tru resolver por elas.

Era um desafio para a condessa passar por aquele monte de gente. Gente demais. O salão não tinha sido feito para receber mais que trinta pessoas, mas ninguém informara o fato para madame Klara, nem para a criadagem. Deus os livrasse de alguém esbarrar em um candelabro. A saia de alguém poderia pegar fogo e a casa inteira se incendiar.

Tru começou a se abanar vigorosamente, desejando um pouco de ar puro, sem cheiro de perfume ou de suor. Todos estavam em volta da mesa, ávidos por conseguir um lugar. A ansiedade era palpável ali de forma quase pungente. Ela respirou fundo algumas vezes, esforçando-se para manter a compostura. Aquela era sua vida e seu mundo. Mesmo tantos anos depois, ela precisava lutar para sobreviver.

Aquela era a maior mesa que Tru já tinha visto. Uma monstruosidade lustrosa de mogno com mais de vinte lugares. O número de convidados era bem maior, ocupando os espaços entre a mesa e as paredes bem além da capacidade, as saias de seda e brocado das mulheres sendo amarrotadas no processo.

A casa realmente estava lotada.

Respire. Apenas respire.

— Lady Chatham! — Tru se virou ao ouvir seu nome e sentiu um nó na garganta quando a sra. Lawrence se aproximou, esplêndida com um vestido de seda em dois tons de roxo. — Minha nossa, eu não esperava vê-la aqui! — A dama em questão se inclinou para dar um beijo em cada lado do rosto de Tru, o estalo irritante ecoando nos ouvidos da condessa. — Quem poderia imaginá-la aqui, entre nós, filisteus?

Rosalind lançou um olhar irritado para a sra. Lawrence, o qual, felizmente, a dama não percebeu. A irmã de Tru nunca foi muito boa na arte da discrição.

— Não sei o que quer dizer — respondeu Tru de forma vaga.

— Nossa, a grandiosa lady Chatham em uma sessão espírita? — Ela deu uma risada. — As pessoas imaginam que isso seja algo vulgar demais para você.

— Claro que não, caso contrário eu não estaria aqui, não é? — Tru manteve o sorriso firme no rosto. — E decerto que você também não.

— Mas é claro! — A sra. Lawrence retribuiu o sorriso falso. — E o lorde Chatham? Ele a está acompanhando hoje?

Ela olhou para além de Tru, procurando de forma claramente exagerada como se realmente esperasse ver o conde. Era um show, uma forma de alfinetar a condessa, pois tal expectativa não existia.

Era nesses momentos que Tru se lembrava de que, muito tempo antes, ela não tinha sido a única a se interessar pelo conde de Chatham. Ela e Betsy Lawrence tinham debutado no mesmo ano e fizeram reverência juntas no Almack's. Só que Betsy era conhecida como Betsy Childs-Rutgers, na época, e dona de uma língua ferina que usava para falar mal das outras debutantes sem que houvesse a menor provocação.

Ela fora bem explícita em relação à sua admiração por Chatham e o perseguiu de forma bem firme. Houve até boatos de que tinha passeado com ele pelos jardins de Vauxhall depois de escurecer. Eram só boatos. Nada substancial. Nada que arruinasse sua reputação. Embora Tru acreditasse que Chatham fosse capaz de fazer aquilo. Ele era ainda mais libertino na época.

No fim, porém, Chatham acabou escolhendo Tru. Ou melhor: o dote maior de Tru. Se o pai de Betsy fosse mais rico, ela poderia ter sido a lady Chatham.

— Não. Ele tem outro compromisso. — Como a sra. Lawrence já sabia. Como todos sabiam. Ele nunca acompanhava Tru a lugar algum, e já era assim havia anos.

— É claro. — Novamente aquele sorriso falso e condescendente.

A sra. Lawrence se abanou com o leque de jade ornamentado, tentando refrescar o rosto que já brilhava. O salão estava bastante abafado.

— Está bem cheio aqui! Se me der licença, vejo que meu querido sr. Lawrence guardou um lugar para mim. — Ela se inclinou como se contasse um segredo. — O que posso fazer? Aquele homem me venera.

— Que infortúnio — comentou Tru, jocosa.

O sorriso desapareceu do rosto da sra. Lawrence.

— Realmente — interveio Rosalind. — Imagine um cavalheiro que grude em você como cola. Minhas condolências, sra. Lawrence.

Manchas vermelhas apareceram no rosto da mulher, como se tivesse de repente tido uma reação a algo desagradável. Rosalind costumava ter aquele efeito nas pessoas.

— Bem, nem *todas* podem permanecer solteiras e com tanta aversão aos cavalheiros, não é? O que seria da humanidade?

E então, foi o sorriso de Rosalind que desapareceu.

A sra. Lawrence piscou com expressão inocente, como se não tivesse dado uma alfinetada usando o status de solteirona de Rosalind.

— Ele parece perdido sem você, sra. Lawrence. Melhor se apressar antes que ele se agite com sua ausência — sugeriu Tru, ansiando se livrar da mulher.

A sra. Lawrence inclinou a cabeça com uma fungada desdenhosa e seguiu em direção ao marido.

— Como eu detesto essa mulher — resmungou Rosalind.

— E o que não há para se detestar? — Valencia deu de ombros. — Ela é rica, ainda bem bonita...

— Deve ser por causa das debutantes inocentes que ela atormentou na nossa época — interveio Tru.

Valencia continuou:

— E casada com um cavalheiro adorável.

— Sem mencionar que ela é tão doce quanto uma víbora — acrescentou Rosalind.

— Uma comparação adequada. — Tru assentiu. — E, na verdade, a filha dela é uma versão mais jovem da mãe.

— Esplêndido. Exatamente do que o mundo precisa. — Rosalind revirou os olhos.

— Pobre Delia. Terá de lidar com a réplica de Betsy Childs-Rutgers na próxima temporada. — Valencia meneou a cabeça com pesar.

— Ah, ela já está lidando — revelou Tru com voz sombria.

— Já? — Rosalind piscou. — A garota já foi apresentada à corte? Ela não é um ano mais nova do que Delia?

— Exatamente. A mãe achou que não era necessário esperar mais um ano, considerando-a pronta aos dezessete. — Ela mexeu os dedos de forma dramática. — A jovem srta. Lawrence é tão educada e sofisticada, o verdadeiro diamante da temporada.

Rosalind também meneou a cabeça com uma expressão de nojo.

— Meros bebês no Mercado Casamenteiro.

— Não é novidade nenhuma. Mamãe me tirou da sala de aula e me atirou no salão de bailes aos dezessete anos também.

Rosalind balançou a cabeça em reprovação.

— Graças a Deus ela não impôs essa tortura para mim.

— Sim, algumas garotas têm sorte — comentou Tru, tomando cuidado de controlar o tom de voz para não parecer ressentida.

Não era culpa de Rosalind que fosse a caçula da família, a filha mimada que os pais preferiam ter por perto no crepúsculo da vida deles. Rosalind tinha uma ótima voz para leitura. Com a piora na visão, os pais dependiam cada vez mais de Ros para ler para eles; para a mãe, ela lia os livros de Austen e, para o pai, os textos de horticultura.

Rosalind lançou um olhar cauteloso para Tru, com um brilho de desculpas nos olhos.

— Suponho que a pressão seja menor para a terceira filha.

Tru retribuiu o sorriso, esforçando-se para parecer sincera. Não culpava a irmã. *Não* guardava rancor por ela. Por que iria querer que Rosalind também tivesse que trilhar um caminho difícil? Ela vivia uma existência livre, uma vida com escolhas. Livre-arbítrio. Mais do que Tru jamais tivera, e ela ficava feliz pela irmã. De verdade.

— Claro.

— Mas a sra. Lawrence não estava mentindo — interveio Valencia, olhando para a dama em questão. — Vejam como o marido a venera. Como uma pessoa como Betsy Childs-Rutgers consegue um marido tão devotado? Principalmente tantos anos depois? Era de imaginar que ele já tivesse tido tempo suficiente para conhecer a verdadeira natureza dela. — Valencia fez um muxoxo.

Tru desviou o olhar, sem querer perder tempo pensando em como Betsy Childs-Rutgers tinha conseguido um marido amoroso, enquanto elas tinham maridos... Bem, elas tinham maridos por questões de necessidade, aliança e conveniência. Não por afeição. Não por devoção. E, certamente, não por amor.

Era um exercício de futilidade. Melhor manter a atenção em questões possíveis de ser controladas, como, por exemplo, encontrar uma forma de poupar Delia de um casamento infeliz, esperando que a Delia do futuro não tenha de pensar na vida *dela* e em todos os problemas do casamento *dela*.

Houve alguma disputa entre os convidados para ver quem ocuparia as cobiçadas cadeiras restantes ao redor da mesa. A sra. Lawrence conseguiu se sentar em uma cadeira que seu diligente marido reservou.

Tru viu lady Hollings, uma das amigas da mãe, dando uma cotovelada na esposa do bispo de Winchester como se fossem duas garotinhas brigando por um brinquedo... Só que, naquele caso, o brinquedo era um lugar à mesa de madame Klara.

Todos os convidados se aquietaram até atingirem o total silêncio quando a anfitriã adentrou o salão. Como se fossem um só, acompanharam a dama com o rosto coberto por um véu seguir em direção à sua cadeira.

Um criado puxou uma cadeira ornamentada, que mais parecia um trono, para madame Klara. Uma lareira, grande o suficiente para caber uma pessoa em pé, tinha um fogo crepitando às costas dela, emoldurando seu rosto coberto com véu em uma aura laranja que parecia quase bíblica.

Tru engoliu em seco diante da visão resplandecente. Outra surpresa naquela noite. Não esperava que a mulher fosse tão jovem. Mesmo por trás do véu, ficou óbvio que ela mal tinha saído da escola.

Madame Klara tinha tomado Londres de assalto alguns meses antes, rapidamente ganhando notoriedade enquanto fazia leituras e conduzia sessões espíritas para os membros mais respeitados da sociedade. A própria duquesa de Wellington fez uma visita à mulher, selando a aprovação eterna dela na alta sociedade.

O cabelo de madame Klara, escuro como piche, estava preso no alto da cabeça e combinava com o vestido, uma mistura ousada de tecidos pretos com um decote generoso. Mangas compridas de renda cobriam os braços finos, em uma trama que lembrava Tru uma teia de aranha. A pele do busto era alva e leitosa abaixo da ponta do véu, como se uma neve branca se acumulasse em uma paisagem sombria.

Era uma imagem impressionante, e não só pela aparência. A moça tinha presença também, uma aura atraente. Apesar do véu fino, os olhos refletiam um brilho sobrenatural, capazes de tudo enxergar enquanto olhavam para o salão e para todos ali reunidos. Tru fitou a irmã. Rosalind também sentira. Estava hipnotizada.

Tru sentiu um calafrio inexplicável e esfregou os braços com as mãos enluvadas, esperando espantar o frio. Não acreditava no sobrenatural. Fantasmas eram apenas personagens de histórias para dormir. Não eram algo para ser conjurado em volta de uma mesa em um salão cheio de gente. Não havia nada de verdadeiro naquilo. Não era real.

Felizmente não havia lugar para todos. Certamente não tinha pressa em se tornar alvo daquele olhar intenso. Estava satisfeita em ficar em pé e assistir ao desenrolar de tudo de longe. Ficou para trás, deixando os outros mergulharem na busca por cadeiras.

Suas amigas, porém, não pensavam como ela.

Rosalind agarrou a mão de Tru e tentou puxá-la para um dos assentos vagos.

— Não — murmurou Tru, tentando se desvencilhar. — Isso não é para mim.

— Isso é exatamente do que precisa — encorajou Valencia, segurando o encosto da cadeira que ela queria que Tru ocupasse, mostrando para todos que já estava ocupada antes que alguém tentasse se sentar. — Uma distração que poderia lhe dar alguma ideia.

— Ah, não. — Tru negou com a cabeça. Ela precisava tanto daquilo na vida dela quanto precisava do marido, ou seja: para nada.

Clarividentes supostamente conversavam com espíritos. Como aquilo seria de ajuda para a situação em que se encontrava?

Não tinha pedido por nada daquilo. Viera apenas para satisfazer a um capricho de Rosalind e talvez conseguir conversar um momento a sós com Hazel, se a oportunidade surgisse. Até aquele momento, Rosalind parecia feliz, mas Tru ainda não tinha conseguido trocar nenhuma palavra com Hazel.

Imaginou que a noite poderia até servir para distraí-la da angústia pela qual passava. Respirou fundo, pois sabia que não havia cura para tal sentimento. Ainda não tivera nenhum momento de alívio desde a visita de Chatham naquela tarde.

Tru fez um gesto insistente para a cadeira.

— Melhor você se sentar, Ros, antes que a perca para alguém.

Com um suspiro exasperado, Rosalind se sentou.

Com a última cadeira enfim ocupada, Tru soltou um suspiro de alívio. Tinha se livrado daquilo.

Todos os lugares em volta da mesa estavam ocupados por mais de vinte damas e cavalheiros, e cerca de trinta pessoas permaneciam em pé, preenchendo os cantos do salão e espiando, arrebatadas, o espetáculo que se desdobrava diante delas.

Tru ficou atrás da irmã e ao lado de Valencia. À direita de Tru, a uma distância segura, com três pessoas entre elas, Hazel trocou um olhar com ela. Hazel era sempre cuidadosa assim, circunspecta e consciente do fato de que Valencia não a suportava. Tru se inclinou e deu um sorriso discreto e encorajador.

Estava ciente de quem Hazel era... *Quem* e *o que* ela fora antes de se casar com o marquês de Sutton. Todo mundo sabia.

Mas já tinham se passado cinco anos. O marquês deixara claro que ela deveria ser aceita e recebida junto com ele. Ela era a marquesa de Sutton. Não valia nem mais a pena mencionar o assunto, na opinião de Tru.

Valencia não concordava.

Ainda tecia comentários. Constantemente.

Rosalind se virou na cadeira e abriu um sorriso animado.

Todos no salão pareciam compartilhar a mesma expressão de encantamento. Tru tentou forçar um sorriso, mas não se sentia nem um pouco animada, e tudo que conseguiu foi esticar os lábios.

Por que tinha permitido que as amigas a levassem para aquela bobagem?

Valencia cochichou ao lado dela.

— Estou começando a desejar ter conseguido um lugar para mim.

— É mesmo? — respondeu ela casualmente, por dentro perguntando-se se aquilo seria sábio. Se Valencia de fato acreditava que a dama tinha o poder da visão, ela realmente gostaria que alguém olhasse dentro de sua mente e descobrisse os detalhes da sua vida? Parecia um risco, considerando todas as coisas que escondia.

Tru enterrou as mãos enluvadas na saia, retorcendo os dedos de ansiedade enquanto madame Klara virava o rosto coberto pelo véu para olhar todos que a cercavam, assentindo majestosamente enquanto os avaliava. Tru lutou contra o impulso de se encolher, como se fosse possível desaparecer, ficar invisível.

Rosalind achava que a aventura daquela noite era uma diversão.

Apenas Tru percebia como tudo poderia dar errado.

Não queria se sentir vulnerável nem exposta. Tinha cultivado uma reputação irretocável. O marido podia muito bem ser um grosseirão, mas ninguém poderia dizer que ela era menos do que um pilar da sociedade.

Madame Klara indicou que todos deveriam dar as mãos. Rosalind acatou a sugestão com avidez, pegando a mão da dama de um lado e do cavalheiro do outro. Dando a mão para estranhos. Um dos quais um cavalheiro. Estranho, realmente.

Não que sua irmã parecesse afetada por ter se ligado de forma tão íntima com estranhos. Não, toda a atenção enérgica de Rosalind estava centrada única e exclusivamente na mulher sentada à cabeceira da mesa.

Tru também a observou, arrebatada, sem conseguir desviar o olhar quando a mulher baixou a cabeça e começou a sussurrar em uma língua que Tru não compreendia, provavelmente a língua materna de madame Klara.

Madame Klara levantou a cabeça e Tru se sobressaltou um pouco. Os olhos pareciam mais brilhantes e escuros do que instantes antes. Quase ônix sob a luz cintilante do salão.

Tru olhou em volta, sentindo uma... mudança. O salão parecia mais escuro, como se alguém tivesse apagado várias velas do ambiente. Mas ninguém tinha se mexido. Na verdade, ninguém parecia nem respirar. Todos os olhos estavam fixos e hipnotizados na mulher que organizara a reunião. Tru era obrigada a admitir. Ela realmente sabia fazer um espetáculo. Pertencia aos palcos.

Ainda assim, aquilo não era exatamente o que estava acontecendo? Uma apresentação grandiosa digna de um palco? As doações e os patrocínios que acumulava sem dúvida serviam para pagar aquela casa grande com tantos criados e mobília elegante. Suas habilidades particulares enchiam mais sua bolsa do que uma carreira como atriz, com certeza.

Sim, Tru era uma cética. Simplesmente nunca tinha cogitado a possibilidade de a mulher ser legítima, porque a legitimidade não existia nesse caso. Tru não acreditava em médiuns, clarividentes nem adivinhos. Aquilo não passava de superstição, e Tru era prática demais para essas coisas.

Ela alternou o peso do corpo para a outra perna e afastou deliberadamente a atenção da dama, dando outra olhada no salão, observando os convidados e ficando admirada diante das reações com níveis variados de encantamento e expectativa. Pareciam criancinhas na manhã do aniversário, quando sabiam que iam ganhar presentes.

Tru conhecia vários dos convidados de madame Klara, pois frequentavam os mesmos círculos. Mesmo aqueles que não reconhecia estavam vestidos com roupas da moda, as damas com penteados, maquiagem e joias perfeitos e algumas até com peruca. Os cavalheiros usavam deslumbrantes anéis de sinete e relógios de bolso que brilhavam sob os candelabros.

Ela interrompeu de repente a avaliação quando seu olhar pousou em alguém, um homem, estranho para ela. Os olhos semicerrados refletiam um ar de ceticismo entediado que poderia ser tão grande quanto o dela. Tru imaginou se ele também estaria pensando em como deveria estar em outro lugar, fazendo melhor uso do tempo de que dispunha.

Claro que não tinha sido apenas o reflexo da própria atitude que chamara a atenção dela. Ele tinha o tipo de rosto e de corpo que chamava a atenção.

Ele se colocou em um canto do salão, vestido de preto da cabeça aos pés, diferentemente de tantos outros homens presentes que escolheram cores mais chamativas, como lavanda, a cor daquela temporada, adotada tanto por damas quanto por cavalheiros.

No canto do salão ou não, ele era impressionante; o tipo de homem que chamava atenção aonde quer que fosse, o que era incomum. Se ele fosse um cavalheiro, certamente ela o conheceria. *Deveria* conhecê-lo, já que a filha estava na idade de se casar. Aquilo era uma condição necessária.

Com um pouco de surpresa, percebeu que ele estava olhando para ela com olhos profundos e inquisidores. Olhos que poderiam rivalizar com a intensidade dos de madame Klara. Não eram tão escuros quanto os da misteriosa dama, mas isso não os tornava menos potentes, menos impressionantes. Menos... *magnéticos*.

Estava congelada. Mesmo quando ele ergueu uma das sobrancelhas, Tru não conseguiu desviar o olhar. Não conseguiu piscar. Só prendeu a respiração e o encarou.

Capítulo 5

Má reputação e popularidade são dois lados da mesma moeda.
Quando o assunto é a alta sociedade, não há distinção.
— Madame Klara, renomada clarividente e praticante do mesmerismo

Não era comum que Tru fosse pega encarando alguém. Construíra, com cuidado e esmero, a reputação de frieza e compostura em todas as situações sociais. Suportava impassivelmente as multidões e mantinha uma postura calma e elegante. Encarar por tanto tempo um estranho mandava a mensagem errada. Nunca desejou que nenhum cavalheiro achasse que ela poderia nutrir algum interesse indevido por ele. Era uma mulher madura. Uma matrona de respeito. Não uma dama receptiva a qualquer envolvimento de natureza romântica, não importava o quanto tal cavalheiro fosse bonito e fascinante.

Respire. Apenas respire.

Ela piscou e afastou o olhar, voltando a atenção novamente para as costas da irmã, sentada à sua frente, e para a instigante madame Klara, que sussurrava uma música. A demonstração continuou. Tru não sabia ao certo que outro nome dar ao que estava acontecendo. Decerto que parecia uma produção bem ensaiada.

— Começamos — entoou um cavalheiro que estava estoicamente de pé atrás de madame Klara.

Tru sentiu um frio na barriga, sem nenhum motivo aparente, e olhou em volta, insegura, sem saber *o que* estava começando nem qual papel teria de desempenhar naquilo, uma vez que o cavalheiro tinha usado o verbo na primeira pessoa do plural.

Madame Klara cessou abruptamente todos os sons. A cabeça tombou para a frente, como se alguém a tivesse espetado com um alfinete, fazendo com que a vida se esvaísse dela. Era como se tivesse saído do próprio corpo. A cabeça ficou pendendo, dormente. Apenas o peito se movia, acompanhando a respiração ofegante, como uma confirmação de que realmente estava viva.

Tru se inclinou discretamente para Valencia ao lado dela.

— Hum. Não sabia que nossa participação seria necessária.

Valencia cochichou:

— Fascinante, não acha?

Não, pensou Tru, mas se segurou para não responder.

Novamente, trocou o peso do corpo de perna, sentindo-se incomodada, como se os sapatos estivessem apertados.

Sussurros e cochichos espalharam-se pelo salão, mas pararam de repente quando madame Klara finalmente disse:

— Silêncio.

E uma quietude tomou instantaneamente o aposento. Todos os olhos se fixaram na mulher com o rosto coberto pelo véu, aguardando o que faria em seguida. Ela emitia um som gutural, produzindo uma vibração lírica, que permeava o ar. Por fim, ergueu a cabeça, cessando o zunido musical. O olhar vagou por cada um dos convidados em volta da mesa.

Parou e concentrou toda a atenção em uma dama baixinha.

— Marie.

A mulher se sobressaltou, a pena de avestruz em seu turbante estremecendo.

— Como sabe o meu nome?

Madame Klara falou de novo, mas em uma voz que não era a dela, uma voz com um forte sotaque francês.

— Marie, *ma cherie*.

— *Grand-mère*! Vovó! — exclamou a dama, tremendo de excitação, mas sem soltar a mão das pessoas ao seu lado. Marie, ao que tudo indicava, respondeu rápido, enquanto seus olhos arregalados devoravam a mulher à cabeceira da mesa. — É você? Por que você nos deixou? Por que você me deixou?

O cavalheiro com costeletas grossas ao lado de Marie retrucou com secura:

— Ela já estava com noventa e oito anos, Marie. Você esperava que ela fosse viver para sempre? Ela viveu mais do que Moisés.

Marie o ignorou, disparando mais perguntas:

— Você está bem? Você está... em paz? Às vezes eu sinto o cheiro do seu sabonete de rosas e a sinto perto de mim. É você? Diga que não estou louca nesses momentos, *Grand-mére*! — Era difícil levar a mulher a sério com aquela pena de avestruz balançando.

— Estou com você — confirmou madame Klara com o mesmo sotaque, e Tru teve que se controlar para não revirar os olhos.

— Eu sabia! — exclamou Marie, lançando um olhar triunfante para o homem sentado ao lado dela, supostamente o marido. — Eu disse para você que eu conseguia sentir o cheiro dela.

Ele fungou, não parecendo nada impressionado.

Klara continuou, os olhos escuros cortantes como facas através do véu.

— Não posso partir até perguntar isso para você, Marie... — Ela fez uma pausa.

— Pode dizer. — Marie se inclinou para a frente, ansiosa.

— Como vai o Chauncey?

A expressão exultante desapareceu do rosto de Marie.

— Chauncey?

— *Oui*. Eu o deixei aos seus cuidados, e temo que ele seja bastante impertinente. Você o está alimentando como eu disse? Ele prefere o cordeiro cortado bem fininho. Moído, Marie, moído!

O rosto da mulher ficou vermelho.

— Você está voltando para falar comigo sobre o seu cachorro dos infernos!

Seguiram-se alguns risos e estalos em volta do salão. Uma mulher resmungou atrás do leque:

— Malditos franceses.

— Acalme-se, Marie.

A dama soltou a mão do marido, afastando-a com expressão de nojo para levá-la ao coração.

— *Grand-mére*... E quanto a mim? Você não sente saudade de mim?

Madame Klara girou a cabeça como se estivesse alongando o pescoço e recomeçou a vibração lírica na garganta.

Talvez fosse assim que chamasse os espíritos. Não que Tru estivesse acreditando em nada daquilo. Claramente havia um processo, uma metodologia para aquele engodo. Até onde Tru sabia, nada tinha sido provado. A mulher não tinha adivinhado nada que não pudesse ter descoberto por meio de pequenas investigações.

Os minutos foram passando. Ninguém falava nada. Todos na expectativa enquanto a vibração continuava.

De repente, ela parou. Klara ergueu a cabeça novamente e se levantou de forma abrupta, quase derrubando a cadeira, que foi amparada pelo criado.

As pessoas ofegaram antes que o silêncio sinistro caísse sobre o salão novamente.

Ah. Então, madame Klara não estava mais representando o papel da *Grand-mère*. O que, ou quem, seria o próximo? Tru sentiu o lábio se contrair. E controlou a expressão para não revelar o ceticismo desdenhoso.

Madame Klara começou a andar em volta da mesa, passando pelos convidados com passos firmes, o véu flutuando em volta dos ombros em movimentos ondulantes. As pessoas sentadas se viravam para acompanhar o progresso dela.

À medida que se aproximava, Tru prendeu a respiração, desejando que a mulher continuasse caminhando para longe. Sentiu uma dor no peito, mas logo relaxou quando madame Klara passou por ela, felizmente se afastando com um farfalhar de seda preta e bombazina.

Tru soltou a respiração, mas logo ofegou quando madame Klara deu um passo para trás, concentrando a atenção em Rosalind.

— Você.

— Eu? — A voz de Ros estava aguda.

Madame Klara apontou o dedo comprido e longo.

— Eu vejo você. — A voz parecia ser de uma mulher mais velha, um som rouco e trêmulo que chegava com a velhice que claramente aquela jovem não possuía.

— Você me vê? — repetiu Ros.

— Você sempre foi tão sonsa e dissimulada, mas eu *sempre* vi você, garota.

Uma pausa se alongou enquanto Ros tentava digerir aquilo.

— Srta. Hester? — disse finalmente.

Era o nome da governanta falecida havia tanto tempo. A srta. Hester tinha cuidado da irmã mais velha delas, Caroline, de Tru e de Ros. Mas tinha sido Ros, porém, que a levara ao túmulo. Ela já tinha mais de sessenta anos, mas Ros, com suas artimanhas, tinha extenuado a mulher.

— Você se acha tão inteligente, mas a sua hora está chegando.

— Minha hora? — repetiu Ros, a voz beirando o pânico.

Madame Klara assentiu de um jeito muito parecido com o da falecida governanta.

— Você acha que escapou da responsabilidade e da obrigação. Mas a sua hora está chegando e você terá de cumprir o seu dever.

Ros olhou para Tru em desespero, obviamente esperando algum tipo de ajuda. A aventura excitante que ela tanto aguardara tinha acabado de se dissipar no ar.

A sessão espírita tinha definitivamente mudado de rumo.

Valencia bateu no ombro de Ros em uma tentativa de confortá-la naquele momento estranho. O movimento simples atraiu a atenção de madame Klara para Valencia, que olhava para elas como um predador olharia para uma presa.

— E você, minha querida… Tenha cuidado perto de escadas.

Foi a vez de Valencia ficar assustada.

— Escadas?

— É bem fácil alguém pisar em falso e ter de lidar com consequências terríveis.

Tru piscou. Agora, aquilo parecia vagamente ameaçador.

— Ah, mas que bobagem — sussurrou a condessa, chegando ao limite.

Madame Klara ergueu o olhar e o fixou em Tru, que se arrependeu na hora de ter chamado atenção para si. Ela olhou de um lado para o outro como se um buraco pudesse se materializar ali para que fugisse daqueles olhos pretos. Mas não teve sorte.

Os olhares se encontraram, chocando-se contra o véu diáfano entre elas. A barreira não diminuiu em nada o choque de Tru em ter a atenção da vidente fixada nela de forma tão determinada.

Os dedos finos e nus de madame Klara agarraram a mão enluvada de Tru em um aperto potente.

— Gertrude — sussurrou ela em uma voz diferente de novo. Não soava mais como a srta. Hester.

Tru sentiu um frio na barriga. *Como?* Como aquela mulher sabia o nome dela? Ou de qualquer um deles? Elas nunca tinham sido apresentadas. Teria ela investigado os convidados?

Tru tentou puxar a mão, mas foi inútil. A jovem a segurava com força.

— S-sim.

— Não faça. — O olhar da mulher queimava atrás do véu.

O aperto firme na mão de Tru, as palavras estranhas... Tudo aquilo combinado era alarmante. Decerto que *não* estava apreciando aquela noite e, se conseguisse afastar o olhar ou soltar a mão, sairia o mais rápido que conseguisse pela porta mais próxima.

— Não fazer o quê? — Tru deu uma risadinha nervosa.

— Ouça o que vou dizer, Gertrude — disse a mulher, usando o nome dela de batismo outra vez.

Algo na pronúncia das palavras e no ritmo da fala fez Tru se lembrar da avó. Impossível, obviamente. A avó já tinha morrido havia muito tempo e, nem por um momento, ela acreditou que aquela fraude a tivesse convocado do túmulo.

— Não faça.

— O quê?

— Não confesse para ele.

Confessar? Agora ela sabia mesmo que aquela mulher era uma fraude. Aquilo não fazia o menor sentido. Tru não tinha feito nada que exigisse uma confissão. Não tinha segredos. Era uma das criaturas mais sem graça da existência.

— Pois muito bem — murmurou Tru, por falta de algo melhor para dizer, esperando que aquilo satisfizesse a dama e a fizesse seguir até outro convidado, deixando-a em paz.

Mas não foi o que aconteceu. Ela continuou segurando a mão de Tru e continuou perscrutando-a com aqueles olhos impenetráveis.

Com grande esforço, Tru conseguiu soltar a mão. Ela deu um passo para trás para se afastar da charlatã, pressionando o corpo na parede coberta por um painel, enquanto sentia todos os olhos fixos nela. Olhos demais.

Respire. Apenas respire.

Infelizmente, madame Klara não tinha terminado com Tru.

— Preste bem atenção — continuou ela, apontando para a condessa. — Você está em perigo. Não diga nada. Não confesse nada.

Tru sentiu um arrepio na espinha. Aquilo era um erro. Ir até lá tinha sido um erro. Tru buscou o olhar das amigas, como se pudessem salvá-la daquela situação difícil e estranha.

Ros estava totalmente virada na cadeira, encarando-a com olhos arregalados em um pedido silencioso de desculpas, lendo corretamente a mortificação de Tru. Ela conseguiu ver o rosto de Valencia e de Hazel antes de se virar e fugir do salão, deixando madame Klara e suas palavras proféticas para trás.

Ainda assim, as palavras daquela dama a acompanharam, perseguindo-a e ecoando nos ouvidos: *Você está em perigo. Não diga nada. Não confesse nada.*

Claro que se tratava de algum tipo de trapaça. Uma fraude grandiosa. Assim como com os outros, Tru tinha sido alvo nos acontecimentos daquela noite, e fora constrangida diante de um salão lotado.

Passou pelo corredor, sentindo os olhares atentos dos criados até encontrar as portas duplas. Abriu-as e saiu para o ar noturno em uma varanda que se alongava por toda a extensão da casa.

Ela inspirou e expirou. Inspirou e expirou.

Respire. Só respire.

Sentiu um aperto no peito. A pele estava úmida e pinicando. Não era a primeira vez que tais sensações a dominavam. Tudo tinha começado logo depois que foi apresentada à corte. A crise mais notável aconteceu na noite de núpcias enquanto esperava o marido se juntar a ela para cumprirem as obrigações conjugais.

Pensou que morreria de total terror de tudo aquilo. Escondeu-se embaixo da colcha da cama depois de tomar um copo de conhaque que Hilda lhe dera.

Deixou que a bebida a relaxasse e adormeceu para só despertar no raiar do dia, quando o marido chegou para consumar o casamento. No estado ébrio que se encontrava, tudo aconteceu de forma rápida e decepcionante, felizmente. As visitas conjugais sempre foram breves (e frustrantes), mesmo quando ele estava sóbrio.

Ela apoiou as mãos enluvadas na balaustrada e abaixou a cabeça, respirando fundo o ar puro para se acalmar. Perguntou-se o que estava fazendo ali, entre todos os lugares que poderia estar, quando sua vida estava prestes a desmoronar.

Inspirou mais uma vez. E expirou mais uma vez. Era assim que conseguia lidar com aquilo. Era assim que lidava com multidões, com os momentos de pânico. Respirava até o aperto no peito começar a ceder.

Olhou para o céu noturno e segurou a balaustrada de pedra com ainda mais força. Conseguia sentir a mão da mulher segurando a dela com a ferocidade de uma leoa enquanto dizia aquelas palavras estranhas.

Tru deveria fazer alguma coisa para salvar a filha das tramoias do marido, não ser arrastada para alguma trapaça grandiosa à Sociedade Londrina.

Lançou um olhar de reprovação por sobre o ombro em direção à casa na qual madame Klara continuava a sessão espírita. A dama a deixou perturbada, e Tru se sentia uma tola por se deixar afetar. Tinha caído direitinho nas garras da charlatã. A mulher era uma atriz brilhante, Tru era obrigada a reconhecer.

Fugir do salão só servira para aumentar o drama e, no dia seguinte, todos falariam sobre como a madame Klara tinha feito a condessa contida e controlada de Chatham sair correndo do salão. Não tão contida. Nem tão controlada. E certamente nada digna.

Você está em perigo. Não diga nada.

Tru meneou a cabeça, exasperada consigo mesma, com a mulher e com tudo que estava acontecendo naquela noite. Aquilo era uma grande bobagem. Um disparate.

Deveria ter encerrado a cena com algum comentário sagaz e uma risada. Deveria ter ficado no salão, mantendo a compostura, em vez de gaguejar e fugir como uma criança assustada.

— Está perdida?

Capítulo 6

Existem apelidos bem piores do que "Condessa Contida". É só perguntar para qualquer dama que tenha feito um cavalheiro de bobo.
— Gertrude, a condessa de Chatham

Tru se virou com um sobressalto ao ouvir a voz inesperada, profunda e suave como o retumbar de um trovão distante. Achou que estivesse sozinha na varanda, mas o cavalheiro da sessão espírita, aquele que notara observando-a enquanto ela o observava, estava bem próximo, invadindo seu momento de fraqueza. O olhar dele tinha sido palpável antes. Tão tangível como o toque da mão de alguém na sua pele. Impossível não sentir. Assim como era impossível não o sentir agora.

Naquele instante, estava encostado na parede da casa com uma expressão preguiçosa, observando-a com olhos escuros e intensos que desmentiam a aparente indiferença do corpo relaxado.

Os homens não costumavam encará-la. Não como encaravam suas amigas. Olhares de admiração seguiam Valencia e Hazel por todos os lugares. Tru não merecia aquele tipo de atenção. Era lady Gertrude, a condessa de Chatham. Casada aos dezoito anos. Depois do casamento, tudo tinha acabado para ela. Totalmente. Não era uma criatura que despertasse a atração dos homens. Não conseguia atrair sequer o próprio marido havia mais de uma década. E decerto que nunca atraiu nenhum *outro* cavalheiro. Não era objeto de admiração. Apenas flutuava pela Sociedade com a autoconfiança e a austeridade das mais dignas e antigas damas.

— Está perdida? — repetiu, levantando uma das sobrancelhas escuras de forma interrogativa.

Aquele homem era um paradoxo. Ficou maravilhada com aquilo, com a forma como ele conseguia projetar, ao mesmo tempo, o ar de um grande felino predador e a postura de alguém quase sucumbindo a uma soneca.

Recomendando a si mesma para ser cautelosa com aquele homem, de quem nada sabia, Tru respondeu:

— Não. Não estou perdida.

Ela levou a mão ao pescoço, apoiando-a contra o decote exposto como se o movimento fosse capaz de acalmar as batidas do coração disparado. O olhar dele acompanhou o gesto e ela sentiu o rubor quente invadir o rosto. O vestido não era mais ousado do que o de qualquer outra mulher presente no salão naquela noite. Na verdade, estava vestida de forma bastante discreta em comparação à maioria, o corpete simples em forma de coração revelando apenas um decote bem modesto.

Ele não respondeu, e ela teve o impulso de quebrar o silêncio:

— Eu só precisava tomar um pouco de ar. O senhor... — Ela parou e engoliu em seco. — O senhor me seguiu até aqui?

— Achei que ficou aturdida lá dentro.

Aturdida era um eufemismo bondoso. No entanto, não conseguiu encontrar uma forma de negar. Realmente ficara aturdida. De forma que não lhe era característica. Não que aquele homem pudesse saber como ela costumava se portar. Ele não sabia nada sobre ela. Nem sua identidade. Nem que ela era conhecida como a Condessa Contida em muitos círculos.

Optou por ser vaga.

— É mesmo? — perguntou, erguendo um pouco o queixo em uma tentativa de manter a postura usual.

Era evidente que se sentia desconfortável com aquele encontro nada convencional, mas ele não precisava saber disso. Era melhor fingir não entender... enquanto tentava não se envaidecer por ele tê-la notado o suficiente para segui-la até a varanda. Não era mais uma garotinha tonta, livre para se render à euforia de ter atraído a atenção de um lindo cavalheiro.

Era uma mulher casada. Um jovem viril com olhar incandescente não deveria afetá-la. Ela era rígida demais para se deixar levar. Não era uma senhorita volúvel que distribuía sorrisos afetados ao ser encurralada por um homem. Como condessa de Chatham, sua reputação era irrepreensível. Outras damas a procuravam em busca de conselhos sobre diversos assuntos, desde como lidar com filhos rebeldes até como escolher o melhor traje para as filhas conseguirem um marido e como deveriam redecorar a sala de visitas.

Sorrisos afetados não faziam parte das suas especialidades. Já estava velha demais para aquilo. Sorrisos afetados eram para moças jovens como Delia e outras debutantes.

Era uma senhora. Uma grande dama da alta sociedade. Seus dias de flerte e sorrisinhos já tinham passado havia muito tempo.

Ah, ela conhecia damas na mesma posição que ela que tinham amantes. Damas que tinham cumprido suas obrigações, provendo os filhos necessários, e que agora viviam separadas dos maridos e cometendo as próprias indiscrições. Não era nem mais assunto para fofocas quando uma dessas damas procurava um pouco de... distração fora do casamento. Deus sabia que Tru já tinha visto muitas mulheres casadas desaparecendo em alcovas com homens que *não* eram os seus maridos.

Esperava-se um pouco de discrição, mas as pessoas sabiam. Só não era nada extraordinário o suficiente para as páginas de fofoca.

Ainda assim, se Tru, *a Condessa Contida*, de repente tivesse um amante, haveria mais do que algumas sobrancelhas levantadas, mas só porque ela se abstivera de tais pecados durante todos aqueles anos.

Decidira muitos anos antes que não seria como Chatham, que não dava a mínima para os votos do casamento, nem para ela.

Ele a envergonhara ao arranjar uma amante em menos de quinze dias depois do casamento. Na verdade, suas indiscrições começaram antes mesmo daquilo. Ela o tinha flagrado com uma arrumadeira dias depois da lua de mel. A garota ficara rubra enquanto arrumava o avental e a touca e desmontava de cima do marido de Tru, levantando-se do recém-batizado leito nupcial. Aquilo tinha definido o restante da lua de mel. E do casamento.

Chatham mantivera-se recostado nos travesseiros com um sorriso lânguido e sem-vergonha no rosto. Ela nunca se esquecera. Nem do sorriso, nem da expressão. A imagem ficara gravada, abrigando-se nos recônditos mais profundos de sua mente, dentro daquela parte dela que formava e fabricava todas as percepções futuras. Suas noções de harmonia matrimonial e fidelidade foram totalmente destruídas. A capacidade de confiar no outro se tornou um grande desafio para sempre. A esperança de que seria feliz e satisfeita em sua vida de casada havia se perdido. Desaparecido. Para nunca mais voltar.

Foi quando soube que o casamento deles não seria baseado no afeto, nem mesmo em uma cortesia mínima.

— Sua primeira sessão espírita, imagino? — perguntou ele.

Ela se remexeu um pouco, perplexa com a ideia de que uma sessão espírita pudesse ser uma ocorrência normal para alguém.

— Sim. É a sua também?

Ele assentiu, desencostando-se da parede e dando um passo à frente.

— E provavelmente a última.

Ela deu uma risada curta.

— A dramaticidade daquilo tudo não o impressionou?

Ele sorriu, e ela sentiu um frio na barriga estranho ao ver os lábios dele se curvarem. Eram bastante sensuais para um homem. Carnudos e delineados. Ah, ele era atraente de uma forma letal. Era quase uma coisa boa que aquele homem não estivesse andando livremente pelos salões de baile da alta sociedade. Todas aquelas debutantes ficariam descontroladas com ele por perto.

— Foi uma apresentação e tanto — disse ele devagar, a boca envolvendo as palavras de um jeito que a fez sentir um calor crescendo dentro dela. — Agora compreendo por que madame Klara estabeleceu tamanha reputação.

— Se não acredita, por que veio?

— Meu amigo me convenceu.

Ela sorriu, compreensiva.

— Minhas amigas também me arrastaram para cá.

— Ah. Amizades. O que faríamos sem elas? Consigo até imaginar os argumentos. Elas disseram que madame Klara seria uma diversão? E que talvez pudesse lhe dar alguma orientação *útil* para a sua vida?

Tru não conseguiu evitar. O riso escapou livremente.

— O senhor foi certeiro. Elas disseram exatamente isso. Como se uma clarividente fosse, de algum modo, um clérigo, treinado para oferecer conselhos.

— Bem, eu também nunca me aconselhei com clérigos.

O riso morreu nos lábios de Tru e até o sorriso desapareceu. Ela ficou em silêncio, lembrando-se de que aquele homem, que se autoproclamara um blasfemo e se aproximara dela com passos calculados, era um estranho.

Um estranho com um brilho malicioso no olhar, e ela estava a sós com ele.

— Eu a ofendi? — Ele se postou diante dela. — Agora me vê como um herege?

Estavam bem próximos agora. Ele inclinou a cabeça e olhou para ela, ainda com aquele sorriso tentador nos lábios. Ele treinava aquilo no espelho? Era sedutor demais, e Tru não era o tipo de pessoa que seria seduzida. Ela se afastou, deslizando ao longo da balaustrada de pedra, os dedos roçando na balaustrada como se precisasse do contato sólido para se tranquilizar.

— Dificilmente — mentiu. Era como o via, sim. Um herege. Talvez um sedutor. Com certeza um libertino. Não que fosse admitir nada daquilo para ele. — Eu nem o conheço. Não me atreveria a julgá-lo.

Mais mentiras. Estava julgando. Era exatamente o que fazia. Julgava os homens e os mantinha bem distantes, com a exceção de um grupo seleto que permitia estarem no mesmo espaço que a filha. Um grupo *muito* seleto. E decerto que aquele jovem sedutor não seria convidado.

Ela acreditara no charme e na honra de um homem uma vez, muito tempo antes, e ainda pagava o preço. Agora, não confiava mais.

Ele parou de se aproximar, o que fez com que ela respirasse com mais calma. Analisou-a por um tempo antes de dizer:

— Na verdade, seria sábio de sua parte que o fizesse. Julgue-me o quanto desejar. Somos apenas dois estranhos.

Ela o considerou com cautela, e ele continuou:

— Porém um estranho às vezes pode ser a melhor pessoa para se encontrar em um jardim escuro.

Não achava que estava imaginando que a voz dele tinha ficado mais grave e rouca.

— Como disse?

A intenção dele era parecer provocante? Ela não era o tipo de mulher que recebia convites em um jardim escuro, nem em qualquer outro lugar.

Novamente, aquele sorriso letal.

— A noite não precisa ser uma total perda de tempo.

Ela sentiu uma ligeira vertigem, como se tivesse exagerado no vinho no jantar.

— Como disse? — repetiu.

Parecia incapaz de dizer qualquer outra coisa. Estava com dificuldade de pensar de forma racional. O homem estava invadindo o espaço dela com uma expressão *decidida* no olhar. Se ela não se conhecesse, teria imaginado que o olhar era de desejo carnal.

O mero pensamento fez com que se sentisse tola. Estava enganada. Só podia. Não despertava aquele tipo de sentimento nos homens. Não conseguia atrair sequer o próprio marido para a cama, sendo que ele nem era tão seletivo em relação às amantes, pelo menos pelo que ela ouvira dizer — as fofocas da sociedade infelizmente a mantinham atualizada.

Tru tinha dois filhos com idade suficiente para que ela começasse a planejar o casamento da própria filha. Não era o tipo de mulher que recebia convites em festas de homens mais jovens do que seus trinta e sete anos.

— Eu a notei no salão mais cedo.

Ela teve um sobressalto ao ouvir aquilo e olhou para trás, como se fosse encontrar outra pessoa atrás dela. Como se ele estivesse falando com outra pessoa que não fosse ela. Mas, quando olhou, percebeu que ele parecia estar se divertindo.

— Notou? — Ela mal reconheceu a própria voz. Parecia ser de outra mulher, uma mulher ofegante.

— Mas é claro.

É claro? É claro? Por que ele diria uma coisa daquelas? Como se fosse algo óbvio. Como se ela fosse alguém muito extraordinária. Ela deu mais um passo para trás, chocando o corpo contra a balaustrada. Não era extraordinária. Era uma mulher comum, nem muito jovem nem muito velha, mas, sem dúvida, uma matrona nem um pouco inspiradora.

— Claro. Como seria possível não notar?

Era quase como se ele estivesse flertando com ela, mas só podia estar enganada. Fazia anos desde que tinha passado por uma situação de flerte.

Mesmo quando ainda era uma jovem debutante, não fora extraordinária. Não fora nem de longe tão adorável quanto Delia era agora. Ah, fora bonita o suficiente, mas a juventude tinha sua própria atração especial, assim como seu considerável dote.

Mas o viço da juventude já tinha passado havia muito tempo. Aquela época da sua vida tinha passado. Tivera sua chance de flertar, se divertir e dançar. Agora era a temporada da sua filha, uma nova colheita de jovens damas casadouras.

Na penumbra da varanda, os olhos dele brilharam enquanto passeavam pelo rosto dela.

— Você é linda.

Ela era linda? Ele devia achar que ela era ingênua. Será que tinha visto Hazel? Ou Valencia? Devia achar que ela era tão tola que aceitaria aquele elogio. Foi tomada por uma sensação de indignação.

— O senhor está zombando de mim.

Ele pareceu surpreso.

— Zombando?

— Exatamente. E é muito indelicado de sua parte.

Ele negou com a cabeça e olhou para Tru como se ela fosse um enigma.

— Não estou tentando ser indelicado, madame. É o oposto, na verdade.

Ela piscou. Estava acostumada a ser tratada de acordo com o título. Mas ele não sabia daquilo. Não sabia nada sobre ela. Nem o nome. Nem o título. Nem que ela era muito prudente quando tinha de lidar com alguém como ele. A Condessa Contida era imune a bajulação.

— Pois não acha uma indelicadeza de sua parte fingir interesse por mim? — perguntou ela. Ele deu uma risada rouca, e o som reverberou na pele dela. Sentiu-se humilhada. — Não ria de mim, rapaz.

Ele ficou sério.

— Queira me desculpar. Só fiquei surpreso porque *interesse* é uma palavra suave demais para descrever os sentimentos que despertou em mim.

— E que *palavra* o senhor usaria?

— Uma não tão educada quanto a que escolheu.

Ela engoliu em seco. Ordenou aos pés que se mexessem, que a tirassem dali, mas eles permaneceram plantados firmemente no chão, mantendo-a pregada ali diante daquele homem ultrajante e de tudo que ele projetava.

Ah, ele realmente era um libertino.

Ele se inclinou para ela, toda a leveza desaparecendo das feições enquanto a olhava com expressão solene.

— Qual é a *palavra* para descrever o desejo de tirá-la daqui... levá-la para a cama mais próxima e despi-la?

— Loucura — sussurrou ela com voz rouca.

A palavra só podia ser *loucura*.

Capítulo 7

*Existem mulheres inteligentes e existem mulheres de sorte.
É bem melhor ser uma mulher de sorte.*
— Valencia, a duquesa de Dedham

Loucura, disse ela.

Um sorriso se abriu nos lábios de Jasper ao ouvir a resposta da mulher. Inferno, ela era impetuosa. Inteligente *e* atraente *e* sincera, uma combinação bastante incomum. O sorriso pareceu um pouco enferrujado, e ele resistiu ao impulso de levar os dedos aos próprios lábios para ver se era real, se realmente estava ali, no rosto dele. Aí, sim, ela pensaria que ele era louco.

Loucura.

Apreciou o fato de tê-la feito perder a compostura. Apreciou a voz sussurrada pairando no ar entre eles como o canto trêmulo e modulado de um pássaro.

Tinha começado a circular pela cidade, participando de chás e jantares, e chegou a ir a um sarau insuportável no qual uma dupla de jovens tinha, em conjunto, assassinado o piano de cauda e os ouvidos dele. Estava abrindo seu caminho para a alta sociedade. Infelizmente, a maioria das damas com quem já se encontrara ou eram moças inexperientes que mal tinham deixado as fraldas ou mães astutas em busca de maridos para as filhas. Aquela mulher, porém, não era nem uma coisa nem outra, e ele estava realmente grato por aquilo.

Um grande alívio, mesmo que momentâneo, pois, no dia seguinte, voltaria às trincheiras, participando do primeiro baile. Na verdade, Jasper estava tão encantado e agradecido que desejava aproveitar aquele alívio ao máximo, aproveitar a companhia dela, pois sabia que passaria por um longo período de privação.

No curto período em que estava frequentando a sociedade londrina, aprendeu uma coisa: ninguém era autêntico naquele mundo cintilante. Cada sorriso, cada palavra, cada risada, tudo era feito com algum intuito. No entanto, aquele era o mundo do qual escolhera fazer parte. Ele tinha se infiltrado e o conquistaria. Era o que precisava fazer.

No instante em que o olhar dele encontrara o dela no salão, sentira que havia algo a mais nela. Diferentemente de todos os outros, não fora sugada pelo espetáculo de madame Klara com uma expressão de enlevo no rosto. Ele vislumbrara o ceticismo dela e, depois, o terror de ter sido selecionada pela anfitriã de forma tão dramática e ousada.

Quando ela fugira da casa, ele não conseguira resistir ao impulso de segui-la para a varanda. Não tinha planejado tal comportamento impetuoso. Não tinha saído naquela noite para seduzir uma mulher, mas era o que tinha feito, o que estava fazendo. *Tentando*, pelo menos. De que outra forma as palavras dele poderiam ser descritas? Ele dissera que queria tirar as roupas dela e levá-la para cama. Nem mesmo a cama dele. A mais próxima.

Ela olhava para ele com uma expressão perplexa. Estava escandalizada de forma adequada, e não estava errada. Era claramente uma dama, e ele a estava abordando de forma tão sutil quanto um elefante.

Realmente, era uma loucura.

A mãe dele o avisara que sua natureza era direta demais, que teria de aprender a ser reticente se quisesse entrar para a alta sociedade como um perfeito cavalheiro.

Perfeito. Cavalheiro. Duas palavras que não costumava usar para se descrever. Ainda assim, tinha riqueza o suficiente para tentar se passar por um ou seduzir os mais velhos da alta sociedade para que ignorassem a criação bem menos refinada que tivera.

Muitos nobres só existiam na fumaça da riqueza do passado, pois os pais e os avós tinham dissipado o legado. Embora ele não tivesse o pedigree adequado, os nobres de sangue azul não tinham escolha a não ser recebê-lo em seu meio, esperando que ele se casasse com uma de suas filhas e enchesse o cofre deles. As salas da Alta Sociedade estavam abertas para ele, ou melhor, para o bolso dele.

Certamente, sem isso, ele jamais poria os pés em nenhuma daquelas casas. Inferno, tivera que pagar para entrar *nesta* casa. Quando criança, jamais lhe passaria pela cabeça gastar tal quantia exorbitante para se divertir por uma noite.

Estava acostumado a trabalhar duro, a sobreviver usando a própria inteligência e a força física. Enquanto os nobres de sangue azul aprendiam a dançar, ele tinha aprendido a consertar o telhado da estalagem do pai. Em meio à labuta e ao trabalho de fazer os negócios do pai prosperarem, passara pouco tempo cortejando o sexo frágil. Não tinha tempo para aquilo. Trepar era mais o seu estilo, quando surgia a oportunidade. Uma vendedora bonita, uma lavadeira vigorosa, uma arrumadeira de bom coração. Aquelas eram as mulheres da sua posição social e das quais sempre gostara.

Tinha satisfeito seus desejos na despensa da estalagem do pai mais vezes do que conseguia contar. Eram encontros apressados e satisfatórios, tão descomplicados quanto as mulheres com quem os tinha. Elas o usavam exatamente como ele as usava, partindo contentes e com a promessa de se verem de novo.

Aquela mulher diante dele era completamente diferente, despertando todos os seus instintos mais básicos. Queria aproveitá-la. Queria um encontro rápido e descomplicado com ela.

Mesmo sabendo que ela não era seu tipo usual, nem mesmo o tipo que tentava encontrar, não conseguia resistir à vontade de flertar com ela exatamente da mesma forma que faria com qualquer outra mulher que desejasse levar para a cama. Com consideração e de forma direta. Quando queria uma mulher, não media as palavras.

A vida era curta. Seu próprio pai morrera um mês antes de fazer quarenta anos. O avô não tinha nem chegado àquela idade, caindo em um rio depois de ter bebido demais e se afogando aos trinta.

A vida realmente era precária, e ele não via sentido na indecisão quando tudo poderia desaparecer em um piscar de olhos. Agia com objetivos imediatos. Fizera fortuna aos vinte e cinco anos seguindo tal filosofia. Quando queria alguma coisa, ia atrás, sem hesitar.

A mãe lhe dissera que fosse reticente quando se aventurasse na sociedade, mas aquela não era sua natureza. Ela sentia medo por ele. O medo de uma mãe era algo desgastante... para a mãe. E um cabresto no pescoço do filho... no caso, ele. Desde que se tornara uma jovem viúva, o medo de que alguma coisa acontecesse com Jasper passou a ser a principal questão da vida dela.

Ela havia verbalizado profusamente seu desejo de que ele tivesse uma vida modesta, cuidadosa e humilde na vila de Leighton. Era simples: queria que ele continuasse na estalagem que o avô construíra, vivendo e trabalhando de forma constante e previsível. Segura. Ela queria que ele se casasse com a filha do moleiro local. Dorcas era uma boa garota, mas não era a mulher de quem Jasper precisava. Não para ele, nem para a filha dele. A mãe insistira que Dorcas, uma entre os nove filhos do moleiro, aguentaria bem os rigores do trabalho de parto. Era a escolha mais segura. A que lhe daria uma vida segura.

Ainda assim, ele não conseguiu aceitar.

Quando se mudou para Londres para ampliar o legado do pai, a mãe implorara para que não fosse, convencida de que ele pegaria uma doença fatal ou seria atropelado por algum coche com um condutor descuidado ou seria assaltado por algum bandido e jogado na sarjeta para morrer. A imaginação vívida dela conjurava todo tipo de destino terrível. Ele ignorara os alertas.

Não se casara com Dorcas. Não permanecera em Leighton. Não se satisfizera com a vida simples de um dono de estalagem. Abriu outra estalagem, e mais outra e outra. Até chegar a um total de oito ao longo da North Road. E agora abrira o seu melhor estabelecimento: um hotel de luxo no coração da elegante Londres, ignorando todos os avisos da mãe.

Todos, a não ser um.

Estava sendo cuidadoso em sua tentativa de entrar para a alta sociedade. Era um campo de batalha, ou foi o que disseram. E ele não era versado nas muitas voltas e reviravoltas daquele ambiente. Tudo que tinha era um amigo para ajudá-lo: lorde Theodore Branville. Theo se autointitulara o guia de Jasper em todas as questões da sociedade. O homem, na verdade, ecoara as palavras da mãe de Jasper, dizendo que ele deveria ser prudente nos bailes da alta sociedade. Reservado. Educado e distante. Não deveria, de modo algum, se comportar de forma precipitada.

Aparentemente, Jasper não podia simplesmente escolher uma noiva entre as debutantes do ano. Gostaria que fosse simples assim. Que bastasse frequentar algumas festas, analisar as possibilidades, conhecer o pai da garota e assinar um contrato de casamento. Tudo em um estalar de dedos.

As coisas não eram feitas daquela forma, contudo. Theo insistiu que não. Ele tinha de fazer a corte.

Você pode escolher. Você tem dinheiro suficiente para garantir isso, além desse seu rosto bonito. Eu me recuso a permitir que você apresse as coisas. Você há de encontrar uma esposa adorável, que será mais do que um ornamento. Ela será tudo que você procura. Tudo que você deseja e mais. O seu coração há de ficar muito contente.

Jasper tentou explicar ao amigo que não estava em busca de um casamento por amor. Que deixaria isso para os poetas e sonhadores do mundo. Jasper queria construir impérios, não romances.

Mas ali estava ele, na varanda da casa de madame Klara, que dava para os jardins, e não em um salão de baile. Era um lugar de excêntricos, no qual ele poderia conhecer alguém receptivo a um flerte, um lugar no qual a *loucura* poderia prevalecer, no qual ele era livre para ser ele mesmo e se comportar como desejava. Afinal, aquela mulher não era nenhuma debutante. Não era uma senhorita sorridente atacando o piano de cauda até os ouvidos dele sangrarem. Ela era alguém totalmente diferente, e ele se sentia completamente à vontade enquanto a abordava.

Ele se aproximou dela, levantando involuntariamente a mão para tocá-la, para acariciar a curva da bochecha, roçando as costas dos dedos na pele luminosa.

— Você faz ideia de como é incrivelmente atraente?

Ele sentiu, mais do que ouviu, o arfar dela. Aqueles olhos cor de conhaque se arregalaram e ela piscou várias vezes. Ela deu alguns passos vacilantes para trás, escorregando ainda mais ao longo da balaustrada e se colocando seguramente fora do alcance dele, as mãos enluvadas deslizando pela pedra enquanto ela projetava os seios que transbordariam deliciosamente das mãos dele se tivesse a chance de pegá-los.

— Incrivelmente atraente... — repetiu ela, como se estivesse falando palavras de outro idioma.

Ele assentiu, o olhar passeando pelo corpo dela, devorando tudo que conseguia ver naquele discreto vestido de seda cor de amora. Discreto ou não, seria capaz de apostar que ela não era uma virgem imaculada, o que não tinha o menor problema para ele. Não que estivesse em posição de opinar, mas virgens eram superestimadas. Ele logo teria sua dose de senhoritas imaculadas. Elas nunca se sentiam muito excitadas, nem antes, nem *durante* o ato. Ele sempre sentia a necessidade de se desculpar profusamente durante todo o processo, em vez de simplesmente se render e aproveitar.

Aquela mulher era deliciosa. Cheia de curvas maduras. Ela seria macia e saborosa contra o corpo dele.

— Exato — concordou ele, e repetiu: — Incrivelmente atraente.

Ela parou de retroceder e fixou o olhar de surpresa nele... E, de repente, começou a rir.

Ele piscou.

Ela inclinou a cabeça para trás, expondo o arco delicioso do pescoço, um som delicado escapando pelos seus lábios.

— *Incrivelmente* atraente? — Ela passou o dedo em um dos olhos, como se uma lágrima de riso tivesse escapado. — Pois essa é *muito* boa.

Os elogios dele não costumavam despertar aquele tipo de reação.

— Parece não estar acostumada a ouvir elogios.

— Exatamente. O senhor está dizendo tolices.

Ele se empertigou diante da afronta.

— Não minto sobre esses assuntos.

Ele sempre fora honesto com as mulheres da vida dele. Não que tivesse devotado muito tempo ao sexo frágil nos últimos anos. Os negócios vinham em primeiro lugar. O trabalho o consumia, mas nunca inventava elogios para agradar uma mulher. Então, continuou:

— Por que eu mentiria?

Ela deu de ombros.

— Não faço ideia.

— Devo provar que está errada, então? Provar minha sinceridade? — insistiu ele. — Vamos sair daqui e procurar um lugar mais confortável, e eu mostrarei como estou sendo sincero.

A leveza dela desapareceu. Não havia mais traço de riso nas feições. Estranhamente, ela parecia quase... lamentar.

— Não posso fazer isso.

Não tinha imaginado aquilo. Percebeu o tom de lamento na voz.

— Porque é loucura? — perguntou ele, ecoando a declaração dela antes.

Ela assentiu devagar.

— Exatamente.

— Isso quer dizer que não tem intenção de sair deste lugar comigo? Juntar-se a mim em algum lugar onde possamos explorar o prazer um do outro? — Ele lançou um olhar significativo para a casa. — Sem medo de sermos interrompidos? — A atenção dele se concentrou nos lábios dela, na boca que ele desejava e queria saborear. — Ceder ao desejo que sentimos e a todos os prazeres que podemos encontrar nos braços um do outro?

— O senhor é incorrigível.

Ela meneou a cabeça, mas não afastou o olhar do rosto dele. Ficou olhando como se, de fato, o achasse um lunático. Um estranho lunático. Evidentemente, um cavalheiro não seduzia damas que não *conhecia*. Aos olhos dela, ele tinha ultrapassado os limites. Aos olhos de muitos, pensou ele, ele tinha ultrapassado os limites.

Ele inclinou a cabeça, reconhecendo aquilo. Ainda assim, não lamentava os modos firmes e diretos. Era a forma como ele vivia, informando todas as suas decisões. Decisões que fizeram com que transformasse a simples estalagem do pai nos subúrbios de Londres em um vasto império de estalagens e mais. Foi o que o levara a Londres. O *mais* era o que ele continuava trabalhando para conseguir, para construir e crescer ainda mais.

Logo estaria nos salões de baile da alta sociedade, conhecendo os nobres de sangue azul sobre quem só lia nos jornais.

Soltou o ar. Naquela noite, naquele momento, ele seria ele mesmo. Não pensaria na sua busca por uma noiva entre as debutantes puras de pele alva. Aquilo poderia esperar. Pois, naquela noite, ele não só seria ele mesmo, como também não teria uma gota de arrependimento por fazer o que desejava.

Capítulo 8

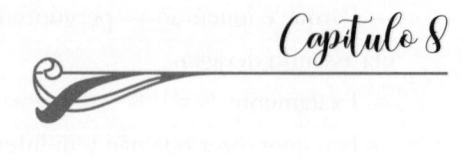

Nenhuma aparição fantasmagórica poderia ser tão terrível quanto a aparição do marido na porta do quarto.
— Gertrude, a condessa de Chatham

Dizem que, quando você morre, sua vida passa diante dos seus olhos em uma sequência de imagens. Recortes da vida capturados nas lembranças. Seria de se supor que tais imagens fossem as mais marcantes da vida de alguém. Tru imaginava que veria o dia do seu casamento. Afinal, ninguém disse que as lembranças precisavam ser boas. O nascimento dos filhos. Uma tarde de verão que passara com eles em um campo de grama macia e fina, quando Delia e Charles eram pequenos e tinham rostinho de anjo, e os três trançaram coroas de flores com jacintos, papoulas e madressilvas. Desconfiava que aquele fosse o tipo de lembrança que teria ao partir, quando se libertasse das amarras terrenas.

E Tru tinha certeza de que aquele momento também entraria no caleidoscópio de cores que resumiria sua existência. Não teve nenhum grande amor na vida. Nem mesmo alguém de quem *gostasse* muito. Mas havia aquilo. Um momento no qual um bonito cavalheiro a fez se lembrar de que era mulher. Mulher, *apesar de tudo*.

Ela se esforçou para respirar, sentindo como se estivesse engasgada, com um nó na garganta que dificultava não apenas falar, mas também deslocar o ar para dentro e fora do peito com facilidade.

— Quanto disparate, senhor.

Ainda assim, sabia que, sempre que deitasse a cabeça no travesseiro à noite, ouviria aquelas palavras. Ela se lembraria delas, se lembraria *dele*, veria o momento no qual esteve em uma varanda escura enquanto um homem bonito lhe oferecia prazer.

Isso quer dizer que não tem intenção de sair deste lugar comigo? Juntar-se a mim em algum lugar onde possamos explorar o prazer um do outro? Sem medo de sermos interrompidos? Ceder ao desejo que sentimos e a todos os prazeres que podemos encontrar nos braços um do outro?

Não havia dúvida. Nenhuma incerteza em relação à intenção dele.

Aquilo era mais do que um flerte. Pelo menos era o flerte mais direto e insolente que já vivenciara. Com certeza aquilo teria sido considerado rude duas décadas antes, mas ela não teria esquecido.

Ele inclinou a cabeça para observá-la.

— Está surpresa? Nunca homem algum tentou seduzi-la?

— Não. — Ela arfou, escandalizada ao ouvir a sugestão. A condessa de Chatham não era alvo daquele tipo de convite, e todos os cavalheiros da alta sociedade a conheciam bem. — Sou casada.

— Ah. — Foi a vez de Thorne parecer surpreso. — Não tive essa impressão.

— Não?

— Não.

— E que impressão uma mulher casada passa? — E por que ela havia, de alguma forma, fracassado em passar?

Ele a avaliou por um momento.

— Creio que uma mulher casada passe a impressão de alguém que tem prazer na cama com regularidade. E sou capaz de apostar que não é esse o seu caso.

Ela estendeu a mão e o estapeou com vontade.

A cabeça dele virou para o lado, mas ele rapidamente se aprumou e olhou direto para ela, como se aquilo não o tivesse afetado em nada. Ele olhou para ela com toda a calma e tranquilidade do mundo, e aquilo a deixou agitada. Porque estava bem longe de sentir qualquer calma e tranquilidade naquele momento.

— Como se atreve?

Foi tudo que Tru conseguiu dizer, enquanto tentava entender o que a ofendera mais. A pergunta corajosa? O fato de ele estar certo? Ou o fato de tê-la feito perder o controle?

Como era possível que, só de olhar para Tru, ele soubesse que ela não tinha prazer com regularidade? Tru sentiu o calor do constrangimento subir pelo pescoço e pelo rosto. Traria ela uma placa no peito proclamando aquilo para o mundo? Só de pensar nisso, ficava mortificada. Como ele poderia saber só de olhar?

— Eu só estava respondendo à sua pergunta. Queira me desculpar, pois minha intenção não foi ofendê-la.

— C-como sabe... Por que acha... — A voz dela falhou, e as palavras ficaram presas na garganta. Não ia perguntar. Não tinha a franqueza direta dele.

Nunca homem algum tinha sido tão direto com ela. A não ser Chatham, e a franqueza dele só se manifestara no dia do casamento, quando lhe falara com sinceridade cruel, revelando sua verdadeira natureza.

— Dá para saber se uma mulher sente prazer com frequência.

Com frequência? Ela *nunca* tinha sentido prazer.

A forma com que aquele estranho olhava para ela com os olhos encobertos e escuros a fez pensar naquilo. Pensar em sentir *prazer*.

O sangue começou de repente a pulsar em partes do corpo nas quais ela nunca tinham sentido nada digno de nota antes. No rosto. Nos seios. E também um pulsar quente entre as pernas. Aquilo, com certeza, *nunca* tinha acontecido antes.

— O seu casamento é feliz? — perguntou o estranho.

Que tipo de pergunta era aquela?

— Feliz? — repetiu com voz aguda.

— Isso. Está satisfeita com o seu casamento, madame?

Ela piscou. Jamais alguém lhe fizera aquela pergunta antes. E por que deveriam? Não era relevante. Os casamentos aconteciam o tempo todo sem que satisfação e felicidade fossem sequer consideradas. A felicidade ou a perspectiva de felicidade raramente eram um fator àquela altura.

Ele repetiu bem devagar:

— Seu... casamento... é... feliz?

Haveria *algum* casamento realmente feliz na alta sociedade? Os casamentos por amor eram uma anomalia.

— Isso é irrelevante.

Foi a vez dele de piscar. O estranho assentiu e deu um passo para trás, surpreso.

— Então, é isso. O seu casamento *não* é feliz.

— Não foi o que eu disse.

Tru se sentiu ultrajada. Como aquele estranho se atrevia a fazer perguntas tão íntimas?

— Apenas uma mulher com um casamento *infeliz* responderia dessa forma.

Como tinha entrado em uma conversa tão íntima com um homem que nem sequer conhecia?

— E por que o senhor se importa com a minha felicidade ou a ausência dela?

— Bem, eu não faria um convite para uma mulher *feliz* no casamento. Isso seria de muito mau gosto. — Agora ele estava preocupado com a etiqueta? — Mas nós dois sabemos que esse não é o seu caso.

Infeliz no casamento. A dor daquilo a atingiu mais uma vez. E, mais uma vez, não soube ao certo o que a ofendia mais: as palavras dele ou o fato de serem verdadeiras.

— Como se atreve, rapaz? Como se atreve a dizer essas coisas quando nada sabe sobre mim?

Nada sabe, a não ser que estou presa a um casamento vazio. Tru respirou fundo. Parecia que era completamente transparente para ele, que nem sabia o nome dela, sua identidade, seu status na sociedade, mas conseguia vê-la como realmente era: uma prisioneira em uma gaiola de ouro.

— Sinto muito se lhe causei angústia.

Tru ergueu o queixo, demonstrando o máximo de indignação que conseguiu.

— Não foi o caso.

E ela ainda o havia estapeado, e se arrependia, de verdade; arrependia-se de ter perdido a paciência e a compostura, mas não poderia afirmar que ele havia lhe causado angústia. Não era exatamente aquilo. Era um turbilhão de emoções, mas angústia não estava entre elas. Ela sentia ultraje. Euforia. *Tentação*.

— Podemos mudar uma coisa, contudo.

Tru não deveria reagir, mas não conseguiu conter a pergunta:

— O que quer dizer com isso?

— Você pode encontrar o prazer plenamente. Se não no casamento, então pelo menos esta noite. Comigo. Juro que vou me dedicar com total diligência até o fim.

Ela ficou olhando para aquele estranho com expressão de total incredulidade. Ele não estava brincando. *Juro que vou me dedicar com total diligência até o fim.* E ela acreditou.

Foi tomada por um sentimento ardoroso. Aquele homem extremamente atraente estava lhe oferecendo uma noite. Com ele.

O estranho deu de ombros.

— Ou não. A escolha é sua.

Todos a achavam muito rígida, certinha demais para dar um passo fora do casamento. No entanto, aquele homem não sabia nada daquilo. Não conhecia aquela característica dela, e o convite que via nos olhos dele era sedutor demais.

— E, quem sabe? — Ele deu um sorriso cheio de malícia que a fez sentir um frio na barriga. Ela se remexeu, agitada, como se aquilo pudesse, de alguma forma, amenizar a tensão. — Se nos divertirmos, ficarei mais do que feliz com mais de uma noite. Mas não vamos nos precipitar.

Ah. Ele era um demônio insolente. Tru deveria lhe dar outro tapa. Seria mais do que merecido... No entanto, tocá-lo lhe soava como algo nem um pouco recomendável.

— O senhor nada sabe sobre mim — sussurrou, como se estivesse falando consigo mesma. Como se as palavras fossem dirigidas a ela, não a ele. Como se ela precisasse de um lembrete.

— E eu preciso saber mais do que vejo? Do que sinto no ar entre nós? Não precisa ser mais complicado do que isso. — Ele deu de ombros, de novo. — Isso pode ser bastante libertador, ficar à vontade e se deixar levar por um estranho atraente.

Ela sibilou por entre os dentes e negou com a cabeça. *Não*. Não poderia fazer uma coisa daquelas.

— Quantos anos você tem? — perguntou ele, de repente.

Ela se empertigou, sentindo a indignação queimar e pesar no próprio peito. Teria dito ou feito alguma coisa que a fizera parecer mais velha para ele?

— E o que isso importa?

— Eu só estou... — ele deu de ombros — ... curioso.

— Curioso. — Ela quase rosnou a palavras. — Imagino que saiba que não é nada delicado perguntar a idade de uma mulher.

Ele riu.

— Acho que já passamos da fase das delicadezas sociais, não? Achei que estávamos sendo honestos um com o outro.

Ela suspirou. A idade nada mais era do que uma marca do tempo. Não havia motivo para ficar constrangida ou envergonhada por não ser mais jovenzinha. Não era mais uma virgem para ser julgada e humilhada.

— Tenho trinta e sete anos.

Pronto. Aquilo o faria retirar a oferta. Ela olhou para ele ansiosa, pronta para ouvir suas desculpas antes de pedir licença e se retirar.

Não foi o que aconteceu.

Ele continuou no mesmo lugar, e então inclinou a cabeça de forma inquisidora.

— Isso deveria me chocar e apagar o desejo que sinto?

— Imagino que sim. Sim, deveria. O senhor é jovem demais para mim.

Só de olhar dava para perceber que era mais jovem do que ela. Era um homem. Homens escolhiam mulheres jovens, certamente *mais* jovens do que eles, para levar para a cama. Ou para se casar. Ou para serem suas amantes. As coisas funcionavam assim.

— Sou mais jovem do que você — admitiu ele. — Mas não muito. Tenho trinta e três anos.

Era quatro anos mais novo do que ela. Havia uma diferença de idade bem maior entre Tru e Chatham. Só que Chatham era o mais velho. Não deveriam ser casos tão diferentes. Mas, de alguma forma, eram.

— Bem. Aí está. Outro motivo para repensar sua proposta, agora que sabe que sou uma mulher *madura*.

— Madura? — O estranho sorriu e a olhou de cima a baixo com uma expressão que Tru só poderia interpretar como aprovação. — O seu tom indica que acredita que isso seja algo que não é natural. Que é... ruim. Eu só posso me interessar por mulheres com menos idade do que eu? Bobagem. Isso deixaria de fora um grupo inteiro de mulheres que eu gostaria de ser livre para... conhecer.

Conhecer? Era um belo eufemismo. Ele estava se referindo a flertar, a transar, a copular.

— Ah. — Ela meneou a cabeça. — O senhor é incorrigível.

— Foi o que me disseram. — Ele abriu ainda mais o sorriso, e Tru sentiu um frio na barriga. — Esta noite mesmo. Alguns instantes atrás.

Ela se esforçou para não sorrir.

— Decerto que não sou a única mulher a fazer tal afirmação.

— Ah — murmurou ele de forma vaga, sem concordar nem discordar.

— Vou considerar que concorda comigo. — Mas é claro; ele era um libertino. Ela deu um sorrisinho. — Já seduziu muitas mulheres em jardins escuros para a sua cama?

— Ah, então está dizendo que sou sedutor?

— Sem sombra de dúvidas. — Ela surpreendeu a ambos com a resposta rápida e honesta.

Ele piscou e, depois, abriu um sorriso lento e lânguido.

— Devemos, então, fazer algo a respeito? — Ficou evidente que o estranho achou que Tru estivesse cedendo aos encantos dele. — Posso chamar minha carruagem.

Ele estava errado. Ela não tinha cedido. Não era livre para tal.

— Não, não vamos fazer nada disso.

Ela o olhou de cima a baixo, observando a estatura imponente e a largura dos ombros que não era nem um pouco disfarçada pelo casaco fino.

— Não vamos fazer nada — repetiu ela com um suspiro resignado, antes de confessar: — O que é uma lástima.

Ele lançou um olhar curioso para ela.

— Então, está me rejeitando, mas está... triste por fazê-lo? Esse comportamento parece encorajador, como se eu não devesse desistir ainda. — Novamente o sorriso perigoso.

Ele estava se oferecendo para ela por algum motivo misterioso que ela não conseguia compreender. Estava oferecendo uma única noite na qual ela poderia sentir todas as coisas que lhe foram negadas. Paixão. Conexão. Intimidade. *Sentimento*. Uma folga da dormência, do *nada* que sentia quando se deitava na cama, sozinha à noite, e ficava olhando para a escuridão.

— Ah, não. — Tru negou com a cabeça de forma enfática. — O senhor deve desistir com toda certeza.

— Pois não me parece tão convencida em relação a isso.

— Meu casamento pode até ser infeliz — admitiu ela. Não adiantava mentir em relação a algo que ele já sabia. — Mas sou fiel.

Ele pareceu ainda mais curioso ao olhar para ela.

— E ele lhe é fiel?

Um som sufocado de surpresa escapou pelos lábios de Tru, e ela os cobriu com a mão. Não conseguiu evitar, pois aquela era uma ideia ridícula.

— Ah. — Ela engoliu em seco e pigarreou, tentando recobrar a compostura. — Não. Ele não é.

Não dava sequer para imaginar que Chatham pudesse ser capaz de qualquer lealdade ou fidelidade. Tru já havia perdido as contas de quantas amantes o marido tivera ao longo dos anos, e aquelas eram só as de quem havia tomado conhecimento.

— E por qual motivo continua sendo fiel? Ao que tudo indica, ele parece não merecer tal fidelidade. Nem merecer *você*, se eu for sincero.

Ela deu um pequeno passo para trás. Nunca alguém lhe dissera uma coisa daquelas. Ninguém lhe dissera que deveria querer mais da vida, que talvez *merecesse* mais. De fato, o assunto de que merecia mais nunca tinha sido mencionado por ninguém e não passou sequer pela própria cabeça; e aquilo de repente lhe pareceu bastante errado.

Nem mesmo as amigas mais próximas lhe disseram tais palavras. Nem a própria mãe, que, acima de tudo, deveria ter se preocupado com a felicidade da filha.

Ah, tinha certeza absoluta de que todos, inclusive a mãe e as amigas, sentiam pena dela por ter se casado com um canalha, mas nenhuma delas jamais lhe disse tais palavras. Talvez porque estivessem presas nos próprios casamentos menos que idílicos. Ou talvez porque não importasse. Não haveria motivo para dizer nada; só fariam com que ela se arrependesse e desejasse uma fuga impossível.

Embora fosse impossível não conjecturar o que poderia ter acontecido se ela conhecesse um homem como aquele aos dezessete anos. A vida dela teria sido diferente? Ainda seria a condessa de Chatham?

Tru balançou a cabeça, tentando afugentar tal pensamento fantasioso. De nada adiantava. O estranho era um libertino. Libertinos não buscavam esposas, e aquilo era a única coisa que ela poderia ter sido para ele. Uma esposa em potencial. Era tão impossível antes quanto era agora.

— Porque não importa o quanto eu o ache sedutor — respondeu ela devagar, chegando cautelosamente à própria conclusão na sua mente antes de verbalizá-la —, eu não posso ser o que ele é. Não posso ser ele. — Ela umedeceu os lábios. — Eu jamais serei como ele.

Ele assentiu devagar, como se compreendesse o lado dela, e disse:
— Uma lástima.

A escolha de palavras foi um eco deliberado das dela, decerto que sim, e, por algum motivo, ela as sentiu como um aperto no meio do peito.

De fato. *Uma lástima.*

Tudo nele era delicioso e sedutor, mas talvez a maior tentação estivesse no fato de ele não saber quem ela era. Um estranho. Ele não a conhecia. Ela não o conhecia. Ele não frequentava os mesmos círculos que ela. Ele, de alguma forma, tinha conseguido um convite para a sessão espírita daquela noite, mas não frequentava os salões de baile e as salas de visita do mundo dela. Ele não sabia nada sobre o marido, sobre os pais e os filhos dela. Nada sobre a Condessa Contida. O estranho estava certo. Era uma perspectiva libertadora... Ser alguém além de quem realmente era.

Tru suspirou e recuou um passo. Se ao menos pudesse ser outra pessoa, mesmo que por um breve instante. Alguém mais jovem. Alguém livre. Até mesmo uma das amigas que se envolviam em romances ilícitos fora dos laços do matrimônio. Alguém acostumada àquele tipo de situação.

No entanto, ela não era nada daquilo.

— Boa noite.

Ele ficou olhando para ela por um longo momento, barrando a passagem antes de inclinar a cabeça e dar um passo para o lado, abrindo caminho.

— Boa noite, madame.

Ela retribuiu seu olhar por mais alguns instantes e, então, levantou a saia e passou por ele, como se temesse uma tentativa dele de impedi-la. E, para dizer a verdade, uma pequena parte dela temia que ele *não* tentasse. Temia que aquela chance — aquela tentação — se esvaísse como partículas de areia escorrendo pelos dedos, depois perdidas no vento, como se nada daquilo tivesse acontecido.

Então, ela seria apenas o que sempre tinha sido. Uma grande matrona da alta sociedade, com toda solenidade e dignidade e reputação ilibada... mas não uma mulher como um homem poderia ver, uma mulher simplesmente. Uma mulher desejada sob os lençóis, sob um homem, na cama dele. Envelheceria, morreria e viraria pó sem nunca saber como era viver uma paixão nas mãos de um homem.

O estranho não a impediu de seguir. Deixou-a passar e ela voltou ao salão.

Madame Klara ainda estava envolvida na performance, prendendo a atenção de todos, mas Valencia a viu imediatamente. Colocou a mão no ombro de Rosalind, e a irmã ergueu o olhar que se encontrou com o dela. Ela entendeu na hora que Tru estava pronta para partir.

Com um aceno discreto, Ros se levantou, permitindo que outra pessoa ocupasse seu lugar.

Tru se esforçou para não olhar para a vidente, madame Klara, uma bruxa, muitos diriam. Seja lá o que fosse, tinha alguma influência, e Tru não conseguiu resistir: lançou um último olhar antes de partir. Os olhos se encontraram e Tru leu aquelas palavras nas profundezas escuras:

Você está em perigo. Não diga nada. Não confesse nada.

As palavras ainda estavam lá, vivas nos olhos daquela mulher, um aviso para ter cuidado, exatamente como antes... e tão sem sentido quanto antes.

Recuperando a compostura com uma inspiração profunda, Tru foi na frente, e as três mulheres deixaram o salão. Não viu mais o homem da varanda quando deixou a casa. Ela o imaginou ainda lá fora, com os olhos perdidos na noite, talvez pensando nela exatamente como estava pensando nele. Era a vaidade em ação, mas disse a si mesma que permitiria aquilo ainda que apenas por aquele instante. Afinal de contas, tomara a decisão certa e adequada, e estava voltando para casa e para a cama solitária como fazia todas as noites.

— Você está bem, Tru? — perguntou Rosalind, dando tapinhas na mão dela enquanto a carruagem balançava pelos paralelepípedos.

— Estou.

— Você parece assustada.

— E não era para estar? — perguntou Valencia, olhando atentamente para Tru. — O que acha que madame Klara quis dizer?

— Tudo não passou de uma grande bobagem. — Tru fez um gesto desdenhoso com a mão. — Uma invenção. Não significou nada.

— Pois ela pareceu bem convincente. — Rosalind assentiu com vigor, ainda dando muito peso às supostas capacidades de madame Klara.

— Decerto que esse é um requisito para exercer a profissão dela — retrucou Tru, seca.

— Pois eu senti muito medo. — Rosalind estremeceu.

— Ainda bem que não sou supersticiosa.

Rosalind fez um som de incredulidade e cruzou os braços. Seguiram em silêncio pelo restante do caminho, cada qual perdida nos próprios pensamentos. Tru deixou a irmã e a amiga em casa antes de seguir para a dela, sozinha.

Só que, em vez das palavras proféticas de madame Klara, foram as palavras e o rosto do estranho da varanda que a seguiram, acompanhando-a enquanto entrava em casa. Enquanto Hilda a ajudava a se preparar para dormir. Enquanto se deitava sozinha na própria cama...

E Tru começou a pensar *e se*.

E se tivesse dito sim? E se tivesse entrado na carruagem dele e permitido que ele a levasse para casa com ele e se rendesse, uma vez na vida, ao desejo egoísta?

Jamais saberia.

Tru estava quase dormindo quando ouviu o ranger da porta do quarto e abriu os olhos, totalmente alerta. Passos suaves e cuidadosos seguiam em direção à cama.

Ela sorriu.

— Cordelia? Por que não está na cama?

O colchão afundou com o peso da filha, e Tru se virou para olhar para ela.

— Como foi a sua noite, mãe?

A noite *dela*? A noite foi um fracasso, com enganos e palavras tentadoras de um cavalheiro libertino.

— Foi boa. E a sua?

— Fiquei sabendo que meu pai veio visitar.

Tru ficou tensa. Não era de se estranhar que a filha já soubesse. A notícia da visita devia estar queimando na língua de todos os criados da casa.

— Sim, ele veio.

Cordelia fez uma pausa antes de dizer:

— Ouvi dizer que ele já escolheu um marido para mim.

Também não era de se estranhar que já tivesse ouvido falar daquilo. Afinal de contas, as paredes tinham ouvidos. Os criados queriam saber o que motivara a visita.

— Mãe? — insistiu Cordelia.

O estremecimento na voz da filha fez Tru se lembrar do quanto ela era jovem, mal tinha vivido a vida fora da casa da família em Lake District. Às vezes, quando Tru vinha para Londres, Delia pedia para ficar, preferindo o campo à cidade.

Delia não estava pronta para aquilo. Não importava o quanto Tru tivesse tentado prepará-la... também a protegera. A filha não estava pronta. Não para se casar com um estranho, um homem escolhido por Chatham, o que, com certeza, não era boa coisa.

Tru respirou fundo para tomar coragem.

— Ele escolheu alguém, sim.

— E quem é ele? Quem é o meu prometido?

Doía no coração de Tru que Delia aceitasse aquilo de forma tão despreocupada. Ela pegou as mãos da filha e as apertou de leve, oferecendo conforto. Tru não aceitava. Não conseguia. Ainda assim, não precisava acender a raiva da filha. Poderia muito bem sentir raiva pelas duas.

— Mãe? Com quem eu vou me casar?

— Eu não sei — admitiu ela.

— Como isso é possível? — Delia parecia perplexa e decepcionada.

Porque Tru era Tru. A condessa de Chatham. Ela conhecia todos os solteiros elegíveis da sociedade. O fato de não conhecer aquele homem sem dúvida era uma grande preocupação.

— Não precisa ficar com medo. Vou descobrir tudo que é possível sobre ele.

Capítulo 9

Você talvez ache minha vida entediante; prefiro dizer, porém, que escolhi a prudência e a segurança. Apenas os muitos jovens e os muito tolos preferem uma vida animada.

— Gertrude, a condessa de Chatham

Jasper Thorne se acomodou confortavelmente na carruagem enquanto voltava para casa sozinho. Theo ficou para trás, extasiado com tudo que via em madame Klara.

No entanto, apenas uma mulher o extasiara naquela noite, e não tinha sido a vidente. Era uma mulher com olhos bonitos que o lembravam do seu conhaque favorito. Do outro lado do salão, aqueles olhos brilharam de irritação. Ela claramente estava enojada de se encontrar no meio de uma sessão espírita, e ele tinha se divertido com aquilo, sentindo uma conexão imediata com ela.

Levantou a mão para abrir a cortina e espiar a noite que passava como um borrão lá fora. As coisas já não estavam mais saindo de acordo com o plano, o plano que ele mesmo tinha traçado.

Quando a seguira até a varanda, sua intenção era apenas de conhecer a dama e fugir das bobagens que estavam acontecendo dentro da casa. A intenção não era a de se oferecer de bandeja para ela, mas fora exatamente o que tinha feito. Ele se oferecera para ela por uma noite, e mais, se ela quisesse.

Uma noite na companhia dela parecia algo mais interessante a se fazer do que ver madame Klara impressionar um grupo de tolos. Ele meneou a cabeça e riu. Os nobres de sangue azul. Não havia limite para as bobagens deles. Ou para as formas com que estavam dispostos a gastar dinheiro.

Theo insistira que ele fosse hoje à noite. Como Jasper tinha optado por seguir os conselhos do amigo sobre como passaria o tempo na cidade, mal protestara quando ele lhe dissera que iriam a uma sessão espírita. Afinal de contas, Theo estava lhe fazendo um grande favor ao apresentá-lo à sociedade londrina. Ele não tivera coragem de recusar. Devia muito ao amigo.

A carruagem balançava em um movimento confortável. Estava relaxado quando chegou ao hotel, mesmo que decepcionado por ter de passar a noite sozinho e não com a mulher da sessão espírita. Era bem provável que nunca mais voltasse a vê-la. Tudo bem. A última coisa de que precisava naquele momento era um envolvimento romântico. Não precisava de distrações.

Passou pela a porta e entrou no grandioso vestíbulo de piso de mármore do seu hotel. Sabia que precisava de um lar adequado para a filha. Por ora, Bettina vivia nos aposentos dele. Ela adorava. Os criados do hotel a mimavam e, do quarto andar, a vista de Londres era espetacular.

Estava satisfeito de ficar no próprio quarto particular, mas sabia muito bem que uma jovem dama não deveria ser criada na cobertura de um hotel, não importava que fosse um estabelecimento de luxo. Não importava que ele mesmo tivesse sido criado em uma estalagem de beira de estrada. Mas aquela tinha sido a vida dele. A de Bettina seria melhor. Ela merecia o melhor, e ele tinha prometido isso a ela.

Haveria tempo suficiente para se mudar depois que se casasse. Ele deixaria a noiva escolher uma casa adequada em um bairro rico e da moda, como era de esperar. Afinal, seria ela a passar a maior parte do tempo lá com a filha dele. Ele estaria ocupado. Tinha planos de construir mais hotéis. Londres era só o começo. Porém, manteria suas acomodações em Harrowgate.

Subiu a escada até seus aposentos no quarto andar do hotel. Havia um criado na entrada, como sempre. A filha dormia do outro lado daquela porta. Ele não a deixaria desprotegida. Escolhia com cuidado os homens que vigiavam aquelas portas. Eram sempre robustos e tinham mãos do tamanho de um pernil. Em um hotel cheio de hóspedes estranhos, ele se certificava de que ninguém entrasse no seu quarto sem ser convidado.

Com um aceno, o homem abriu a porta para ele.

Ames, o mordomo, o cumprimentou do outro lado, ajudando-o a tirar o casaco.

— Você não deveria ter esperado acordado, Ames.

— Ainda não é tão tarde. Como passou a noite, sr. Thorne?

— Muito bem. Obrigado, Ames. Como está minha filha? Espero que não tenha atormentado a srta. Morris para deixá-la ficar acordada até tarde.

— A srta. Morris e a srta. Bettina jogaram xadrez antes de irem para cama.

— Ah. E quem ganhou?

— Creio que não tenham terminado. Elas planejam retomar o jogo amanhã.

— Bem, isso já é alguma coisa. — Ele balançou a cabeça em aprovação, enquanto tirava a gravata. — Eu me lembro de quando a srta. Morris conseguia derrotá-la com meia dúzia de jogadas.

— Esses dias ficaram para trás. Srta. Bettina é bastante inteligente. Uma oponente de respeito.

Jasper assentiu, satisfeito. A filha era inteligente, com certeza. Aquilo seria bom para a vida dela. Precisaria daquilo para navegar pelas águas da alta sociedade, cheia de caçadores de fortunas. Esperava que a futura madrasta fosse uma árbitra firme para guiá-la por todas aquelas decisões, mas era um conforto saber que a filha tinha uma mente afiada.

— O senhor precisa de ajuda para se preparar para dormir? — Ames nunca deixava de perguntar.

O velho mordomo ficava horrorizado por Jasper não contar com um criado pessoal, pois não precisava de um. Não era criança. Sabia se vestir e se despir sozinho havia anos.

— Não. Pode deixar.

Ele subiu os poucos degraus que levavam aos quartos, mas não sem antes dar uma olhada na filha. A porta do quarto dela era a última à esquerda no fim do corredor. Ele colocou a mão na maçaneta e ficou escutando por um momento. Às vezes, a pegava acordada, brincando de boneca em vez de estar dormindo como deveria.

Estava tudo silencioso do outro lado. Jasper abriu a porta devagar e espiou lá dentro. Um montinho ocupava o meio de uma grande cama com dossel. A figura delgada de Bettina respirava suavemente sob as cobertas.

As cortinas vermelhas estavam abertas, permitindo que o brilho do mundo exterior iluminasse o cômodo. Ele entrou em silêncio e olhou para a rua. Os postes pontilhavam a cidade, lamparinas com seus refletores banhando a noite com um brilho quente que quebrava a escuridão noturna.

Aquilo tinha sido o que mais o surpreendera quando visitara Londres pela primeira vez. Não havia noite. Não de verdade. Não como estava acostumado em casa, onde, assim que colocava os pés do lado de fora, à noite, era engolido pela escuridão. Ali, o mundo nunca dormia. Sempre havia pessoas, movimento, sons e luz.

Em algum lugar lá fora, estava a noiva dele. A futura madrasta da filha. A mulher que a guiaria pela vida, especificamente pela sociedade londrina, e em direção a um futuro de alegria, tranquilidade e segurança que ele jurara para a mãe da menina que a filha teria. Era por Bettina que fazia tudo aquilo. Não por ele. Nenhum outro motivo o faria se prender a uma mulher novamente.

Virando-se, foi em direção à filha, que dormia sem perceber a presença do pai, nem nada à sua volta. O cabelo claro estava espalhado no travesseiro, apenas alguns tons mais escuros do que a fronha cor de creme. Ela possuía os traços delicados de Eliza, até mesmo o narizinho arrebitado. Parecia certo que parecesse tanto com a mãe, que sempre fora risonha e feliz apesar da origem humilde e das mãos calejadas, testemunhas de uma vida dura.

Jasper olhou em volta para as sombras do quarto bem decorado que contava com tudo que uma infância privilegiada poderia oferecer: brinquedos, bichos de pelúcia e uma casinha de boneca impressionante que ele encomendara para o último aniversário da filha. Dez anos de idade. Dez anos desde a morte de Eliza. No decorrer daquele tempo, ele tinha se transformado em um homem muito rico. Em apenas dez anos, tinha acumulado uma fortuna.

Eliza teria desejado aquela vida para a filha, se conseguisse tê-la imaginado.

Quando Jasper a conhecera, ela era aprendiz de costureira. O pai de Jasper já havia falecido, e ele passava a maior parte do tempo administrando a estalagem.

Já havia começado a trabalhar para abrir outra estalagem em uma vila próxima. Não tinha tempo para namoros de verdade. Transar, porém, era outra questão. Sempre tinha tempo para aquilo.

Ele se encontrava com Eliza durante a noite, de forma clandestina, geralmente em um dos estábulos atrás da casa. Não na estalagem. Nunca na estalagem na qual a mãe dele morava, pois jamais poderia entreter uma amante sob aquele teto. Bom, talvez pudesse. Mas nunca o fez. Sempre providenciara para que o estábulo estivesse limpo, com cheiro de feno fresco, pronto e esperando por Eliza.

Estava longe de pensar em casamento, mas fez o pedido assim que soube que ela estava esperando um filho. Ela aceitou, e eles se casaram antes do nascimento de Bettina.

Acreditava que teriam sido felizes. Satisfeitos. Eliza não tinha complicações nem exigências. Só queria ele e o filho que teriam. Infelizmente, ela não teve direito a nada daquilo, pois morreu alguns dias depois de ter trazido Bettina ao mundo, sem conseguir se recuperar do parto.

No entanto, antes de morrer, ela arrancara dele uma promessa que ainda o motivava. A promessa de que Bettina seria bem cuidada e que teria uma vida feliz e cheia de amor.

Ele tinha dado uma infância feliz para a filha e continuaria fazendo isso, mas precisava olhar para o futuro. O futuro dela. Ela não seria uma garotinha para sempre. A infância chegaria ao fim, como acontecia com todo mundo. Ele não poderia educá-la na obscuridade de uma estalagem de beira de estrada, mesmo que a mãe dele estivesse lá para ajudá-lo. Não havia oportunidades ali. Ela merecia a vida de uma dama. Ele estava trabalhando para aquilo. Com a ajuda de Theo, já conhecera alguns pais nobres. Pais nobres, com filhas nobres. Filhas que seriam ótimos exemplos... Ótimas madrastas, que garantiriam que a filha dele fosse um sucesso quando chegasse a temporada dela, dali a alguns anos. O sucesso da temporada que poderia escolher um bom noivo. Escolhas. Ela seria uma dama com escolhas, o que era muito mais do que muitas mulheres tinham na vida.

Ele cumpriria e iria além da promessa que fizera a Eliza. Ele se certificaria de fazer tudo pela filha.

Mesmo que aquilo significasse comprar uma noiva de sangue azul.

Capítulo 10

Em questões de casamento, existem dois conjuntos de regras: um para o marido e outro para a mulher. Arrisca um palpite sobre quem sai na frente nesse placar?

— Valencia, a duquesa de Dedham

Estava tarde, mas não tarde o suficiente.

Valencia ficou olhando para a carruagem que levava as amigas para longe, observando enquanto virava a esquina e desejando ainda estar com elas. Desejando poder ser levada para longe também. Um desejo fútil. Estava presa até o fim da vida àquela casa e ao homem que nela morava.

Com um suspiro, virou-se e abriu a porta com cuidado, sentindo-se uma ladra entrando na própria casa. Afinal, aquela não era a casa *dela* de verdade. Já fazia muito tempo desde que sentira que aquela casa era dela. Desde os primeiros anos de casamento. O grandioso mausoléu de Mayfair pertencia ao duque de Dedham. Era a casa *dele*. Ela era apenas a esposa a quem ele permitia morar ali. A mulher que um dia ele amara e levara para cama com toda a paixão de um coração jovem e esperançoso. No entanto, aqueles dias passaram e o coração dele tinha ido com eles. Tudo perdido por uma fatalidade do destino.

Diferentemente de Tru, Valencia era obrigada a aguentar a presença do marido todos os dias. Dedham não morava em outro lugar, nem permitia que Valencia o fizesse. Era obrigada a vê-lo todos os dias, a sombra do homem com quem tinha se casado. Dormiam sob o mesmo teto, mas não dividiam o quarto, nem a cama. Aquilo também era uma coisa do passado.

Nos casamentos da alta sociedade, não era incomum que o casal morasse em casas separadas. Sugerira aquilo uma vez para Dedham. Com cuidado, dizendo que ele talvez gostasse de ter privacidade... e talvez preferisse ter outra casa. Tinha sido um erro, obviamente, e ela sofrera as consequências daquele erro e jamais voltou a tocar no assunto.

Soltou o ar com alívio quando as dobradiças não rangeram. Sempre orientava os criados para que as mantivessem bem lubrificadas de modo que não houvesse barulhos desnecessários que pudessem incomodar Dedham. Evitava, a todo custo, fazer qualquer coisa que o incomodasse, pois seu temperamento era algo a ser evitado.

Um criado roncava baixinho em uma cadeira no vestíbulo. Ela prendeu a respiração para não anunciar sua chegada, fechando a porta com suavidade.

O marido de Tru era um perdulário mulherengo. Era cruel, mas era raro que ela precisasse aguentar a companhia dele. A visita mais recente dele tinha sido apenas para informar à condessa sua decisão sobre Delia. Caso contrário, ele continuaria a ignorá-la, deixando-a na mais abençoada paz.

Valencia invejava aquela paz. Não que confidenciasse as coisas para Tru. Contar para a amiga significaria revelar a extensão do seu sofrimento com Dedham. E ninguém sabia daquilo. Ninguém jamais poderia saber. A vergonha era grande demais, o sofrimento era um fardo que precisava carregar sozinha.

Abaixou-se e tirou os sapatos, usando uma das mãos para segurá-los e a outra para levantar as saias. Com cuidado, caminhou na pontinha dos pés pelo piso macio do vestíbulo, grata pelas meias que abafavam o som dos passos.

Esperava que Dedham tivesse bebido e tomado láudano o suficiente para dormir até bem tarde no dia seguinte. Como na maioria das noites. Era seu costume favorito depois do jantar.

Subiu a escadaria em silêncio.

A criada sempre se certificava de deixar os candeeiros das paredes acesos para que ela não precisasse caminhar no escuro. Valencia não era a única temerosa da fúria do marido. Ninguém desejava incomodar Dedham. Ele descontava a raiva em cima de qualquer um.

Estava na metade do corredor, a caminho dos seus aposentos, quando uma voz perguntou:

— Onde você estava? Saiu para trepar?

Ela se virou e viu o marido andando em sua direção. Estava desgrenhado com a roupa de dormir. Precisava de um corte de cabelo, pois as mechas se espalhavam em todas as direções, mas não se atreveu a mencionar aquilo e arriscar uma explosão imprevisível.

— Dedham. — Ela suspirou, sentindo a pulsação acelerar loucamente. — Você está acordado — observou como uma idiota.

O suor brilhava na pele cinzenta do marido. Aquilo e o som da respiração ofegante mostraram que não era uma das noites boas.

— Uma inconveniência para você, tenho certeza — sibilou ele, os olhos vítreos e cintilantes pelo láudano que consumira. — Você provavelmente queria voltar da sua trepada com sabe-se lá quem sem que eu soubesse.

Ela se encolheu diante das palavras duras. Ele insistiu:

— Com quem você saiu, mulher?

— Tru e Rosalind... e Hazel também estava...

— Hazel? Aquela prostituta?

Valencia só mencionara Hazel porque Dedham ainda respeitava o pai de Valencia, e Hazel era a mulher do pai dela, apesar de tudo. Se Dedham quisesse provas de que não passara a noite tendo algum caso ilícito, poderia simplesmente verificar as atividades dela com o pai.

— Não acredito em você. Você não a suporta... Embora, na minha opinião, vocês tenham muita coisa em comum.

— Dedham, por favor.

— Para quem você abriu as pernas esta noite?

Ele tinha ficado obsessivo e irracional. Desde o acidente, estava convencido de que ela o traía o tempo todo.

Ela tentou acalmá-lo mais uma vez:

— Dedham, por favor...

— Você quer mesmo que eu acredite que não recebeu nenhum homem na sua cama durante todos esses anos?

Ela olhou para ele com expressão suplicante, buscando naquele rosto o homem com quem havia se casado. Ela o amara um dia, e ele a amara também. Tinha sido real.

Já era tarde. A dor dele era forte. Discutir não levaria a nada. Quanto mais ela tentava convencê-lo de que era fiel, mais irado ele ficava. Aquele era o padrão. Ela conhecia bem.

Suspirando, deu um passo em direção ao marido.

— Vossa alteza, venha comigo. Vou ajudá-lo a se deitar.

A última coisa que queria era acordar os criados com uma briga.

Pousou a mão na manga do pijama dele, com leveza para evitar qualquer coisa que o fizesse perder a razão.

Ele baixou a cabeça e soltou o ar, os ombros subindo e descendo com a respiração profunda.

— Dedham? — chamou ela baixinho.

Devagar, depois de um longo tempo, ele voltou a olhar para ela. Olhos vítreos e sem vida.

— Você acha mesmo que pode voltar para casa depois de passar a noite trepando e simplesmente me colocar na cama como se não tivesse feito nada de errado?

— Dedham, eu não...

O restante foi interrompido por um ofegar que se transformou em um grito quando ele levou as mãos ao peito dela e a empurrou.

O mundo girou em um caleidoscópio de cores. Luzes fortes explodiram atrás das pálpebras de Valencia enquanto ela caía. O chão duro a recebeu, parecendo golpeá-la *em todos os lugares* enquanto colidia contra ele com toda a força.

Um choramingo estranho chegou aos seus ouvidos e ela percebeu de forma indistinta que o som vinha do peito dela. A dor parecia vir do ar que respirava. O gosto, o som, a cor. Era tudo... Antes que a escuridão descesse sobre ela e Valencia não visse mais nenhuma cor.

Capítulo 11

Sinto falta dos dias em que só precisava tocar a campainha para chamar a ama-seca ou a governanta. Lidar com filhos adultos é muito mais exaustivo.

— A honorabilíssima lady Rosalind Shawley

Na manhã seguinte, Tru estava na sala de estar da fofoqueira mais renomada da alta sociedade: a própria mãe.

As informações começavam e terminavam com lady Shawley. Se Tru quisesse detalhes sobre o homem que Chatham escolhera para Delia, a baronesa certamente os teria.

— E então, mamãe? — Tru colocou a xícara no pires com um tilintar gentil, tentando obter uma resposta. — O que sabe sobre esse homem?

— Mamãe, mamãe, mamãe!

Tru fulminou a papagaia-cinzenta que bamboleava ao longo do encosto do assento ocupado pela mãe. A ave adorava imitar todo mundo, mas principalmente Tru, que a odiava. Infelizmente, não podia ter nenhum momento a sós com a mãe sem a presença dela.

A baronesa pegou uma fatia fina de maçã e ofereceu para a papagaia.

— Calma, queridinha. Aqui está. — Ela fulminou a filha com o olhar. — Você está deixando Athena nervosa.

— Eu? — Meneando a cabeça, Tru tentou ignorar o olhar de julgamento da papagaia e insistiu: — Mamãe, estou perguntando por Delia. O que você sabe sobre esse homem?

Por mais que Tru estivesse por dentro do que acontecia na sociedade, a mãe dela é que sabia de tudo. Conhecimento era poder, a mãe costumava dizer. A baronesa tinha subido na vida exatamente por aquilo. Não existia nenhuma dama da alta sociedade, mesmo com título superior, que não a tratasse com a devida deferência.

É claro que a visita à mãe teria seus custos. Em vez de se preparar e ajudar Delia a se preparar para o baile daquela noite, como precisava desesperadamente fazer, muito mais do que o usual por causa das ordens de Chatham, ficaria presa ali, prestando o devido respeito pela mãe. Mas era necessário. Precisava do máximo de informação que conseguisse sobre o misterioso Jasper Thorne. Tru teria de ficar pelo menos metade do dia com a mãe, ouvindo as mais variadas minúcias. A mãe a atormentaria como só ela sabia fazer se Tru fosse embora rápido demais.

— Você sabe qual é a sua dificuldade, Gertrude? — Lady Shawley começava qualquer conversa com a filha da mesma forma: com uma crítica.

— Não, mamãe — respondeu ela, com um tom que esperava não demonstrar muito do que sentia. Nunca adiantava perder a paciência.

A mãe deu mais uma fatia de maçã para Athena e voltou a atenção para a correspondência, passando pelos envelopes com dedos aptos e separando-os em duas pilhas para a secretária: uma para recusar e outra para aceitar. A mãe era convidada para tudo. Era necessário muito planejamento estratégico para escolher os melhores convites.

A mãe continuou com o típico tom demorado que indicava que ela só estava começando.

— Então, eu vou explicar para você, minha filha.

— Por favor — murmurou Tru, mesmo sabendo o que a mãe diria.

Ela conhecia bem as principais reclamações da mãe. Poderia recontá-las com perfeição. Ainda assim, sabia que a mãe queria listá-las, e não apreciaria se a filha lhe negasse tal prazer.

— Você não sabe controlar seu marido.

Tru assentiu. Aquele com certeza era um dos itens da lista.

— Você deveria ter tido mais filhos.

Ah, sim. Aquele era outro.

— Mais filhos! Mais filhos! — cantarolou Athena com a voz aguda.

Tru fulminou a papagaia, e lhe pareceu que a ave semicerrou os olhinhos pretos para ela como resposta. Desde o primeiro momento que o pássaro chegara à vida delas, tinha se fixado em Tru.

— Ah, fique quieta, Athena. — Tru demonstrou a impaciência.

— Gertrude, seja boazinha com sua irmã.

Tru arreganhou os dentes.

— Mãe, quantas vezes preciso dizer que essa ave não é minha irmã?

Era uma discussão que tinham desde que o pai trouxera o pássaro de presente para a mãe, vinte anos antes. A criatura era mais velha que Delia, e Tru temia que fosse viver para sempre.

A mãe fungou e acariciou as penas cinzentas do pescoço de Athena, fazendo uma pausa para arrumar a coleira incrustada de pedras preciosas. A mãe insistia que era um colar, não uma coleira. Coleiras eram para animais de estimação, ao passo que Athena era membro da família. Ela tinha uma coleção de joias. Existiam damas com bem menos adornos.

— Ela só está concordando comigo. Ela tem mais senso do que você.

Tru apontou para a abominação de penas.

— Athena? Ela tem mais senso nesse cérebro de penas do que eu?

A mãe assentiu e continuou:

— Atraia seu marido de volta para a sua cama e tenha mais um bebê.

Athena gritou:

— Um bebê! Um bebê! Um bebê!

Tru respirou fundo.

— É tarde demais para isso.

— Claro que não é. — A mãe balançou um envelope na direção de Tru.

— É sim — insistiu Tru. — Claro que é.

A mãe lançou um olhar de reprovação por sobre os diminutos óculos de leitura.

— Sua tia Philomena teve o seu primo Warwick quando estava com trinta e nove anos.

Em vez de continuar a discussão (afinal, o sexo era um requisito, e Chatham não visitava o leito conjugal havia anos), ela disse:

— Não sei por que estamos discutindo isso.

Ela fez uma pausa e balançou a cabeça.

— Minha querida, filhos são úteis. Mais filhos lhe dariam uma vantagem maior com Chatham. É só por isso que estamos discutindo o assunto.

Claro que a mãe sabia disso. Ela tinha tido quatro — três filhas e um filho, para ser exata —, e lidava muito bem com o marido havia quase quarenta anos. Embora Tru duvidasse que a fertilidade da mãe tivesse qualquer coisa a ver com lidar com o pai. Era simplesmente uma questão de providência... E talvez um pouco de sorte.

O pai era um homem plácido. Cuidava dos cachorros e da caça. Desde que a mãe o deixasse fazer aquilo, ele permitia que ela reinasse no pequeno reino deles, e era exatamente o que ela fazia. Ela não apenas tinha orientado os quatro filhos na vida, mas administrara a casa Shawley e a contabilidade do pai com olhos perspicazes. Não tinha esbanjado a fortuna dele. Ao contrário, a fizera aumentar com supervisão cuidadosa.

Ela não estava errada, é claro. Chatham desejara mais filhos. Varões para se casar com as filhas ricas da elite da sociedade e filhas para se casar com alpinistas sociais com bolsos cheios de dinheiro. Qualquer coisa que desse vantagem para ele. Ele nunca medira as palavras para falar sobre o que considerava a função de Tru. Aquilo era com ela, o fardo dela, o seu único propósito na vida. O propósito de todas as jovens que estavam em idade de casar. Além de um dote generoso, aquilo talvez tenha sido o que Chatham *mais* quisera da união deles. Afinal, era o esperado dos casamentos da alta sociedade: investimentos calculados e lucros.

Case-se com um conde e lhe dê todos os filhos que ele desejar. Sua tarefa tinha sido clara, e ela acreditava que tinha feito exatamente aquilo, mas não bem o suficiente. Com o passar dos anos, ele passara a deixar sua decepção cada vez mais clara.

Ele tinha continuado a visitar o leito conjugal depois do nascimento de Charles, demonstrando que queria mais um filho. Afinal, o que era um herdeiro sem um sobressalente? Por alguns anos, havia se esforçado, visitando-a a cada quinze dias. Materializava-se no quarto dela à noite, geralmente bêbado, e a despertava do sono pesado para que pudessem cumprir as obrigações conjugais. No fim das contas, no entanto, as visitas começaram a ficar menos frequentes. E, à medida que diminuíam, o desdém por ela aumentava.

Tru jamais se esqueceria da última visita do marido ao leito dela.

Chatham tinha se postado aos pés da cama, baixando as calças em gestos agitados. Nem se dera ao trabalho de descalçar as botas. Para que? Nunca demorava muito. Algumas poucas estocadas e tudo acabava. Pelo menos aquilo. Era sempre breve e bastante superficial. Não doía. Só era indigno. Ela nem precisava se despir totalmente. Ele também não se despia. Nunca tinha se despido.

— Nem sei por que eu ainda me preocupo com você. Você mais parece uma boneca de retalhos... e é tão desejável quanto uma.

Aquelas palavras a magoaram. Ela se encolhera toda. Naquela época, ele ainda tinha o poder de atingi-la. Ela ainda tinha esperanças de que ele se lembrasse de quem era, de quem tinham sido juntos, de como tudo tinha sido ótimo quando ele lhe fazia a corte.

Ela só conseguira ficar olhando para o marido, tentando racionalizar que *aquele* era o homem que lhe cortejara com tanta doçura. Sentira-se uma tola por ter se apaixonado por alguém que agora deixava bem claro que a desprezava.

Já estavam casados havia cinco anos àquela altura. O homem que ele fora durante a corte e o noivado tinha desaparecido completamente. Não tinha sido real. Nunca existira.

— Presumi que você seria uma parideira tão boa quanto sua mãe. — Ele ajeitara a casaca, meneando a cabeça. — Que desperdício. Inferno, eu poderia ter me casado com a garota Houghton. Pelo que eu soube, ela deu cinco filhos para Claremont. Cinco!

Ela se afundara ainda mais na cama sob seu olhar de desdém.

Chatham fizera com que ela se sentisse inútil naquele momento. Ela era tão imatura e jovem. Tinha sido ingênua de acreditar que tinha se casado com um cavalheiro que sentia afeto e ternura por ela, no mínimo. Se ele se importasse com ela, jamais a teria tratado de forma tão cruel naquela noite, nem nos anos que se seguiram.

Aquela tinha sido a última vez que ele adentrara o quarto dela, e Tru era extremamente grata por aquilo.

Acabou se recuperando de tal indignidade e começou a adquirir segurança o suficiente para não mais se culpar. O amor pelos filhos, o conforto das amigas e da família a ajudaram naquela empreitada. Ela se recusava a se culpar. Toda a culpa era de Chatham por direito.

Agora sabia que o marido era um libertino e faria tudo que estivesse ao seu alcance para salvar a filha de suas maquinações. Não tinha conseguido se proteger dele, mas decerto que protegeria Delia.

— Então é isso. — Tru suspirou. — Você não sabe nada sobre o homem. Que decepção. A visita tinha sido em vão.

— Não foi o que eu disse.

— Você não disse *nada* — retrucou Tru, pois sua paciência estava se esgotando.

A mãe pegou a pena para anotar alguma coisa em um papel em cima da escrivaninha ao lado da poltrona, provavelmente alguma orientação para passar para a secretária mais tarde. Ou um bilhete para a governanta. Mesmo que Tru estivesse diante dela, determinada a conversar sobre um assunto de extrema importância, ela sabia que só tinha parte da atenção da mãe. Athena recebia mais atenção do que ela.

Ao soltar a pena, ela anunciou:

— Pois eu já ouvi falar desse tal de Jasper Thorne. Sabe aquela construção monstruosa que abriga o hotel Harrowgate? É dele. — Lady Shawley franziu o nariz.

— Ele é comerciante?

— Ele é o proprietário. Um homem de sucesso. Possui várias estalagens ao longo da North Road. O homem é podre de rico.

— Podre de rico — murmurou Tru. — É claro.

Devia ser velho, se já possuía tamanho império. Aquele pensamento era terrível, a linda e jovem filha presa a um velho.

A mãe franziu o nariz de novo.

— Um homem que se fez sozinho, como dizem. Extremamente rude, pelo que sei. Mas pelo menos haveria outra pessoa para quem Chatham poderia pedir dinheiro. Assim, nem toda a responsabilidade recairia sobre mim e seu pai.

Não era um grande conforto. Delia valia mais do que aquilo. Tru não sacrificaria a chance de felicidade da própria filha para que o perdulário do marido continuasse esbanjando dinheiro.

— Pois não vou aceitar isso.

— Não? — A mãe levantou uma das sobrancelhas, demonstrando ligeiro interesse.

— Não — repetiu Tru.

— Hum. — A mãe colocou outro envelope em uma das pilhas que não paravam de crescer.

— Então, o que devo fazer, mãe?

— Em relação a Chatham escolher o noivo de Delia? — perguntou ela, como se precisasse de esclarecimento.

— Exatamente. — Porque decerto que não ficaria de braços cruzados sem fazer *nada*.

— O que você pode fazer? Você nunca conseguiu controlar Chatham. Se tivesse conseguido, ele não estaria correndo à solta como um garanhão por toda a Inglaterra. Nem continuaria vindo aqui de tempos em tempos, implorando por dinheiro.

Tru se remexeu, constrangida, na poltrona. Sabia muito bem que o marido pedia dinheiro, assim como sabia muito bem que a mãe se arrependia amargamente do dia em que ela e o pai deram a bênção para a união deles. O conde desperdiçara o dote em tempo recorde. Lady Shawley tinha sido o único motivo de os credores manterem o controle. Ela evitara que Chatham fosse preso... livrando Tru e os netos da vergonha e do escândalo.

— Então, devemos simplesmente aceitar este homem, este *estranho*, que Chatham escolheu?

— Pelo menos conheça o homem. Talvez ele não seja tão ruim assim.

Não tão ruim assim.

Que pensamento maravilhoso. Ela desejava muito mais para a filha. Muito mais do que *não tão ruim assim*.

A mãe se inclinou e baixou a voz, lançando um olhar para a criada postada estoicamente ao lado da porta da sala. Ela sempre ficava atenta ao falar quando os criados estavam presentes. Insistia que eram os criados e suas línguas incontroláveis os responsáveis pelas fofocas que corriam por toda Londres.

— Se as coisas chegarem a um ponto em que você e Delia o achem tão desagradável, sempre existem formas de desencorajar um homem a pedir a mão de alguém em casamento. — Lady Shawley contraiu os lábios. — Eu poderia encaminhá-la a várias solteironas que são peritas em repelir um cavalheiro. Elas podem dar dicas valiosas. É só perguntar à sua irmã.

— É mesmo?

Tru ficou pensando naquilo, no fato de a mãe só estar lhe dando aquele conselho agora, e não anos antes. A mãe nunca lhe dera tal sugestão quando ainda era uma jovem debutante. Mas Tru jamais se opusera à corte de Chatham. Tinha sido uma filha obediente, disposta a se casar, e Chatham era charmoso. A mãe não precisaria lançar mão de tal conselho.

— Decerto que sim — confirmou lady Shawley.

Tru considerou a sugestão por mais um momento. Delia era adorável. O empecilho mais óbvio seria o dote menos do que generoso, graças aos hábitos perdulários do conde, mas, ao que tudo indicava, Jasper Thorne já sabia daquilo. Sem dúvida estava contando em usar aquilo para sua vantagem.

— Tudo se resume a descobrir o que o cavalheiro deseja ganhar com o casamento — explicou a mãe. — E, então, mostrar que ele não ganhará *aquilo* com Delia como esposa.

— Ah. — Era tão simples que chegava a ser... brilhante. — Entendi.

— Pois vou investigar. — A mãe deu um tapinha na mão de Tru. — E vou descobrir o que motiva esse tal de sr. Thorne.

— Eu vou ficar muito grata por isso, mãe.

— É claro, filha. A última coisa que desejo é que minha neta seja tão infeliz quanto você.

Tru se empertigou.

— Não sou infeliz — declarou baixinho.

— Infelizzzzz. Infelizzzzzz — ecoou Athena, e Tru precisou se esforçar para não esganar aquela ave terrível.

— Não é? Você quer dizer que é feliz com Chatham? — A mãe pousou o olhar cético na filha.

Feliz com Chatham? Claro que não.

Ainda assim, Tru já tinha aprendido a não depender de Chatham para ser feliz. Como ela e o marido faziam parte de círculos diferentes, uma vez que ela não frequentava casas de jogo, bordéis, nem tavernas com toalhas xadrez, o caminho deles raramente se cruzava. Ela clamara a própria felicidade para si, longe dele.

Alegrava-se com outros aspectos da própria vida. Com os filhos. Com as amigas e a irmã. Com as obras de caridade. Com sua posição na sociedade. Ela gostava de passar parte do ano no campo. Felizmente, Chatham não passava quase tempo algum por lá. Realmente, a vida dela era boa, mesmo que o marido fosse um patife.

Ela sustentou o olhar da mãe.

— Sou feliz o suficiente, mãe.

— Hum. Feliz o suficiente.

Tru assentiu rigidamente.

— Sim.

A mãe continuou:

— Que estranho, não é? Que *feliz o suficiente* não seja adequado para a *sua* filha?

— O que quer dizer com isso?

— Só estou dizendo que talvez você deva exigir para si mesma o mesmo tipo de coisa que deseja para Delia.

— Tem uma diferença, mãe. Já é tarde demais para mim.

— Faça-me o favor — zombou a mãe, meneando a cabeça. Lady Shawley gostava de trocar de perucas. Naquele dia tinha escolhido uma de um tom vermelho vibrante, as tranças artificiais enroladas na cabeça. — Você ainda é jovem. Não é tarde demais. — Ela se inclinou e sussurrou, indiscreta: — Tenha um amante, Gertrude.

Tru olhou para a mãe, chocada.

— Tenha um amante. Tenha um amante. Tenha um amante — ecoou Athena, e Tru pegou um biscoito na bandeja de chá e o atirou contra a ave.

A criada perto da porta deu uma risadinha.

— Não desconte sua raiva na querida Athena... e não olhe para mim como se essa fosse uma sugestão tão louca. Mulheres fazem isso. Não eu, mas *outras* mulheres. Mulheres casadas com um verme, como você.

— Mãe!

Lady Shawley deu de ombros.

— Ah, você sabe muito bem que ele é. Infelizmente, não descobrimos isso antes do casamento. Temo que ele tenha nos enganado direitinho. Agora, não seja tão séria. Encontre um ótimo libertino para você.

Ela nem *reconhecia* a mulher sentada diante dela. A mulher que estava sugerindo que ela tivesse um amante como se estivessem falando sobre o sabor do sorvete no Gunter's.

— E que mal há nisso? — A mãe elevou os ombros em um gesto prolongado e descuidado. — É só ser discreta. Você merece um pouco de prazer, Gertrude.

Tru ofegou. Era muito estranho ouvir a própria mãe usar quase as mesmas palavras do cavalheiro da noite anterior.

— Mamãe...

— Não precisa parecer tão escandalizada. Eu mesma poderia sugerir alguns libertinos bem atraentes para você...

— Eu não preciso das suas sugestões!

Se Tru um dia decidisse ter um amante, e não tinha a menor intenção de fazer aquilo, não pediria a mãe para escolher por ela.

— Ah, é? Você já tem alguém em mente, então? Quem?

— Não, não! Eu não tenho ninguém em mente.

Pelo menos não ninguém que pudesse dizer o nome, porque ela nem ao menos sabia o nome dele.

Tru balançou a cabeça, tentando abafar a lembrança do estranho de cabelo escuro com voz aveludada. Não tinha importância que um homem estranho tivesse lhe oferecido uma noite de prazer com ele. Seria tudo anônimo e com o máximo de discrição, mas ela não sentia nenhuma gota de arrependimento por ter recusado o convite. De verdade. Nem um pouco. Nem um pouquinho.

Não era aquele tipo de mulher. Não conseguia fazer aqueles... atos. Não era como o conde. Não conseguia fazer o mesmo que ele fazia com ela, o ato que condenava, as repetidas traições. Não era corajosa, nem descuidada. Além disso, nunca achara o contato físico particularmente agradável. Não passava de uma obrigação.

Agitada pelo rumo repentino da conversa, certamente um assunto que nunca esperara discutir com a mãe, ela se levantou. Mesmo que isso resultasse na raiva da mãe por ir embora rápido demais, que assim fosse.

— Eu realmente preciso voltar para casa. Tenho tanta coisa para fazer para preparar Delia para a noite de hoje. Eu a encontro lá.

— Pois eu não perderia isso por nada, minha filha... Nem o encontro com o sr. Thorne.

Sr. Thorne, pois sim.

Tru deu um passo para a frente para dar um beijo no rosto da mãe.

— Até mais tarde.

No vestíbulo, a criada lhe entregou as luvas e o manto. Enquanto esperava a carruagem, ajeitando a capa e abotoando a fileira de botõezinhos forrados com seda na frente do corpete, a voz de Athena ecoou em seus ouvidos como se ela estivesse presa em um pesadelo:

— Tenha um amante. Tenha um amante. Tenha um amante!

Capítulo 12

Nenhum baile, festa ou reunião começa antes de eu chegar.
— Maeve, sra. Bernard-Hill

— Que tipo de nome é Thorne? — resmungou Tru, abanando-se vigorosamente e olhando com atenção para o salão lotado.

Jasper Thorne. Parecia o nome de um pirata. Até onde sabia, bem que poderia ser um. Era uma coisa que Chatham seria bem capaz de fazer. Era mercenário àquele ponto. Um tigre perseguindo o bezerro mais gordo. E um pequeno detalhe como um passado desagradável não o deteria.

Ela acrescentou:

— E por que está tão quente aqui dentro?

O ar parecia vaporoso e ela tentava respirar e controlar a sensação explosiva de pânico. *Respire. Apenas respire.* Sabia que aquela era uma noite importante, mas nada a impedia de desejar poder sair do salão para procurar ar puro e conseguir a bênção de ficar bem longe de toda aquela gente.

Tru esquadrinhou o salão, procurando um saqueador com tapa-olho já de idade avançada, com cheiro de mar e peixe podre e uma faca entre os dentes abrindo caminho entre o mar do arco-íris de seda e brocado.

Dramático, talvez, mas Chatham estava recomendando o homem. Por mais que tentasse ser otimista, não conseguia ignorar a forma como aquele homem entraria no mundo dela. No mundo da filha. Não quando isso se dava por intermédio de Chatham.

— Não acho que esteja tão quente assim. Talvez você esteja passando por uma mudança na vida — sussurrou Maeve no ouvido dela.

Tru olhou para a amiga.

— O que disse?

Maeve deu de ombros.

— É uma possibilidade.

Tru não se deu ao trabalho de explicar para a amiga que estava sentindo calor porque estava agitada demais. Aquela noite podia dar errado de muitas formas.

Chatham deixara instruções claras. Durante aquela noite, as pessoas seriam apresentadas a Jasper Thorne. Também deixara bem claro: elas não podiam decepcionar o conde. Acima de tudo, Tru e Delia deveriam impressionar o sr. Thorne. Deveriam conquistá-lo ou enfrentar a ira indesejável de Chatham.

— Algumas mulheres começam a mudar ainda jovens — comentou Maeve, sempre razoável e gentil, abanando-se de forma que Tru talvez recebesse mais vento.

— Com quantos anos? — quis saber Hazel, como se realmente estivesse interessada no assunto e desejando o conhecimento para benefício próprio.

— Ela não está passando pela mudança — interveio Rosalind, com um tom adequado de indignação. — Ela só tem trinta e oito anos.

Trinta e *sete*. Era de esperar que a irmã soubesse sua idade. Ainda faltavam alguns meses para fazer trinta e oito anos, mas Tru não se deu ao trabalho de corrigi-la. Não queria prolongar aquela conversa.

No momento, só tinha tempo e energia para se concentrar em terminar aquela corte entre Delia e Jasper Thorne antes mesmo que começasse. Teria de ser rápida, pois não duvidava nada que o conde fosse capaz de assinar um contrato de casamento sem o conhecimento dela. Ele claramente não precisava do consentimento dela. Por que lhe informaria sobre os próximos passos? Eles não tinham aquele tipo de casamento.

— Não precisa ficar ofendida com isso. É uma condição normal de todas as mulheres — retrucou Maeve, sempre prática.

Maeve era filha de um diplomata e morara em diversas partes do mundo antes de se casar. O marido era um agente com cargo importante no Ministério de Assuntos Interiores, isso sem mencionar o fato de ser o terceiro filho de um visconde muito proeminente.

Ela era uma fonte de informações sobre os mais diversos assuntos e tinha contatos com todo mundo no governo britânico. Falava fluentemente quatro idiomas e conhecia bem os diferentes costumes e culturas. Havia momentos em que soltava demais a língua contando histórias interessantes, como agora, mas nunca ficava fora da lista de convidados.

— Minha prima não tinha nem quarenta anos quando aconteceu com ela — contou Maeve.

Tru não tinha tempo nem inclinação de discutir com Maeve dizendo que ela *não* estava passando por aquela fase. Havia coisas mais importantes com que se preocupar. Precisava repelir aquele tal de Jasper Thorne, e nunca tivera como objetivo *repelir* ninguém. Decerto que seriam necessários alguns estratagemas criativos.

— Você faz ideia de como ele é, Hazel? — perguntou ela, esticando o pescoço para dar uma olhada no marido, que com certeza se manteria próximo à presa. Estivesse Jasper Thorne ciente ou não, ele era uma presa do marido dela. Dele e de todas as mães que queriam casar bem as filhas. — Quantos anos ele deve ter?

— Ah, eu só ouvi falar dele. Mas não cheguei a conhecê-lo. — Hazel piscou os olhos com ar de inocência. — Eu ouvi falar dele quando uma das minhas amigas... hum... fazia companhia a ele com certa frequência.

Mesmo que a escolha de palavras tenha sido cuidadosa, não havia nenhum pingo de rubor no rosto dela ao dizer aquilo, e Tru imaginou se ela tinha deixado de sentir vergonha do próprio passado.

Valencia, porém, envergonhava-se o suficiente por ambas. Pelo apertar dos lábios, parecia estar se esforçando para evitar que o desdém transparecesse. Na verdade, ela estava com uma expressão aflita no rosto a noite toda, desde o momento em que chegara ao baile. Era evidente que não demonstrava a animação usual. Estava praticamente muda, e Tru imaginou que talvez ela não estivesse se sentindo bem.

— Quando uma das suas amigas fazia companhia a ele... — repetiu Rosalind, inclinando a cabeça para o lado como se estivesse tentando decifrar o que aquilo significava.

A irmã era ingênua. Uma condição que talvez fosse atribuída à solteirice. Ela não sabia nada sobre os homens, sobre suas fraquezas e seus comportamentos. A ingenuidade era uma anomalia no cenário hedonista da alta sociedade.

O significado do comentário, porém, não passou despercebido para Tru, Maeve nem Valencia. Elas entenderam perfeitamente bem, e todas trocaram um olhar. Uma das amigas de Hazel, uma associada do *demimonde*, tinha compartilhado a cama com o homem. Talvez ainda fosse amante de Thorne.

Tru soltou um suspiro. *Que maravilha*. Outro endosso para esse tal de sr. Thorne. Mas o que mais ela poderia esperar daquele estranho? Afinal, ele era homem. O próprio marido nunca ficava sem amante. As coisas eram assim, não importava a posição que alguém tinha na sociedade. Os homens viviam como queriam. Não sabiam nada sobre abstenção.

— Mas é claro que é assim que você conhece o homem — murmurou Valencia. — Por uma das suas *amigas*.

Hazel a fulminou com o olhar.

— Sim, por uma das minhas amigas. Antes de eu conhecer seu pai, Tabitha e eu dividíamos um quarto. Nem todas nós fomos criadas como garotinhas mimadas. Nem todo mundo nasce em berço de ouro.

Valencia contraiu ainda mais os lábios.

— Senhoras — interveio Maeve, como sempre fazia.

Maeve era uma diplomata. Tinha sido a primeira a dar um aceno caloroso para que Hazel se juntasse a elas naquela noite. Era um traço da sua formação mundana. Tinha facilidade de aceitar os outros.

Logo que Hazel se casara com o marquês, Maeve organizara um jantar em homenagem a ela, obrigando Valencia a interagir com a nova madrasta, uma mulher cuja existência ela preferia ignorar. A partir daquele momento, mesmo não sendo uma delas, Hazel passou a ser aceita no meio.

— Pois tenho certeza de que você já dividiu o seu quarto com muita gente — retrucou Valencia, com ironia. — E é o que deveria estar fazendo, em vez de ocupar o quarto que pertence, por direito, à minha mãe.

Hazel se exasperou.

— Ah, pare com isso, Valencia. A sua mãe já morreu há mais de dez anos.

Tru suspirou. Era o que sempre acontecia. Não havia muitas ocasiões em que Hazel e Valencia não trocassem alfinetadas. Aquilo já acontecia havia anos. Tru gostaria muito que as duas mulheres conseguissem se dar bem para que todas pudessem se divertir sem provocações e insultos.

— Tabitha nunca mencionou a idade dele... mas acho que não deve ser velho demais. Ela teria feito algum comentário a esse respeito.

— Pois eu consigo imaginá-lo como um velho — interveio Rosalind. — Imagino que Chatham seja bem capaz de tentar prender Delia a um velho já com o pé na cova.

Uma expressão constrangida apareceu no rosto de Hazel. Levou a taça de licor aos lábios como se precisasse muito daquilo. Era compreensível, pensou Tru, já que a mulher era casada com um homem que se encaixava muito bem àquela descrição.

O marquês estava, de fato, com o pé na cova, e Hazel era sua terceira esposa. Ele gostava de noivas jovens... e, de alguma forma, conseguira viver mais do que as duas primeiras e tomar uma terceira mulher: Hazel.

Valencia era filha da primeira esposa. E aquilo tornava Hazel sua madrasta. Seis anos mais nova do que Valencia... e madrasta. Um ponto dolorido para Valencia. Aquilo e o fato de Hazel ter sido amante dele antes que ele decidisse torná-la a sua marquesa. Aquilo chocara a alta sociedade na época, mas ninguém queria ofender o marquês de Sutton. Agora, anos depois, ninguém mais falava sobre as origens menos que respeitáveis de Hazel. Aquilo parecia ter ficado esquecido... menos por Valencia, que jamais esqueceria.

— Ah! — exclamou Hazel. — Ali está Chatham. — Ela fez um gesto em direção a um ponto distante do outro lado do salão. — O pretendente de Delia deve estar com ele.

Tru sentiu o corpo inteiro se contrair e o coração quase parar. Nem se deu ao trabalho de corrigir Hazel: o sr. Jasper Thorne *ainda* não era pretendente de Delia. E não seria, se tivesse como evitar.

Seguiu o olhar de Hazel, identificando instantaneamente o marido, vestido com uma roupa esplêndida. Havia vários cavalheiros com ele. Ela olhou para cada um deles, reconhecendo-os como os acompanhantes usuais; a maioria maridos preguiçosos, exatamente como ele, todos apreciadores de jogos de azar.

Reconheceu todos, menos um.

Estava de costas para ela, mas não o reconheceu. Talvez quando visse o rosto, ela se lembrasse. Vestido todo de preto, era diferente dos outros homens em volta do marido, que usavam as cores da moda, cinza azulado, azul-pavão ou lavanda.

— É ele? — sussurrou Tru, tão baixo que nem teve certeza se as outras conseguiriam ouvi-la.

Mal conseguia falar. Ou se mexer. Uma calma a tomou enquanto olhava, sua pergunta feita mais para si mesma do que para as amigas, mas elas também sabiam. A conversa tinha morrido enquanto todas olhavam para o outro lado do salão, lotado de pessoas dançando.

Delia estava lá em algum lugar, talvez ainda não localizada por Chatham, nem pelo misterioso sr. Thorne. Qualquer semente de dúvida que pudesse plantar na mente daquele homem, seria melhor. Pois assim que ele colocasse os olhos na linda Delia, haveria de querê-la. É claro que sim. A filha era uma jovem linda, charmosa e com *título* de nobreza. Todas as coisas que um cavalheiro buscava.

Tru engoliu em seco.

O marido deu uma risada ao ouvir algo que o estranho disse, batendo no ombro dele como se fossem amigos de longa data. Ah, sim. Era ele. A certeza a tomou por completo. Aquele era Jasper Thorne. Aquele era o homem que ela deveria derrotar. O homem que se casaria com a filha se não fizesse algo para impedir e colocá-lo em outra direção. Engoliu em seco. Ele era mais alto que Chatham e do que a maioria dos cavalheiros próximos a ele.

Ele não tinha se virado ainda, mas ela não conseguiu controlar o aperto no estômago; mesmo sem ter visto o rosto dele, se sentia mal. Era um sentimento inexplicável e indesejável.

Ele era só um homem. Como qualquer outro... talvez apenas com mais dinheiro. E tamanho. Tinha ombros largos de uma forma certamente não muito civilizada. Tru umedeceu os lábios. É claro que ele fazia com que se sentisse desconfortável. O destino da filha estava nas mãos dele.

— Ele não parece velho — cochichou Valencia.

Não, não parecia. Parecia viril e forte... um corpo poderoso vestido em roupas de um cavalheiro. Mais poderoso do que os janotas que o rodeavam.

— Como você sabe? Ele ainda está de costas — perguntou Rosalind, franzindo o cenho.

— Talvez Delia goste dele — opinou Maeve, os olhos brilhando de esperança.

— Ah, com certeza — disse Valencia com dureza. Ou seria amargura? — Talvez como *todas* nós gostamos dos nossos maridos. No início. — A expressão dela voltou a se fechar.

Tru entendeu perfeitamente o que ela queria dizer.

A história de Valencia era bem parecida com a dela. Talvez pior. Ou melhor. Dependia de como alguém visse o fato de que ela e o marido tinham se amado um dia. Um amor verdadeiro e profundo. Tinham formado aquele casal raro na alta sociedade. Um casamento por amor.

Valencia e Dedham aproveitaram a vida juntos além do período da corte, da noite de núpcias e da lua de mel. A felicidade deles durou anos. Mesmo sem a bênção de filhos, eles tinham um casamento feliz. Até o acidente. Até Dedham cair do cavalo.

Ele tinha conseguido se recuperar. De alguma forma. O médico previra, no início, que ele não sobreviveria. Que nunca mais iria acordar. Por dias e dias, ele não abriu os olhos. Até que abriu. Naquele ponto, o médico disse que Dedham nunca mais voltaria a andar. Por semanas e semanas, ele não saiu da cama. Até que se levantou.

Ele não morreu. E, como um milagre, voltou a andar. Não sem uma dor lancinante. Raramente saía de casa, pois a dor era demais. Também não era mais ele mesmo. Não era mais o homem que amara Valencia. Nem o homem que Valencia amara. Nada o tirava dos seus constantes companheiros: o uísque e o láudano.

— Aquele deve ser ele, não é? — perguntou Rosalind, retirando da bolsinha um frasco pequeno de conhaque, abrindo-o rapidamente e colocando uma boa dose no seu ponche.

— Acho que sim — murmurou Tru, sentindo o estômago queimar.

— Bem, como ele é?

Valencia lançou um olhar de esguelha para a amiga.

— É isso que estamos esperando para ver.

Rosalind deu um empurrãozinho na duquesa, tomando um gole de ponche. Valencia cambaleou um pouco, como se tivesse perdido o equilíbrio. Uma careta perpassou sua fisionomia. Só por um instante. Depois a expressão calma e serena reapareceu.

Tru abriu a boca para dizer que talvez ela não estivesse se sentindo bem e precisasse sair um pouco do salão, quando Maeve agarrou a mão dela e apertou.

— Ali! Olhe! Ele se virou!

Jasper Thorne. *Talvez* Jasper Thorne, e elas conseguiram ver o rosto dele.

Uma exclamação geral de prazer atravessou o grupo enquanto avaliavam o cavalheiro.

Tru apertou a mão de Maeve. Talvez com força demais, já que a amiga fez uma careta; com um pedido de desculpas, soltou-a e escondeu as próprias mãos nas saias do vestido, apertando os dedos com força nas dobras do tecido.

— Ora, ora, se isso não foi inesperado. — Rosalind assentiu como se não fosse a solteirona do grupo que desaprovava o casamento. — Nada mal. — Ela tomou mais um gole do ponche batizado com conhaque. — Nada mal mesmo. Isso até poderia ser bom para Delia.

— Realmente. Nossa Cordelia é uma moça de sorte. Ele é muito bonito. — Maeve concordou como apenas uma mulher feliz no casamento faria. Maeve vivia uma vida perfeita com um marido perfeito e filhos perfeitos e bem-comportados.

Tru se sentia feliz por ela, mas, em momentos como aquele, ficava um pouco enojada. Viver uma vida extraordinária fazia com que fosse inclinada a não ver os defeitos potenciais da situação.

Maeve não conseguia sequer imaginar como era ser casada com um homem como Chatham. Ou Dedham, na verdade. Só enxergava um rosto bonito quando olhava para o outro lado do salão e via o sr. Thorne. Não conseguia imaginar outra possibilidade. Diferentemente de Tru, que não tinha a menor dificuldade de imaginar o que poderia dar errado... os reveses que acompanhavam o casamento com um homem bonito. Aquela era uma lição que tinha aprendido bem.

— E ele *é* jovem — opinou Rosalind.

Valencia deu um riso sem humor. Ela, além de Tru, é claro, não parecia muito impressionada. Um rosto bonito realmente não a impressionava em nada. Tinha se casado com um homem bonito. Entendia bem que a beleza não era tudo. Às vezes não era absolutamente nada. Não significava bondade, nem potencial de felicidade. Não era garantia.

— Tru? — perguntou Maeve, quando ela continuou em silêncio, com um sorriso inseguro nos lábios. — Você não acha? Parece que você se preocupou à toa.

Pois ela tinha se preocupado com *toda razão do mundo*. Preocupação, fúria e medo giravam dentro dela enquanto olhava para ele. Era pior do que imaginava.

Por favor. Deus. Não. Não podia ser ele.

O pretendente que Chatham escolhera para a filha deles não podia ser o patife bonito da noite anterior. Não podia ser o mesmo homem que a convidara para uma noite de satisfação garantida.

Era um erro. Só podia ser. Decerto que aquilo era algum tipo de brincadeira.

— Aquele não é *ele* — murmurou Tru, mesmo sem acreditar nas próprias palavras. Não podia ser. *Não podia*.

— Não? Então, quem é? Eu nunca o vi antes. Deve ser ele. Olhe como Chatham está fazendo tudo para agradá-lo.

Meu Deus. Ele não podia estar naquele baile, ao lado do marido dela, como se tivesse o direito de estar ali. Como se tivesse todo o direito de fazer a corte e se casar com a filha dela. Como se a decisão fosse *dele,* como se ela não tivesse nada a dizer a respeito.

Mas era ele. O homem que não saía da sua cabeça desde a noite anterior era ninguém menos que Jasper Thorne, aquele que tinha a intenção de pedir sua filha em casamento.

Capítulo 13

As únicas armas que uma dama tem à sua disposição são sua beleza e seu dote. Um histórico familiar de saúde e filhos bem-nascidos também não atrapalha.

— Gertrude, a condessa de Chatham

Parecia um pesadelo.

A vida de Tru estava longe de ser perfeita, com certeza, mas esse tipo de coisa acontecia com ela. Era terrível demais. Não podia ser *tão* azarada. *Tão* amaldiçoada.

Por algum motivo, o rosto de madame Klara apareceu em sua mente, o que era um total absurdo. A mulher não tinha como ter previsto aquilo. O aviso dela se referia a outra coisa. Algo sobre confessar. Ou *não* confessar. Seja lá o que aquilo significava, sendo que Tru não acreditava naquelas bobagens, não se aplicava a ele, àquele homem, naquele terrível cenário.

Não. Tudo não passava de uma terrível coincidência.

Jasper Thorne, ao que tudo indica, era o mesmo homem que assombrava seus pensamentos e não a deixara dormir direito na noite anterior. O homem que estava do outro lado do salão, ao lado do conde. O homem que achou que nunca mais voltaria a ver. O homem em quem pensara com um toque de arrependimento depois da conversa com a mãe mais cedo, perguntando-se se talvez não tinha sido apressada demais ao rejeitar a oferta dele.

— Tru, você parece pálida demais. Posso pegar alguma coisa para você? Uma bebida? Um canapé? — De alguma forma, a comida tinha se materializado na mão da irmã que acenava sob o nariz de Tru.

Tru afastou distraidamente a mão da irmã, sem desviar o foco do sr. Thorne. Não, nada, a não ser a força de um forte vendaval seria capaz de desviar sua atenção daquele homem.

— Não... não.

O conde fez um gesto com a mão, tentando abarcar o salão enquanto conversava, um gesto de quem procurava algo, assim como seu olhar. E ela soube. Ele estava procurando. Não por ela. Claro que não. Tru não passava de algo sem importância para ele. Era apenas a mulher dele. Ele estava procurando o alvo, quem ainda tinha algum valor para ele. Cordelia.

Tru sentiu um nó se formar na garganta.

Em sua busca, o olhar do marido pousou nela. Ela fora pega, estava presa. Ele fez uma pausa, estudando-a. Conseguia ouvi-lo pensar, planejar. Ela não era Cordelia, mas era o mais próximo que tinha no momento. A pessoa que talvez pudesse levá-lo até a filha. Ele assentiu para ela e fez um gesto com os dedos, chamando-a.

— Hum. Ele viu você. — Rosalind fez um muxoxo.

Realmente. E não tinha sido o único. Jasper Thorne seguiu o olhar de Chatham e a viu do outro lado do salão. Seus olhares se encontraram. Ela havia sido vista. *Identificada*.

Ele arregalou os olhos. O coração dela se contraiu, e ela entrou em pânico. Virando-se, fugiu. Era uma empreitada fútil. Não tinha como fugir daquilo, dele, da vida que construíra para si. Ainda assim, não conseguiu evitar levantar a saia e passar pelos convidados, empurrando-os pelo salão.

Sabia que devia parecer ridícula se alguém a estivesse observando. Chatham descontaria toda a raiva em cima dela mais tarde por desafiá-lo. Ela havia recebido instruções claras e específicas de que deveria impressionar o sr. Thorne, e lá estava ela, ignorando o chamado do marido e fugindo do salão.

Ela ouviu a irmã chamando-a, mas continuou andando, sem parar.

Passou por portas duplas que levavam para uma varanda externa, tentando respirar um pouco de ar puro. Mesmo assim, não era longe o suficiente. Os sons do baile ainda chegavam aos seus ouvidos. A música, os convidados. Chatham, sr. Thorne...

Desceu a escada com pressa e entrou nos jardins e no labirinto de cercas-vivas, buscando distância e privacidade.

Mas é claro que não era a única que buscava por aquilo. O labirinto estava cheio de casais, e Tru escolheu o caminho com cuidado, evitando os sons de sussurros e suspiros e gemidos e risadinhas.

Virou em uma curva e deu de cara com uma parede de folhas e galhos. O luar brilhava no céu. Pressionou a mão no peito enquanto a noite a cercava, tentando ainda controlar as batidas aceleradas do coração, que parecia prestes a saltar do peito.

Sozinha, Tru conseguiu que a respiração fosse se tranquilizando e parou para avaliar a tolice do próprio comportamento. Começou a pensar na hora num motivo para explicar a saída repentina. Precisava de potenciais desculpas. O marido exigiria uma explicação por ter ignorado seu chamado e fugido como uma lebre assustada.

Thorne a tinha visto.

Já devia saber quem ela era.

Ela assentiu tentando se tranquilizar, dizendo para si mesma que tudo ficaria bem. Que seria apenas uma questão de expulsar Thorne da sua vida. Uma vez que ele se desse conta de que tinha convidado a mãe da potencial noiva para a cama dele, a própria vergonha o faria retroceder. Ele voltaria a atenção para outro lugar, para alguma debutante mais adequada da temporada. Ele ficaria ligeiramente constrangido e ansioso por esquecer tudo sobre Chatham e Delia. E encontraria outra presa.

Uma voz profunda cortou o ar:

— É você.

Ela se empertigou, afastando-se da cerca-viva como se alguém tivesse acendido o fogo às suas costas.

Ele a tinha encontrado.

Os olhos escuros brilhavam na escuridão, parecendo felizes por vê-la. Ela ignorou a centelha de calor que sentiu no coração ao olhar para ele. Não lhe cabia o prazer daquele olhar. Ele não ficaria satisfeito.

Ela obrigou-se a olhar além dele, como se esperasse que o conde estivesse atrás, como o fantoche bajulador que era. Mas não viu sinal do marido, o que era um alívio. Era simplesmente aquele homem. Apenas ele. O estranho que não era mais tão estranho assim. Jasper Thorne a seguira. Ele assombrara seus pensamentos e agora a perseguia na vida real. Maldito fosse.

— E é *você* — retrucou ela com raiva.

— Por que fugiu quando me viu? — A testa dele estava franzida como se não tivesse entendido o comportamento dela.

— Por quê? Por quê? — ecoou ela em um sussurro agudo. — Não é óbvio?

— Parece que não. Por favor, explique.

Ela balançou a cabeça, surpresa por ele não ter entendido ainda o que estava acontecendo.

— Acha mesmo que eu o cumprimentaria diante do meu marido?

— Seu marido? — Ele piscou, e ela tentou não admirar como os cílios dele eram ridiculamente longos sobre os olhos intensos.

Ela congelou. Ele não sabia ainda. Ela sentiu um formigamento na espinha. De alguma forma, ele ainda não sabia a identidade dela.

Ele deu um passo para trás e cobriu a boca com a mão, como se estivesse tentando recuperar a compostura.

— Sim, meu marido — sibilou ela, perguntando-se por que admitir aquilo, a verdade que fazia parte da própria existência havia quase vinte anos, devia agora, mais do que nunca, causar tanto arrependimento.

Ela era a condessa de Chatham. Já representava aquele papel havia muito tempo. Por metade da vida. Arrependimento não era algo que ainda sentia. Era uma emoção que não adiantava de nada. Ainda assim, olhando nos olhos do sr. Thorne, com ambos conhecendo agora a identidade um do outro... estava tomada de arrependimentos. E sentia um pouco de enjoo. Ela pressionou a mão no estômago que queimava.

— Seu marido — repetiu ele, a consternação escrita no rosto, enquanto digeria as palavras dela. — Chatham? — Ele apontou para a casa. — Aquele... *canalha?* — Ele parou de falar quando ela fez uma careta. — Aquele homem é seu marido?

Ela assentiu com rigidez, temendo abrir a boca para falar e acabar vomitando nos próprios sapatos.

Ele contraiu o rosto e o maxilar.

— Agora entendo por que seu casamento não é feliz.

Ela fez outra careta e empertigou os ombros, cruzando as mãos diante do corpo para demonstrar mais serenidade do que sentia.

— É uma situação muito constrangedora.

— Constrangedora. Seria porque eu quase a levei para a cama ontem à noite?

— *Quase?* — disse ela, afrontada, mas sentindo um arrepio ao pensar nos dois em uma cama. — Pois saiba que não chegou nem perto!

— Ah, mas você pensou no convite — respondeu ele, a voz ficando mais grave e rouca. — Tenho certeza de que considerou a possibilidade desde então. Assim como eu.

Assim como eu.

Ela afastou o pensamento malicioso. Ali não era a hora nem o lugar. O que a surpreendia, porém, era o fato de ele *ainda* insistir, mesmo depois de descobrir a identidade dela. Era um verdadeiro patife que merecia outro tapa.

— Sua arrogância não tem limites. Juro que não há chance de existir qualquer tipo de indiscrição entre nós.

Ele assentiu, dando mais um passo para que ela visse melhor o rosto dele. A tensão marcava as feições. Não sabia por que ele estava zangado com ela. Ela é quem deveria ser a parte ofendida ali.

Ele parou bem diante dela.

— Pode negar o quanto quiser, mas eu me lembro muito bem das suas palavras.

— Das minhas palavras? — perguntou ela, cautelosa.

— "É uma lástima." — Ele fez aspas com os dedos para dar ênfase.

Ela deu um passo para trás ao ouvir as palavras que dissera na noite anterior. *É uma lástima.* Palavras que indicavam pesar por não poder, por não querer, encontrar prazer nos braços dele. Fora uma escorregada de um instante.

Tru fechou os olhos, como se os estivesse piscando longamente, extremamente constrangida por ter revelado tal desejo para ele.

— Mas nada disso importa. O senhor veio aqui para encontrar uma noiva.

— Sim. E acredito que eu tenha encontrado.

Ela ficou olhando para ele. Ele não poderia estar dizendo...

— Minha filha? — Ela respirou fundo. — A quem nunca conheceu?

— Logo conhecerei. Esta noite. Seu marido está decidido quanto a isso.

— O senhor nem a conhece.

— Casamentos já foram realizados com bem menos do que isso.

Ela não tinha como argumentar contra aquilo.

— E é isso que busca? — Ela tentaria uma abordagem diferente. — Deseja se casar com uma estranha?

— Ela atende aos meus requisitos.

— E quais são eles?

— Eu preciso de uma dama.

Tru fez um gesto em direção à casa.

— Existem muitas damas aqui esta noite. Procure em outro lugar e faça sua escolha.

— Procuro uma jovem dama com boa posição na sociedade.

Ah. Uma jovem dama da alta sociedade. Aquilo restringia um pouco mais as escolhas.

— Como eu disse, procure em outro lugar. Existem outras que podem atender a esses critérios.

— Chatham foi bastante persuasivo.

— O que quer dizer?

— Ele insiste que lady Cordelia é minha alma gêmea.

Alma gêmea. Que piada! O marido era um idiota mesmo.

— Ele afirma que nenhuma outra dama será mais adequada para minha busca — continuou ele.

Parecia que Chatham estava fazendo uma campanha diligente, tentando convencer o sr. Thorne de que Delia era sua única opção, como se todas as outras fossem rejeitá-lo pela ausência de título e pela origem simples. Apesar de acreditar que nem todo pai de sangue azul venderia tão prontamente sua filha pelo lance mais alto, muitos o fariam. Afinal de contas, aquela era a alta sociedade.

— Existem muitas jovens damas que se encaixam nos seus requisitos. Posso garantir. — E muitos pais tão mercenários quanto Chatham.

— Ainda assim, o seu marido insiste que lady Cordelia é perfeita. Ele já até ofereceu a mão dela. E isso poderia pôr fim à minha busca.

Ela sentiu as orelhas ficarem quentes.

— Depois do que aconteceu entre nós... O senhor não pode estar falando sério sobre cortejar minha filha.

— Fui convidado para jantar com sua família amanhã.

Ela se sobressaltou como se tivesse levado um golpe. Claro que aquela era a primeira vez que ouvia falar naquilo.

— O senhor não pode.

— Eu já aceitei.

Ela negou com a cabeça, imaginando se os olhos dela transpareciam a loucura que sentia por dentro.

— O senhor precisa voltar atrás.

— Eu jamais seria tão rude...

Ela deu um passo em direção a ele, certa de que debochava dela.

— Que jogo é esse?

— Não tem jogo nenhum. Levo muito a sério a minha busca por uma esposa adequada. Tenho uma filha que precisa de uma mãe que lhe ensine a agir como uma dama e a oriente pela sociedade. — Estalando os dedos, ele fez um gesto em volta deles. — Ela vai ter este mundo. Vai fazer parte deste espetáculo... brilhante. — Era estranho, mas ela percebeu que havia tons idênticos de nojo e admiração na voz dele ao dizer aquilo. — Eu juro.

Uma filha?

A revelação a deixou sem palavras. Ela não tinha considerado aquilo como o motivo de ele estar buscando um matrimônio. Ele tinha uma filha? Era isso que o motivava? O sr. Thorne... *pai*. Aquilo a levou a outro pensamento inquietante e desconfortável.

Delia? Mãe? A própria filha ainda era uma criança. Não parecia justo impor a ela a condição de esposa e mãe simultaneamente, quando ela mesma ainda não tinha amadurecido por completo.

Ele continuou:

— Conte-me sobre sua filha. Ela se parece com você?

Ela meneou a cabeça, um pouco desarvorada.

— Eu... Eu... Um pouco.

Na verdade, não eram nem um pouco parecidas fisicamente. Delia tinha cabelo claro e olhos azuis. Assemelhava-se mais ao pai. O temperamento, porém, combinava bem com o de Tru. Pelo menos, o de Tru na juventude.

A Tru debutante tinha sido tímida e insegura de si, facilmente influenciável. Não se parecia em nada com a condessa que era agora. Agora tinha uma voz e não tinha mais medo de lutar.

— Espero conhecê-la logo.

As palavras eram inocentes o suficiente, mas a fizeram pensar na noite anterior, quando ele fora sedutor e cheio de más intenções... e agora o alvo era a filha dela. Tru não toleraria aquilo.

— Fique longe da minha filha, sr. Thorne.

— Você me quer para você, não é?

Ela arfou e resistiu à vontade de esbofeteá-lo como ele bem merecia. Ah, que homem arrogante! Ela cerrou os dedos e fincou as unhas na pele macia da palma da mão, tentando controlar o impulso. Jasper Thorne realmente despertava o pior nela.

Levantando a saia, ela o circundou mantendo uma ampla distância ao se afastar. Já tinha dado alguns passos quando o ouviu dizer:

— Até amanhã à noite, condessa.

Ela se empertigou e parou. Assentiu uma vez, sem se virar. *Amanhã à noite.* Respirando com cuidado, voltou a caminhar, jurando para si mesma que estaria pronta para ele.

Capítulo 14

Quem dera os pais amassem mais as próprias filhas do que amam jogos de carta, uísque e cortesãs.
— Gertrude, a condessa de Chatham

Jasper aguardou no jardim escuro por vários instantes, resistindo ao impulso de seguir a condessa de Chatham. Aquilo daria o que falar na alta sociedade. Um homem como ele perseguindo a condessa de Chatham, uma mulher casada, proeminente e de comportamento ilibado.

A condessa de Chatham. *Inferno*.

Ele poderia muito bem ter se sentido atraído por uma simples criada de cozinha ou uma viúva independente. Ah, não. Nada tão descomplicado; tinha de ser a mãe da debutante que estava decidido a cortejar. Tinha de tê-la conhecido e flertado com ela. *Mais do que flertado. Junte-se a mim em algum lugar onde possamos explorar o prazer um do outro.*

Ele a tinha convidado para passar a noite com ele, e não fora nem um pouco sutil. E, naquela noite, assim que a vira, não tinha conseguido resistir. E *continuara* flertando com ela.

Imaginou que deveria desistir de conquistar a filha de Chatham, como a condessa pedira. Seria o mais sensato a se fazer. Lady Cordelia não era a única princesa de sangue azul da alta sociedade em busca de um marido rico. Encontraria outra. Só precisava de tempo.

No entanto, Chatham estava receptivo a ele. O conde lhe fizera uma visita na semana anterior, o que o tinha surpreendido. Eles ainda não se conheciam, mas Theo tinha feito um trabalho de espalhar informações sobre ele aqui e acolá, lançando sementes para que pudessem colher os frutos depois. E, ao que tudo indicava, uma delas tinha florescido bem rápido. Chatham ficara sabendo que Jasper estava procurando uma esposa da sociedade e não medira palavras.

— Minha filha está disponível para o homem mais rico da temporada, e, pelo que ouvi dizer, esse homem é o senhor.

Jasper não esboçara nenhuma reação, permanecendo sentado na cadeira do seu escritório em cujo braço tamborilava, em uma postura indolente, apesar da tensão que sentira ao olhar para o conde pomposo do outro lado da mesa.

Claro que tinha ouvido falar de lady Cordelia Chatham. Ela havia sido mencionada nos jornais, e ele se interessara especialmente por ela, colocando-a no alto da lista. Só não imaginara que o pai dela apareceria na sua porta. Nem que seria tão direto.

Jasper imaginava que os pais deveriam proteger mais as próprias filhas e serem cautelosos em todos os assuntos referentes a elas. Não conseguia se imaginar jogando a filha no colo de qualquer cavalheiro sem ter feito uma profunda investigação e sem passar um tempo com o sujeito para se certificar do seu bom caráter.

Com uma expressão fria, murmurara:

— Obrigado pela consideração, lorde Chatham. Espero logo poder conhecer sua filha.

— O senhor deve se apressar, pois ela não estará mais disponível na próxima temporada, sr. Thorne. — O olhar dele se chocara com o de Jasper, com intensidade e atenção. — Isso eu posso prometer. Se você a quer, não enrole. — Ele fizera um gesto para sair, mas fizera uma pausa para acrescentar: — Estaremos no baile de Lindley na sexta-feira à noite. Se gostar da aparência da minha filha, pode se juntar a nós em um jantar na noite de sábado.

Aquilo parecera quase fácil demais. Mal tinha decidido conhecer lady Cordelia e o pai dela aparecera como em um passe de mágica, oferecendo-a para ele de bandeja. Se ela fosse metade do que os pasquins diziam, era exatamente quem ele estava procurando. Até poderia achar o pai dela nojento, mas saberia lidar com o homem.

Jasper conhecia homens como ele, regidos pelos vícios e pelo peso, ou ausência de peso, da própria carteira. Desde que Chatham recebesse uma quantia constante, seria tolerável. O dinheiro o manteria sob controle.

A mãe de lady Cordelia, porém, não seria tão fácil de lidar. Uma mulher como aquela não se deixava levar pelo dinheiro. Jasper percebeu na hora. Ela não estava disposta a permitir que cortejasse a filha dela, e ele não poderia condená-la por aquilo. Não depois daquele início indecoroso.

Deveria tirá-los da cabeça, todos eles: o pai, a filha e a mãe. A situação já estava mais complicada do que o necessário. Estava em busca de uma mulher para ser mãe de Bettina. Não estava atrás de amor e afeição, nem mesmo de desejo. Tudo que fazia era para encontrar alguém para Bettina. Não para si mesmo.

Só que ele *desejava* seguir a condessa. Em uma situação normal, era exatamente o que faria. Em uma situação normal, ele se comportaria exatamente como na noite anterior. Se ele *queria* uma mulher, ele se certificava de que ela soubesse daquilo e, *em uma situação normal*, costumava conseguir o que queria.

Só que aquele não era o mundo dele.

Era o mundo deles. O mundo *dela*. O mundo da condessa. Ele estava apenas aprendendo sobre aquele mundo. Aprendendo a se infiltrar nele. Mas talvez as coisas não fossem tão simples. Havia regras. Formas de fazer as coisas, códigos de conduta e de comportamento que precisava dominar. Tinha certeza de que perseguir uma mulher casada, mãe da jovem debutante que desejava cortejar, não se encaixava em tais regras.

Olhou para o céu, estudando a lua brilhante. Era a mesma para a qual olhara quando era um rapaz que dormia no quarto dos fundos da estalagem do pai. E seria a mesma lua para onde quer que fosse no futuro. Era um pensamento que lhe dava certo conforto. Algumas coisas nunca mudavam. Ele sempre seria Jasper Thorne. Com mãos calejadas e não refinadas, não educado para os salões de baile nem para as damas com cheiro de água de rosas. Só o dinheiro dele era bom o suficiente. Não ele.

Quanto antes encontrasse uma noiva, mais cedo acabaria com aquilo para poder voltar para a vida, para os negócios, enquanto sua mulher navegaria por aqueles salões de festa para se certificar de que a filha seria criada para poder andar entre os pavões e não ser considerada uma fraude entre eles.

Lady Cordelia Chatham poderia ser aquela noiva.

Começou a se afastar dos jardins e voltar, sem pressa, para a festa.

— Thorne! Aí está você. Eu o estava procurando. — Chatham apareceu no instante em que ele pisou no salão, dando um tapa nas costas dele como se fossem amigos de longa data.

— Só fui lá fora respirar um pouco.

Chatham se virou e fez um gesto para alguém na multidão, os anéis no dedo brilhando.

Jasper seguiu o olhar dele, esquadrinhando os convidados com vestimentas impecáveis. Vestidos de seda e brocado reluziam sob as luzes dos candelabros. Perto dele, uma mulher riu feito um macaco enquanto bebericava o champanhe. O olhar fixo nele, brilhando de uma forma bastante lasciva. Ela passou a língua nos lábios para não deixar dúvidas quanto às suas intenções. E então se inclinou para as amigas, a cabeça delas quase se tocando, enquanto olhavam para ele e cochichavam.

Ouviu algumas das palavras: *Grosseiro como um soldado... Todo grande, aposto...*

Jasper sentiu que tinha uma placa pendurada no pescoço anunciando que não era um deles. Era um lembrete do que representava para aquelas pessoas. Uma novidade. Alguém que poderiam usar, mas que jamais seria um deles.

— Ah, aqui está ela! Minha linda menina.

Jasper voltou a atenção para Chatham... e para uma jovem vestida de branco virginal no meio da festa, parecendo um anjo.

— Pai? — murmurou ela, olhando para Jasper e parando ao lado do conde.

— Cordelia, este é o sr. Thorne.

Ela baixou os olhos azuis e fez uma pequena mesura. Quando ela se levantou, ele pegou sua mão enluvada e curvou-se em direção aos dedos dela com muita lisura, compreendendo o motivo de aquela jovem ter se destacado entre a alta sociedade.

— Lady Cordelia — cumprimentou ele. — Estava ansioso para conhecê-la.

— Assim como eu para conhecê-lo, sr. Thorne.

As palavras saíram um pouco trêmulas, demonstrando falta de convicção. Se aquelas palavras eram sinceras ou não, ele não sabia, mas ela formava uma bela visão com aqueles cachos louros e pele aveludada. Jovem, imatura, inocente... e inexperiente. Reconheceu tudo aquilo na hora, e sem qualquer sombra de excitação. Ela era praticamente uma criança ainda, não despertando o menor desejo nele, pelo que a mãe dela ficaria muito grata, ele tinha certeza.

Inferno. Ele não conseguia afastar os pensamentos da condessa, mesmo agora diante da filha dela. Só conseguia olhar para o rosto da menina, procurando por alguma semelhança com lady Chatham. Ainda assim, havia muito pouco que lembrasse a mãe. Algo na forma dos olhos, talvez. Ou no desenho das sobrancelhas.

Ele olhou em volta e por sobre a cabeça de lady Cordelia. Ela não abandonaria a filha por ele. A seu favor, poderia dizer que era uma mãe protetora. Ele sabia que estava próxima, observando de algum ponto do salão naquele momento, provavelmente o fulminando com o olhar. Sabia porque a conhecia. Apesar do pouco tempo, já a conhecia.

Sentiu o pulso acelerar ao pensar que a condessa estaria olhando para ele. Não havia nenhuma reserva naquele olhar. Apenas franqueza. Aqueles olhos castanhos e calorosos brilhavam e acendiam um fogo nele. Ele olhou em volta, procurando, mas não teve sorte.

A voz do conde chamou a atenção de Jasper para o momento.

— Estamos ansiosos para recebê-lo para jantar amanhã. Nossa cozinheira... — O conde fez uma expressão de êxtase e beijou a ponta dos dedos. — Prepare-se para um banquete.

Jasper assentiu, mas não poderia se importar menos com a refeição. Ele se importava, porém, em ver a condessa de novo. *Inferno*. Deveria inventar uma desculpa qualquer, sair e encontrar alguma outra dama adequada para suas necessidades.

Em vez disso, respondeu:

— A que horas devo chegar?

Chatham ficou radiante.

— Maravilha, maravilha! Que tal... às oito?

O conde lançou um olhar triunfante de Jasper para Cordelia, como se o negócio já tivesse sido fechado, como se já estivessem comprometidos e noivos.

Jasper assentiu, sentindo um peso sombrio sobre os ombros. O conde pediu licença e saiu para conversar com alguma dama influente, se os cordões e a tiara fossem alguma indicação. Mas Chatham continuou prestando atenção nos dois.

O conde lançou um olhar claro para a filha e um gesto significativo em direção a Jasper, que estava diante dela. A jovem dama pigarreou e abriu um sorriso apreensivo.

Ele decidiu facilitar as coisas para a menina.

— Está se divertindo, lady Cordelia?

— Ah, estou me divertindo muito, sr. Thorne... — Ela não precisou dizer mais nada devido à chegada de Theo.

— Lady Cordelia. — Ele fez uma reverência pegando a mão dela com um sorriso.

Theo era um pouco mais velho que Jasper, mas conservava uma aparência jovial, com o rosto redondo e sorriso brincalhão.

— Lorde Branville — cumprimentou ela, parecendo quase aliviada com a aproximação dele.

Ficou bem óbvio que a menina não se sentia confortável de ficar a sós com Jasper.

Theo bateu no ombro do amigo.

— E o que acha, Thorne? Já viu tantas damas tão lindas e elegantes reunidas em um só lugar?

— Nunca — respondeu ele, como esperado.

Foi como se a chegada de Theo ao grupo fosse um sinal para que outros se juntassem a ele. Lady Cordelia logo foi cercada por um grupo de jovens cavalheiros, provando, caso Jasper tivesse alguma dúvida, que ela realmente era uma debutante concorrida.

Theo se aproximou do ouvido dele, cochichando:

— Será que o vi seguindo a Condessa Contida no jardim?

Ele lançou um olhar sério para o homem que se tornara um amigo.

— Condessa Contida?

— Lady Chatham — cochichou ele. — É assim que todos a chamam.

Jasper não conseguiu imaginar de onde tinham tirado a alcunha, pois não havia nada de contido naquela dama. Ao contrário, ela despertava nele sentimentos quentes e nada contidos.

— Vocês se demoraram por um tempo e, quando a dama voltou, parecia ruborizada. O que pode ter acontecido para inquietar a fria Condessa Contida? Ela parecia irritada. Vocês discutiram? Ela o desaprova tanto assim? Não imagino que ela tenha os mesmos critérios que o marido para julgar os pretendentes da filha pelos recursos financeiros. Vai ser bem difícil impressioná-la. Mas, na verdade, quem tem a palavra final é Chatham.

Theo deu do ombros como se fosse assim que as coisas funcionavam, e Jasper sabia que eram, mas aquilo não significava que se sentia bem em relação a tudo.

— *Não sei do que está falando.*

Theo lançou um olhar cético incisivo.

— Pois muito bem. Pode guardar seus segredinhos.

Ele faria exatamente aquilo. Lady Chatham era uma mulher casada. Nada diria para manchar o nome dela ou colocar em risco sua reputação.

Deixaria que continuasse sendo a Condessa Contida para o mundo. Mas ele sabia a verdade. Só ele sabia que tinha muito mais do que aquilo naquela mulher. E talvez preferisse que as coisas continuassem assim.

Capítulo 15

A alta sociedade, principalmente o Mercado Casamenteiro, é repleta de máscaras, fantasias e pessoas escondendo desesperadamente seu verdadeiro eu. Poderia muito bem ser um teatro.
— Lady Cordelia Chatham

Delia ficou olhando para o próprio reflexo no espelho da penteadeira.

— Não quero descer.

A mãe apareceu atrás dela com um farfalhar da seda da saia, o quadril balançando daquele jeito feminino que Delia tanto invejava. A mãe tinha curvas. Quadril. Seios. Um decote profundo que podia muito bem pertencer a uma pintura de Botticelli. *Ela* não era um varapau que mal conseguia preencher o corpete do vestido.

Delia gostava de imaginar que, um dia, teria aquelas mesmas curvas, mas se parecia muito pouco com a mãe. Desconfiava que jamais ficaria voluptuosa. Um retrato da mãe no ano em que foi apresentada à sociedade e que decorava o hall da casa dos avós era evidência daquilo. A mãe sempre tivera curvas, ao passo que Delia não as tinha agora e provavelmente nunca viria a tê-las.

A mãe pousou as mãos nos ombros dela, desnudos de forma incomum. Delia já tinha debutado havia algumas semanas e não usava mais modelos infantis, mas aquele vestido escarlate estava em outro patamar. Delia costumava usar cores pastel e branco, exatamente com as demais debutantes. Naquele vestido vermelho, ela parecia uma mulher, mesmo quando ainda se sentia como uma garotinha, o que resumia bem seu humor. Ela se sentia uma criança brincando de ser adulta.

A mãe tivera ressalvas quando a filha experimentara o vestido, apresentando preocupação em relação à cor e ao decote profundo do corpete, mas Delia insistira até conseguir.

Ficara muito animada, imaginando os lugares nos quais se arriscaria a usar um vestido tão arrojado. Parecia uma aventura. Quando o vestira pela primeira vez, ainda na loja da modista, jamais poderia ter imaginado que a primeira oportunidade de usá-lo seria para um homem escolhido pelo pai. Agora, ao se olhar no espelho, se sentia cheia de nervosismo, desejando guardar o vestido de volta no armário e fingir que não o tinha pedido.

O repentino interesse do pai, quando jamais tinha demonstrado nenhum antes, não parecia nada bom. Ele gostava de Jasper Thorne para ela. Por que outro motivo teria chegado mais cedo e aberto o armário da filha para escolher o vestido que ela usaria naquela noite? Quando o vira remexendo nas roupas, ele explicara: *você precisa parecer uma mulher esta noite, e não uma garotinha naqueles vestidos que sua mãe te obriga a usar.*

— A cozinheira preparou um bule de chá para você. — A mãe fez um gesto para a bandeja aguardando por ela. Como se uma xícara de chá fosse capaz de curar o nervosismo.

Delia abriu um sorriso trêmulo para a mãe.

— É para ser um remédio para que essa noite seja melhor?

Afinal, era o que a mãe costumava fazer quando Delia adoecia na infância. Ela pedia para a cozinheira preparar um bule de chá e os biscoitos favoritos para convencê-la a tomar o remédio necessário.

O olhar da mãe se suavizou, e Delia achou ter visto uma sombra de pena ali, o que era difícil de digerir. A própria mãe sentia pena dela. E o olhar estava longe de ser tranquilizador.

A mãe acariciou os cachos que desciam pelo ombro da filha.

— Delia, vamos simplesmente jantar com esse tal de sr. Thorne hoje à noite, e então...

— Eu nem o conheço — interrompeu Delia.

— É só um jantar.

— Ele é... *velho.*

Até podia ser bonito, de uma forma intensa e séria que algumas mulheres pareciam gostar. Mas ela não. Ela gostava de pessoas felizes e leves. Jovens rapazes cheios de alegria.

A mãe sorriu.

— Trinta e três anos não é velho. — Tru negou com a cabeça. — Mas isso não importa, porque, como eu disse... é só um jantar. E não significa que...

— Eu falei com o papai — revelou ela.

A mãe piscou.

— Ah. Quando?

— Hoje cedo, quando você estava fora. — Ela fez um gesto para o vestido, ajeitando uma das mangas bufantes. — Quando ele escolheu esse vestido para eu usar.

— Entendi. — A mãe parecia preocupada. — E o que foi que ele disse?

— Que não era simplesmente um jantar com o sr. Thorne, como você insiste em dizer. Papai deixou bem claro o que queria quando escolheu este vestido para mim.

A mãe olhou para a filha com uma expressão diferente, estreitando o olhar e abrindo um pouco as narinas.

— Não sabia que seu pai tinha visitado seu quarto e escolhido pessoalmente o vestido para você.

Assentindo, Delia continuou:

— Ele disse que eu devo causar uma boa impressão e ser bastante cordata. — Delia parou e respirou fundo. — Que devo impressionar o homem custe o que custar. Disse que o sr. Thorne é um homem muito rico e que nós precisamos dele.

Um brilho de raiva apareceu por um instante nos olhos da mãe. Logo ela o controlou, mas não importava. Delia tinha visto. Era sempre assim. A mãe escondendo o quanto desprezava o pai. Ou melhor, *tentando* esconder. Mas nunca conseguia. Delia sabia. Ela e o irmão sabiam.

Sabiam e gostariam de poder fazer alguma coisa para ajudar a mãe, para salvá-la, porque ela merecia algo melhor que o pai. Mas não havia mais salvação para a mãe. Aquela era a vida dela e não havia nada que pudessem fazer. Apesar disso, Delia tinha a esperança de que não acabasse presa em uma situação semelhante. Não queria se casar com um homem a quem não suportasse. Não se considerava uma pessoa tão forte como a mãe. Não sobreviveria a algo assim.

Embora sentisse saudade, achou bom que Charles estivesse no colégio interno. Ele não gostaria nada daquilo. Ia querer salvar Delia de um destino semelhante ao da mãe. Ele acabaria confrontando o pai e aquilo não seria nada bom.

A mãe apertou o ombro desnudo da filha e a obrigou a se virar no banco acolchoado diante da penteadeira.

— Pois eu lhe juro, filha. Você não será obrigada a se casar com ninguém. Você não precisa *impressionar* o sr. Thorne. Decerto que não. Seja você mesma.

Delia olhou para a mãe em silêncio, obrigando-se a falar, a confiar na mãe em relação àquilo, mas não conseguia encontrar a convicção nem as palavras. Sentia um nó na garganta.

— Prometo a você, Delia. A escolha há de ser sua.

Os olhos castanhos e calorosos da mãe olharam fundo nos dela, e Delia sabia que ela estava sendo sincera, que acreditava nas próprias palavras. Mesmo que não fossem verdade. Mesmo que ela não tivesse o poder de salvar Cordelia da vontade do pai. A mãe acreditava que conseguiria.

No entanto, Delia sabia a verdade. *Ela* não acreditava. A escolha não era dela nem da mãe. Era o pai quem tinha todo o poder. Não importava no que a mãe acreditasse, ela não tinha como cumprir aquela promessa.

O pai escolheria quem ele quisesse para a filha. E Delia seria obrigada a se casar com o escolhido.

TRU NÃO CONSEGUIA se lembrar da última vez, nos últimos quinze anos, em que ela e o marido receberam algum convidado juntos. O conde tinha se mudado para a própria casa logo depois do casamento e vivia uma vida sem ela. União e colaboração não eram coisas que já houvessem se aplicado a eles.

Ainda assim, aquilo não impediria Chatham de presidir o jantar como se fosse o rei da casa e de todos que ali moravam. Sentado à cabeceira da mesa, estalava o dedo para o mordomo e os criados da condessa, indicando quando cada prato e cada drinque deveria ser servido.

O cardápio também tinha sido de sua escolha, trabalhado em carnes cozidas, molhos e temperos, com poucos legumes e verduras. As mulheres não puderam tomar xerez. Tal gentileza não lhes foi concedida. Era um jantar muito diferente dos que Tru costumava organizar naquela mesa. Muito diferente dos jantares que ela *imaginara* organizando na vida de casada. Os sonhos tolos de infância de receber alguém em casa ao lado de um marido que a adorava eram apenas aquilo: *tolices*.

Lançou um olhar de nojo para o conde, vendo-o usar os dedos para pegar uma costela de cordeiro e passar no molho no prato. Tru pegou a taça de vinho tinto e tomou um gole. Era mais forte que o xerez, mas talvez precisasse mesmo de uma bebida mais forte. Por sobre a borda da taça, seu olhar encontrou o do homem sentado à sua frente. Jasper Thorne.

Ele ergueu uma das sobrancelhas. Ela estreitou o olhar, permitindo que ele sentisse a força da sua raiva. Ele voltou a atenção para Delia, que estava sentada ao lado dele. A filha deu um sorriso simpático. Estava sendo agradável a noite toda.

Apesar da conversa de antes, Delia estava se comportando de forma charmosa, honrando a educação que recebera e se apresentando com elegância e tranquilidade. A tutora dela ficaria muito orgulhosa. Tru certamente estava. Até mesmo Chatham observava a filha, demostrando a aprovação radiante. Tru segurou o garfo com mais força, sentindo um impulso de golpeá-lo.

Quem dera Delia fizesse barulho ao tomar a sopa ou risse feito uma mula relinchando e fizesse comentários insanos sobre o tempo. Talvez assim Jasper Thorne fosse embora e esquecesse a filha.

Respirando fundo para se fortalecer, Tru se obrigou a afastar o olhar de todos eles. Chatham. Delia. Jasper Thorne. Observá-los era inquietante demais. Quanto mais observava a filha interagindo com Thorne, mais temia que a comida lhe azedasse na barriga.

Olhou para os outros convidados sentados à mesa. O marido convidara mais gente. Valencia e o marido. E o amigo mais antigo do conde, lorde Burton, um homem vil. Chatham e ele estudaram juntos em Eton. Eles adoravam falar sobre as lembranças do passado, como se ambos não tivessem vivido juntos aquelas façanhas desagradáveis, como se outros desejassem ouvir aqueles delitos sórdidos. Ela mesma poderia contar cada uma das histórias repugnantes, pois já ouvira todas. Diversas vezes. As brincadeiras de mau gosto. As arruaças ébrias. As garçonetes que dividiram. Eles eram uma dupla bastante vulgar.

Valencia e o marido não eram vulgares, mas a presença deles era perturbadora por outro motivo. Valencia nunca era ela mesma quando estava com ele. Sentava-se com expressão estoica e lábios contraídos enquanto o marido se comportava como bem queria — em geral, fora de si por causa da bebida e dos remédios que tomava para aliviar a dor. Naquela noite, porém, os remédios pareciam não estar funcionando. Ele parecia pálido e o suor brilhava na pele enquanto segurava o garfo com mão trêmula e procurava levá-lo aos lábios, em uma tentativa de comer como todos à mesa.

Chatham sempre aprovara a amizade da esposa com Valencia. Afinal, ela tinha se casado com um duque. Não importava que o duque de Dedham fosse apenas uma sombra do homem que fora antes do acidente. Não importava que estivesse sentado parecendo um tanto abatido e prestes a desmaiar a qualquer momento. Um duque era um duque. Um homem importante, e Chatham preferia se cercar de homens importantes. Sem dúvida, Chatham estava tentando impressionar o sr. Thorne com evidências de amigos eminentes. Não estava apenas vendendo a filha... estava vendendo suas conexões.

O duque, não mais a figura robusta que já fora um dia, de repente, cambaleou na cadeira. Valencia estendeu a mão e segurou o braço dele com força. Ele piscou e se empertigou, afastando o braço do toque dela e lançando um olhar cheio de ódio para a mulher.

— Eu estou bem — murmurou ele.

Ela afastou a mão e assentiu, baixando o olhar, sem dúvida constrangida pela grosseria que o marido lhe dirigira. Um ligeiro rubor tingiu a pele azeitonada.

O coração de Tru se condoeu pela amiga. Sabia bem como era ser desdenhada, desprezada e rejeitada pelo marido, o homem para quem fizera votos de casamento, aquele que deveria ser um companheiro para tudo na vida. E doía ainda mais quando o tratamento acontecia na frente de terceiros.

— O uísque está subindo à cabeça, vossa alteza? — perguntou o conde a Dedham de forma jovial. — Esse é do bom e do melhor... Mas sobe rápido. Por favor, avise se preferir algum outro tipo de bebida. Temos um ótimo vinho da Madeira. — Aquele era o Chatham charmoso, aquele que a tinha enganado na juventude.

Dedham levantou o copo em uma saudação e virou o conteúdo.

— Do bom e do melhor mesmo — concordou. — Nada com que eu não consiga lidar.

Valencia meneou a cabeça de leve, ainda mantendo os olhos baixos. Ele pegou a taça como se precisasse fazer alguma coisa, mesmo que fosse apenas tomar um gole de vinho.

Tru ouviu Delia perguntar para Thorne:

— O senhor está gostando da temporada até agora, sr. Thorne?

— Confesso que essa foi a noite mais agradável que tive até agora, lady Cordelia, na sua charmosa companhia, é claro.

Tru revirou os olhos e se segurou para não rir. *É claro*.

— Já que aprecia tanto a companhia de lady Cordelia, o senhor deveria se juntar a nós na Mansão Chatham. Partiremos depois de amanhã.

— Nós... partiremos? — Delia piscou, assustada ao ouvir a notícia.

Partiremos? Tru se controlou para não repetir a pergunta da filha. Não ia reagir e revelar como sabia pouco sobre as decisões do marido. Não queria parecer tola e sem autoridade, mesmo que fosse a verdade.

— Você vai para o campo? Mas a temporada acabou de começar — interveio Burton.

— A primavera é adorável em Lake District — respondeu Chatham enquanto cortava a carne, dessa vez usando garfo e faca. — Tudo é tão lindamente verdejante e os jardins ficam cheios de flores. O clima é perfeito para pescar, cavalgar e caçar. Venha conosco, Burton. Você sempre aproveitou sua estadia lá. — O marido apontou com o garfo para Thorne. — Venha também, Thorne. Podemos transformar a viagem em uma festa. Nada melhor do que uma festa numa casa de campo.

Tru arfou, percebendo na hora o que o marido planejava. Estava tentando tirar o homem de Londres, levá-lo para longe de todas as distrações da temporada... e de todas as *muitas* distrações jovens, bonitas e adequadas.

Sem dúvida, acreditava que sequestrar Thorne com Delia aumentaria a oportunidade de um compromisso. Talvez já tivesse conseguido até assinar um contrato de noivado no fim da viagem. Ah, mas ele realmente era ardiloso. Tru não duvidava nada de que o marido fosse até capaz de fazer Thorne comprometer Delia e ser obrigado a pedir a mão dela em casamento. Ela sentiu o rosto pegar fogo ao pensar naquilo. Descobriu muito cedo que o marido não tinha escrúpulos em comprometer a honra de alguma mulher. Seria ele tão cruel a ponto de orquestrar a ruína da própria filha?

— Mas a temporada acabou de começar — murmurou Delia, lançando um olhar questionador para Tru, claramente em dúvida se a mãe sabia do plano.

Jasper Thorne seguiu o olhar de Delia, pousando os olhos castanhos profundos e pensativos em Tru.

Ela estendeu a mão trêmula para pegar a taça e tomou um gole para ter coragem.

— Bem, Thorne. O que me diz? — insistiu o conde. — Não posso prometer que as coisas não... saiam do controle. Festas no campo costumam ter uma reputação, mas só das melhores formas. — Ele deu uma risada e uma piscadinha para Burton e Thorne, com expressão de conhecedor.

Burton assentiu e riu.

— Você realmente sabe como organizar uma boa festa, Chatham. Posso atestar quanto a isso.

Uma *boa* festa. Os lábios dela se contraíram em um sorriso discreto. Não conseguiu evitar. Ela não frequentava as festas que o marido organizava. Mesmo assim, sabia que *não* eram boas.

O conde olhou para o duque.

— Você também vai se juntar a nós, Dedham? Já faz um tempo desde a última vez que nos agraciou com sua presença na Mansão.

Um bom tempo, na verdade. A última vez tinha sido antes do acidente. Valencia já tinha dito a ela que o marido passava a maior parte do tempo sofrendo na casa de Londres, por não estar disposto a aguentar os rigores de uma viagem. Saídas como as daquela noite já eram exaustivas para ele.

Ele empurrou a comida no prato com o garfo. Era bom em espalhar a comida no prato para dar a impressão de que estava comendo. Ela se lembrava daquele truque de quando os filhos eram pequenos.

— Meu marido não viaja mais...

— Calada, mulher. Eu posso falar por mim.

Valencia ficou em silêncio, os olhos escuros fixos no prato, a expressão tensa com o arco elevado das sobrancelhas ainda mais dramático do que o usual.

Tru esperou, na expectativa de ouvir o duque recusar o convite. É claro que ele não poderia viajar.

Dedham espetou um pedaço de cordeiro e o levou à boca, mastigando com hesitação.

— Sabe? Acho que vou me juntar a vocês. — Ele levou o guardanapo aos lábios e, depois, à testa. — Acho que vai ser bom sair um pouco da agitação da cidade.

Valencia lançou um olhar para o marido, claramente insatisfeita, e Tru entendeu bem o motivo. A viagem seria difícil para ele, e seria ela a suportar as explosões dele em relação ao próprio desconforto.

Valencia tocou no braço dele de novo.

— Não acha que fazer uma viagem dessas...

— Eu acho — disse ele, puxando o braço — que uma viagem para uma festa na casa de campo é do que precisamos, mulher. Devemos ir.

Valencia afastou a mão e a colocou no colo, embaixo da mesa. Forçou um sorriso, mas o sofrimento estava ali, atrás do brilho dos dentes. Tru lançou um olhar para ela, esperando demonstrar que sentia muito. Odiava que as maquinações do marido, além de atingirem a filha, atingissem também a amiga.

— Esplêndido. Teremos uma grande festa. E quanto a você, sr. Thorne? Vai se juntar a nós?

Tru voltou a atenção para Jasper Thorne e sustentou o olhar dele com ousadia, quase o desafiando a aceitar aquele convite. Se ele aceitasse, ela tornaria a vida dele um verdadeiro inferno, jurou para si mesma. Faria com que se arrependesse do instante em que decidiu ir atrás da filha dela.

— Se receber mais uma pessoa não for um inconveniente para a senhora sua esposa.

Ele olhou para ela ao dizer aquilo, os olhos calorosos passeando pelo seu rosto, quase como se aceitasse o desafio. O que ele esperava? Que ela retirasse o convite feito pelo marido?

— Minha mulher? — Chatham piscou e olhou em volta como se estivesse procurando por ela na mesa, como se estivesse sentada bem longe dele e não apenas a duas cadeiras. — E o que ela tem a ver com isso?

Porque Tru nunca teve nada a ver com a vida dele.

— Eu não gostaria de impor...

Tru se esforçou para engolir enquanto Jasper Thorne continuava a falar, desejando que ele apenas se calasse. Ela entendia que estava sendo educado, aquele cavalheiro tão sem berço. Era até irônico. O marido dela nascera em berço de ouro e, no entanto, comportava-se como um bárbaro. Ao passo que o sr. Thorne...

Bem, ele estava em outro nível. Tinha dignidade, inteligência e educação. A não ser quando estava tentando seduzir mulheres em varandas escuras, claro.

Diferentemente do que indicava sua aparência — parecia mais um soldado acostumado com trabalho humilde —, Jasper Thorne era o epítome da civilidade. Enquanto ele parecia capaz de esmagar alguém com as próprias mãos, Chatham esmagava as pessoas com as ferroadas das palavras. Com o olhar maldoso. Com os lábios contraídos. Aquelas eram as armas do seu arsenal, as quais ela conhecia bem.

— O senhor não precisa se preocupar com a minha mulher. — Chatham fez um gesto com a mão. — Gertie não tem a menor importância.

Tru fez uma careta e baixou o olhar, odiando o apelido que ele insistia em usar, odiando as palavras dele, odiando-o por um segundo antes de dissipar a emoção sombria do próprio coração. Odiá-lo não adiantava de nada, só servia para envenená-la. Ela havia se proibido de ter aquele sentimento em particular.

Ela se concentrou no prato e na comida em vez de nas palavras que o marido acabara de dizer. Sem dúvida, estava vermelha. Esperava que ninguém notasse o rosto afogueado.

— Não é, minha querida? — perguntou Chatham.

Aquilo não devia doer. Chatham nunca dissera nenhuma palavra gentil para ela, nem sobre ela. Nem em particular, nem em público. Por que deveria esperar algo diferente? Não importava a presença de convidados. Diminuí-la com palavras ou ações não era nem um pouco surpreendente.

Assim como Valencia, ela colocou um sorriso no rosto e olhou diretamente para Jasper Thorne.

— O senhor deve nos acompanhar, sr. Thorne. Quanto mais gente, melhor.

— Esplêndido — proclamou Chatham. — Todos acabaram? Podemos ir para a sala de estar? — Ele limpou a boca com o guardanapo e se levantou, dirigindo-se à Valencia.

— Vossa Alteza talvez aceite nos entreter no piano de cauda? A sua música é adorável.

Valencia assentiu.

— Claro, milorde.

Eles saíram da sala de jantar. Tru tinha acabado de passar pelas portas e entrado no corredor quando ouviu o marido dizer atrás dela:

— Sr. Thorne, o senhor já viu os jardins da nossa propriedade? Cordelia, por que não acompanha o sr. Thorne?

Tru se virou.

— Está escuro lá fora.

O marido a fulminou com o olhar.

— As lanternas estão acesas... e a lua está brilhando no céu. — Ele olhou para a filha e fez um gesto em direção às portas francesas que levavam aos jardins. — Pode ir agora, Cordelia. Seja uma boa anfitriã e mostre os jardins para o sr. Thorne.

Tru não se deixaria intimidar. Ela empinou o queixo.

— Não parece adequado, milorde...

O marido agarrou o braço dela com força, bem acima do cotovelo, e a puxou, acompanhando o restante das pessoas que já seguiam para a sala.

— Deixe os jovens pegarem um pouco de ar, mulher. Eles não precisam se entediar com a nossa presença.

Ela olhou para trás e viu os olhos arregalados da filha e o olhar desconfiado do sr. Thorne nela, enquanto Chatham a puxava com força. Então, foi empurrada para a frente e não conseguiu mais ver nada.

— Você perdeu todo o senso de decência? — sibilou ela, pensando na pobre Delia, lançada aos lobos ou, naquele caso, a um lobo. Na forma singular do sr. Thorne. — Como se atreve?

O marido apenas piscou para ela, sem se deixar afetar pela pergunta indignada da mulher. Na verdade, parecia entediado. Exibia uma expressão comum no rosto.

— Do que está falando?

— Você sabe muito bem do que estou falando. Você acabou de jogar a nossa filha para aquele lobo... convidando-o para passear com ela, sem companhia, no jardim...

— Eu não o convidei para fazer nada de mais. Ele não vai tomá-la para si no meio dos arbustos. Não parece ser esse tipo de homem. Eles só vão dar um passeio. No máximo, ele talvez roube um beijo ou dois. — Ele deu de ombros. — Talvez um tapinha ou uma carícia. Nada mais do que a maioria dos jovens faz quando a oportunidade aparece.

Ela sentiu as orelhas queimarem de raiva.

— Você é um bárbaro.

O marido contraiu o rosto, demonstrando não ter gostado do que ouviu.

— É melhor ter cuidado como fala comigo, Gertie. Não estou fazendo nada além de acelerar um pouco as coisas até a conclusão final. — Ele olhou para a mulher. — Se ele quiser nossa filha, ele poderá tê-la. Não vou me opor, assim como você também não vai.

— Chatham. — Ela tentou argumentar, apesar da raiva que queimava o seu estômago. — Isso não é certo...

— Você não vai arruinar isso, querida *esposa*, como parece ter a intenção de fazer.

Ela imaginara que ele tentaria algo do tipo quando estivessem na festa de campo que acabara de inventar, mas não imaginara que o marido teria a coragem de fazer aquilo naquela noite mesmo.

— Não é assim que as coisas...

— Deixe esse assunto comigo. Eu não vou tolerar a sua interferência. Presumindo que ele queira, Jasper Thorne *será* meu genro e não quero mais ouvir nenhuma palavra sua contra isso. — Ele apertou o braço dela. — Você entendeu?

Ele continuou apertando-a, esperando que concordasse. Era provável que ela ficasse com uma marca no dia seguinte, mas não precisaria de marcas para se lembrar daquele momento... nem do que precisaria fazer.

Capítulo 16

A opinião do meu marido fica abaixo da opinião da minha costureira em termos de importância.

— Gertrude, a condessa de Chatham

Jasper queria a mãe da garota a quem estava cortejando. Aquela era uma situação difícil e desafortunada, e ele deveria colocar um ponto final naquilo.

Ele não era nenhum conde de sangue azul, que estalava os dedos para os criados sem pensar que tinham trabalhado o dia todo e, às vezes, a noite toda por um pagamento ínfimo, e que acordavam ao raiar do dia para fazer tudo de novo, só para um idiota arrogante estalar os dedos como se não fossem melhores do que cachorros.

Jasper fora criado em uma estalagem simples de beira de estrada, limpando os estábulos, pegando água, varrendo o chão, consertando telhados e cercas e até mesmo limpando o chão da taverna, sempre sujo com vômito, mijo e outras coisas que ele preferia nem saber o que eram. Ele fazia toda e qualquer coisa que precisasse ser feita para não levar um soco do pai. Não recebia as coisas só porque as queria. O pai não fora um homem indulgente.

Jasper sabia muito bem o que era necessitar de algo, mas sabia ainda mais sobre renúncia. Estava acostumado. Não conseguir o que queria não deveria ser tão difícil. Lady Chatham deveria ser apenas mais uma renúncia na vida que ele deveria aceitar.

Ele passeou pelo caminho de pedras com lady Cordelia entrelaçada ao seu braço. Deveria se concentrar na jovem dama ao seu lado, mas não conseguia parar de pensar na mulher que deixara lá dentro. Queria agredir o marido dela por ter falado daquele jeito com ela, pelo modo como agarrara o braço dela e a arrastara como um saco de grãos.

Ah, aquilo teria sido um espetáculo e tanto. Ele precisara usar todo o seu autocontrole e se lembrar de que ela era mulher do conde para conseguir controlar o impulso. Além disso, atacar Chatham não a teria ajudado em nada. Só serviria para que Jasper fosse expulso daquela casa e da órbita de lady Chatham para sempre, e ainda não estava pronto para abrir mão da condessa.

Ela estava na sala de estar agora, com aquela cobra que era o marido e o amigo igualmente vil. O duque, que parecia prestes a desmoronar da cadeira e mergulhar na inconsciência a qualquer momento, e a mulher dele, de olhos tristes, também estavam lá, conversando e revelando a importância que tinham recebido por terem nascido em berço de ouro. Bem, talvez não a duquesa. Ela parecia sofrer tanto quanto a condessa.

Ainda assim, ele queria se juntar a eles e pousar o olhar novamente na Condessa Contida.

Gertrude. *Gertie*, o marido a chamara. Ela não gostava daquilo. Jasper notara que ela se encolhia cada vez que Chatham usava o apelido.

Ele tinha ido àquele jantar por causa *dela*. Desejava ver a condessa de novo. Embora ter ficado cara a cara com ela novamente, observando-a com o marido e a filha... devesse ter mudado os pensamentos que tinha a respeito dela.

Deveria ter mudado, mas o bom senso não voltara. Ao contrário. Ele a queria ainda mais depois de tolerar aquele jantar lamentável.

O marido era, sem dúvida, um canalha. Testemunhar a dinâmica entre eles, a forma como ele se dirigia a ela, a forma como ele *não* falava com ela e a ignorava por completo... Tudo aquilo só o fez querer pegá-la nos braços e tirá-la dali.

— O que acha, sr. Thorne? — Lady Cordelia fez um gesto em volta deles.

— É um belo jardim — disse Jasper. — Um lugar muito tranquilo. É quase como se não estivéssemos na cidade.

— Minha mãe gosta de jardins e chafarizes e coisas assim. — Ela mostrou uma fonte de água. — Também são maravilhosos na nossa casa de campo. Ela preferiria que ficássemos lá o ano todo, mas a Mansão Chatham fica bem longe da cidade e eu preciso estar aqui para... — A voz da menina sumiu, mas ele sabia o que ela queria dizer. Ela precisava estar no Mercado Casamenteiro... para atrair um marido.

Pela expressão fria no rosto, lady Cordelia não estava muito entusiasmada com a perspectiva, e ele não conseguiu evitar se perguntar se o desânimo se devia especificamente à ideia de se casar com ele ou se era a noção do casamento em si.

É claro que aquilo não tinha mais a menor importância. Não mais. Não poderia se casar com aquela garota. Não depois de tudo que tinha acontecido entre ele e a condessa. Seria perverso. Soubera daquilo no instante em que descobrira a identidade da mãe. Não era um homem *tão* sem princípios. Não cortejaria aquela garota depois de ter tentado seduzir a mãe dela.

Claro que ele não tinha dado sua palavra à lady Chatham quanto àquilo quando ela lhe suplicara. Sabia que deveria aliviar a preocupação dela, mas ele gostava de discutir e ver o rubor lhe subir pelo rosto quando ficava indignada. E ele claramente despertava a indignação dela.

Lady Cordelia abriu um sorriso ensaiado para ele.

— Mas logo o senhor poderá ver a Mansão e admirar os terrenos. Tenho certeza de que minha mãe há de querer mostrar-lhe tudo pessoalmente, sr. Thorne. Ela se orgulha muito das rosas dela.

Ah, ele queria aquilo. Desejava, na verdade. Ficar a sós com a condessa no jardim de rosas... ou em qualquer outro lugar. Ele balançou a cabeça, sentindo, de repente, uma sensação sombria e sabendo que aquela loucura precisava chegar ao fim.

Tinha vindo para Londres para expandir os negócios, encontrar uma esposa, uma mãe para a filha. Não uma mulher para si. Poderia deixar aquilo para depois, assim que tivesse conseguido realizar os planos.

Jason precisava se afastar daquela família. Havia outras garotas qualificadas para ele. Seu fascínio pela condessa chegara na hora errada, com certeza, e ele precisava colocar um ponto final naquilo antes que as coisas ficassem ainda mais complicadas e o distraíssem ainda mais do que tinha para fazer.

Talvez depois que se casasse com alguém, poderia procurar a Condessa Contida de novo, um encontro casual em outra varanda escura. Talvez, então, ela cedesse aos avanços dele.

Jasper pigarreou e parou para olhar para a garota, determinado a colocar um fim ao que tinha se tornado um negócio muito confuso.

— Foi um prazer conhecê-la, lady Cordelia, mas acho que não vou poder acompanhá-la para a festa no campo.

Ela ergueu um pouco a cabeça, fixando o olhar intensamente nele.

— C-como? Por que não? — Ela meneou a cabeça. — Queira me desculpar por parecer curiosa, senhor, mas meu pai anseia por sua visita. — O desespero transparecia na voz da garota, e ele detectou um tom de... pânico. — Ele ficará muito decepcionado.

Jasper a analisou por um momento e percebeu que ela estava com medo. Sentiu uma pontada no estômago ao se dar conta do que estava acontecendo. Não gostou nada do fato de que aquela menina — pois era exatamente o que ela era... uma *menina* — estivesse com medo. Olhou-a por mais um tempo e entendeu o que estava acontecendo.

Ela temia que, se ele voltasse para a casa e dissesse que tinha mudado de ideia e não iria mais à festa na casa de campo, a culpa cairia em cima dela. O pai ficaria decepcionado. Zangado talvez. E colocaria toda a culpa nela. Chatham concluiria que ela tinha dito ou feito alguma coisa durante o passeio que o fizera perder o interesse.

Ela poderia não desejar Jasper como marido, mas não queria que a ira do pai caísse sobre ela.

— Milady — começou ele devagar. — Peço permissão para falar com sinceridade.

Ela arregalou os olhos e começou a olhar para todos os lados como se procurasse um lugar para se esconder.

— Ah, prefiro que não. Por favor, não.

Ele entendeu o novo temor dela na hora... Ela achou que ele fosse se declarar e ficou aterrorizada com a perspectiva. Se restava ainda alguma dúvida, a reação dela apenas confirmava: a menina não queria nada com ele. O que era ótimo, já que ele também não queria nada com ela.

— Acalme seu coração, lady Cordelia. Não tenho a menor intenção de me ajoelhar e pedir a sua mão.

Aquilo a calou. E ela ficou olhando para ele, que continuou:

— A senhorita claramente não me vê como um marido em potencial.

Ao ouvir aquilo, ela gaguejou:

— P-por que diz isso? Eu o ofendi de alguma forma? — Ela levou as duas mãos ao braço dele e o apertou em súplica: — Por favor, não conte para meu pai...

Ele se sentiu um baita canalha naquele momento. Aquela jovem tinha sido claramente obrigada a aceitar a corte dele, e ele tinha ficado satisfeito em seguir adiante, considerando a oferta que Chatham fizera pela mão da filha em casamento, como se os desejos dela não importassem em nada. Ele só conseguiu pensar na própria filha naquele momento e em como não queria que ela jamais se sentisse obrigada a fazer *nada* que não desejasse. Nem por causa dele, nem por causa de qualquer outro homem.

Teria ele notado se não fosse *ele mesmo* a decidir colocar um fim naquilo por causa da mãe dela? Teria ele continuado tão sem noção e indiferente à infelicidade dela... à sua falta de disposição? Era um pensamento sombrio e preocupante.

— Prometo... Nada direi ao seu pai.

Ela mordeu o lábio.

— Mas ele há de me culpar. E a minha mãe. Há de achar que foi nossa culpa o senhor ter desistido de procurar uma esposa aqui para buscá-la em outro lugar.

Ela retirou as mãos do braço dele e as levou ao rosto como se o gesto pudesse acalmá-la.

— Juro que não falarei nada para desagradá-lo. Só vou elogiá-la...

— De nada vai adiantar. Sua mera ausência ao meu lado dirá tudo, assim como a sua recusa ao convite para ir para a Mansão Chatham. — Ela soltou o ar pesarosamente. — E você vai começar a cortejar outra pessoa. Ah, Deus. — Ela se sentou na beirada de um chafariz próximo, sem se importar que espirrasse água nas suas costas.

— Lady Cordelia — começou ele, usando a voz que costumava falar para acalmar Bettina quando ela estava chateada. — Você realmente deseja se casar comigo? Vamos lá. Eu não vou ficar ofendido. Seja honesta.

Ela olhou para ele quase com timidez por baixo dos cílios e negou com a cabeça.

— Não — sussurrou ela.

— Então não deveria se sentir obrigada a isso.

— Ah, diga *isso* para o meu pai. — Ela deu de ombro. — Mas posso muito bem me casar com o senhor, que parece ser bem decente.

— Obrigada? — disse ele em tom seco.

Ela continuou:

— Eu só gostaria de ter mais tempo. Infelizmente, meu pai já quer um noivado. Ele não quer aguardar. Se não for com o senhor, será com outra pessoa no fim dessa semana.

Ele se sentou ao lado dela.

— E se tivesse mais tempo, se não houvesse pressão nem urgência... o que faria com isso?

Ela deu de ombros com constrangimento.

— Eu aproveitaria a temporada. Talvez conseguisse até encontrar alguém que realmente combine comigo. Mesmo que não fosse nesta temporada, talvez na próxima.

Ele assentiu.

— Você deveria ter mais tempo. Você é tão jovem. Não deveria ter pressa.

Ele não conseguia se imaginar pressionando a filha a se casar. Ele mal conseguia se imaginar concedendo a mão da filha em casamento. Era favorável a adiar aquilo o máximo possível.

— Quem dera meu pai pensasse como o senhor.

— E quanto a sua mãe? — perguntou ele, tentando parecer casual.

— Ah, ela jamais me obrigaria a me casar com ninguém. Ela quer que seja uma escolha minha. Ela diz que uma mulher nunca deveria ser coagida e que deveria tomar a decisão por livre e espontânea vontade.

Um sorriso apareceu no rosto dele. Aquilo parecia algo que lady Chatham diria. Não havia muito tempo que a conhecia, mas parecia que já sabia como ela pensava.

— Sua mãe parece uma mulher sábia e generosa.

— É, sim. A melhor mãe do mundo.

— E se houvesse uma forma de aliviá-la da pressão do seu pai?

Ela franziu a testa.

— Como eu poderia fazer isso?

— Aceite que eu lhe faça a corte.

A expressão de pânico voltou aos olhos dela.

— Você disse que não tinha intenção de se casar comigo.

— E não tenho.

— Desculpe. — Ela meneou a cabeça e soltou o ar, exasperada. — Mas não entendo.

— Podemos fingir que estou lhe fazendo a corte. Para o mundo, vai parecer que estamos comprometidos romanticamente. Assim, você poderá aproveitar sua temporada com tranquilidade, sem se preocupar em ser obrigada a se casar com ninguém ao final dela. Com certeza, não comigo. Isso lhe dará mais tempo para se decidir. O seu pai não vai pressioná-la...

— Porque vai acreditar que o senhor está me cortejando — concluiu ela.

— Exatamente.

Ela meneou a cabeça novamente.

— E o senhor faria isso por mim? Por quê?

Uma ótima pergunta. Como ele poderia contar para ela? A verdade poderia até escandalizá-la. Na verdade, *ele* mesmo estava escandalizado, e já tinha visto todo tipo de coisa na sua vida de dono de estalagem. As pessoas cometiam atos de devassidão longe de casa, em estalagens onde acreditavam que ninguém as conhecia. O anonimato era libertador.

— Diga — exigiu ela, estreitando o olhar com desconfiança.

Ela deixou bem claro que queria saber o que ele teria a ganhar com aquilo. Não tinha como contar, obviamente. Não quando nem ele mesmo entendia direito.

— Basta dizer que terei meus benefícios.

— Como? — pressionou ela.

Ele abriu e fechou a boca antes de finalmente conseguir dizer:

— Assim como você, lady Cordelia, tenho meus objetivos e desejo tempo para consegui-los. Não quero ser pressionado por todos enquanto estou na minha primeira temporada também.

Ela riu.

— Então, somos iguais? O senhor e eu?

— É o que parece. — Ele assentiu devagar.

Ela o analisou em silêncio com olhos atentos que lembravam muito os da mãe naquele momento.

— Como posso saber que não está mentindo? E se eu aceitar o seu trato e, de repente, essa corte de mentira não for mais tão de mentira assim?

— Você quer saber o que acontece se eu estiver enganando você?

Ela assentiu uma vez.

Ele continuou:

— Não vou enganá-la. Dou minha palavra.

Ela manteve o olhar fixo nele, encarando-o com seriedade.

Ele sorriu de uma forma que desejava convencê-la da sinceridade e não ser nada ameaçadora.

— Sei que sou um estranho e que minha palavra não significa muita coisa.

— O senhor está certo quanto a isso.

Ele relaxou os braços ao longo do corpo.

— Sou inofensivo.

Ela continuou encarando-o.

— Quais são suas opções, lady Cordelia? Você pode aceitar minha proposta de fingirmos a corte por... — Ele deu de ombros. — ... algumas semanas.

O que você está fazendo? O que está prometendo? Aquilo não ajudaria no objetivo dele. Fingir que estava cortejando aquela menina significava que não poderia cortejar mais ninguém. *Mas eu estaria perto da mãe dela.* Era loucura, mas continuou falando. Deixou o plano louco tomar forma na sua mente:

— Ou você pode terminar tudo aqui agora e seguimos caminhos separados. Mas você sabe tão bem quanto eu que seu pai terá algum outro pretendente no Mercado Casamenteiro antes do fim da semana, e ficará noiva antes do fim da temporada. Ele vai escolher outra pessoa, alguém que não vai oferecer o jogo de faz de conta. Você será a esposa de alguém antes de o ano acabar.

Ela fechou os olhos e os manteve fechados por um tempo, como se estivesse sofrendo. Depois os abriu e assentiu.

— Sim. O senhor está certo.

— Posso lhe oferecer o tempo que mencionou antes. Uma suspensão temporária. Qual é a sua decisão, lady Cordelia?

— Eu não me importaria de sair por um tempo do Mercado Casamenteiro. Mas o que acontece quando nossa farsa chegar ao fim? Isso não comprometeria a minha reputação?

— Não, se for a senhorita que terminar tudo. Vamos nos certificar de que toda a sociedade saiba que é *você* quem está *me* rejeitando. Você acabará ainda mais estimada entre os outros.

Depois de um instante de consideração, ela ergueu o queixo.

— Aceito sua gentil oferta, sr. Thorne. — Ela estendeu a mão. — Temos um acordo.

Ele fechou os dedos em volta da mão dela.

— Sim, nós temos.

— Então, o senhor se juntará a nós na Mansão?

Ele respirou fundo.

— Sim.

Uma festa no campo, dormindo sob o mesmo teto que a condessa. Aquilo era exatamente o que desejava... e ele achou que estivesse enlouquecendo.

Ela semicerrou os olhos novamente quando eles soltaram as mãos.

— Confesso que ainda desconfio das suas motivações. O senhor não deseja uma esposa, sr. Thorne? Não é por isso que está aqui? — Ela fez um gesto em volta de si para incluir toda a cidade. — O que esse acordo vai lhe dar?

— Na hora certa, eu encontrarei uma esposa. Por ora, vou observar. Assim como para você, isso me dará mais tempo para decidir o que eu quero. *Quem* eu quero. Sem pressão. Todos vão acreditar que eu a escolhi, então, todas as mães vão me dar espaço para respirar.

Enquanto as palavras saíam de sua boca, ele percebia o quanto havia alguma verdade nelas.

— Mas o senhor não me escolheu? — insistiu ela, precisando de outra confirmação, os olhos brilhando com cautela.

— Juro que não. — Ele abriu um sorriso encorajador. — Eu não a escolhi. *Escolhi a sua mãe.*

Capítulo 17

*Só é um escândalo se a pessoa se preocupar
com a opinião dos outros.*

— Hazel, a marquesa de Sutton

Tru não conseguiu obedecer. A filha estava lá fora. Sozinha com Jasper Thorne.

Ela sabia como aquele homem era sedutor, e Delia não estava acostumada a lidar com homens daquela laia. Jesus amado, Tru já era mulher feita e tinha dificuldades de lidar com ele.

Enquanto Valencia tocava o piano, lindamente como sempre, os olhos do duque de Dedham se fecharam. Sem dúvida, resultado da bebida, do láudano e de qualquer outra coisa que tivesse tomado para lidar com a dor excruciante e constante que o dominava. A cabeça dele caiu para trás na poltrona enquanto roncava baixo.

O conde e Burton estavam de cabeça baixa, concentrados na própria conversa, sem dar atenção à condessa. Sem dúvida, planejando que casa de má reputação iam visitar mais tarde.

Ela batia os pés com impaciência, olhando do marido para a porta da sala, esperando que Delia logo entrasse por ali. Não conseguia aguentar. Thorne estava lá fora, de noite, com a filha dela. Sem acompanhante.

À medida que os segundos se transformaram em minutos, a ansiedade de Tru começou a aumentar. Só de pensar nas coisas que ele poderia dizer ou *fazer* com a filha, seus dentes começavam a ranger. Ela balançou um pouco o corpo, as mãos cruzadas sobre os joelhos, e o movimento não tinha nada a ver com a adorável música que vinha do piano. Tru sabia que o homem tinha o poder de confundir os sentimentos. Ela conhecia bem o poder, o impacto que ele tinha... A tentação que podia representar.

Disse a si mesma que era apenas preocupação. Temor pela filha. Preocupação e medo, não *ciúmes*. De jeito nenhum. Aquilo seria errado.

Sem aguentar mais, prendeu a respiração e se levantou da cadeira, andando com cuidado e tentando não fazer barulho. Na porta, olhou para trás, certificando-se de que ninguém notara sua partida.

Os homens estavam perdidos no próprio mundo. Apenas Valencia a observava enquanto tocava. Os olhos se encontraram e trocaram uma comunicação silenciosa. Valencia entendia. Sabia aonde Tru estava indo. Com um aceno rápido, Tru escapuliu da sala.

Levantando a saia, atravessou rapidamente o corredor.

Passou pelas portas francesas que davam para a varanda. As folhas voavam ao sabor do vento. As sapatilhas arrastavam no piso de pedras da varanda, e ela se apressava. Na balaustrada, segurou o corrimão e olhou para os jardins. Chatham estava certo: com os postes e a lua brilhando no céu, a noite não estava tão escura assim. Esquadrinhou o cenário até o olhar pousar no chafariz com águas prateadas.

— Mãe?

Tru se virou. Delia e Thorne estavam subindo para a varanda por uma escada lateral.

— Delia — respondeu ela, o olhar perscrutador na filha naquele vestido escandaloso que se arrependia de ter comprado. Olhou-a de cima a baixo, como se pudesse detectar que alguma coisa imprópria teria acontecido com ela no jardim. Se aquele homem tinha se atrevido a tocar nela. — Como foi o passeio?

— Foi tudo bem, mãe.

— Que bom. — Ela assentiu e olhou para Thorne. Ele a observava com um ar divertido e ligeiramente debochado que fez com que se sentisse ridícula.

— O seu jardim é adorável, lady Chatham. Mas Cordelia já me disse que ficarei impressionado com os jardins da Mansão Chatham. — A voz profunda ecoou no ar, acariciando-a como um toque físico. — Estou ansioso pela viagem à casa de campo.

Foi um pequeno lembrete de que ele se juntaria a elas na viagem. Pequeno e deliberado. E ele tivera a ousadia de se dirigir à Delia usando o nome de batismo. A familiaridade não passara despercebida para Tru. Não mesmo... E ela não tinha gostado daquilo. Era só algo mais. Mais uma preocupação.

— Ah, sim. Isso. — Ela fez um gesto para a casa, a mão cortando o ar. — Delia, se você puder me dar licença por um instante, eu gostaria de um momento com o sr. Thorne.

Estava farta daquela loucura. Ela mesma colocaria um fim naquilo. Não haveria festa no campo para ele. Para ninguém, na verdade. Assim que o conde se desse conta de que Jasper Thorne não se juntaria a eles, ele cancelaria todos os planos. Eles ficariam na cidade até o fim da temporada, no meio de muitas distrações.

Delia pareceu insegura entre os dois.

— Pois muito bem. Vejo vocês lá dentro.

Ela soltou o braço do sr. Thorne e se dirigiu para a casa.

Tru esperou, impaciente, observando até a filha desaparecer dentro de casa, até se sentir segura o suficiente para encarar o sr. Thorne.

Os olhos dele estavam com um brilho malicioso.

— Você me queria...

Ele deixou as palavras insinuantes pairando entre eles. *Você me queria.*

Ela soltou o ar com impaciência. Claro que ele não se comportaria de forma apropriada. Era um libertino, sem dúvida, e adorava aquilo. Adorava constrangê-la.

— Eu queria falar com o senhor, por favor.

Ele mudou a expressão do rosto como se estivesse tentando ficar sério.

— Falar comigo. Pois bem. Sou todo ouvidos. Pode falar.

Parecia que estava debochando dela. Os olhos ainda a provocavam, e ela sentiu novamente o impulso de apagar aquela expressão presunçosa do rosto dele. Era algo sem precedentes... a forma como reagia a ele. Ninguém jamais havia despertado impulsos violentos nela. Era sempre contida. Sempre mantinha a calma. A compostura. A dignidade. O que ele tinha que a incomodava tanto?

Lançou outro olhar em direção à casa, certificando-se de que Delia tinha realmente se retirado e eles estavam a sós.

Mais uma vez, estavam um diante do outro em um terraço à noite, o ar vivo e estalando entre eles. Não foi uma sensação confortável nem nova.

Ela mudou o peso do corpo para um dos pés como se aquilo fosse lhe dar mais equilíbrio. Como se fosse lhe dar a tranquilidade de que precisava para não se sentir tão afetada por aquele homem.

Nunca tinha sentindo nada daquilo antes. Nem durante o período em que Chatham a cortejara. Ficara nervosa, mas nada que se comparasse àquele intenso frio na barriga que sentia. Era quase como... se não fosse conseguir respirar.

Seria atração? Aquela sensação sobre a qual já ouvira as outras mulheres conversarem... Coração disparado, falta de ar? Ela poderia muito bem não sentir nada daquilo, muito obrigada.

Estava mais determinada do que nunca a rechaçá-lo, mais decidida do que nunca a expulsar aquele homem da vida de Delia. Ou melhor... da sua própria vida.

JASPER AGUARDOU, OBSERVANDO-A.

A condessa olhou para as portas pelas quais a filha desaparecera, claramente querendo se certificar de que estavam, de fato, sozinhos.

— Ela já foi. Pode falar o que deseja — estimulou ele, curioso pelo que ela tinha a dizer.

Ela estava indignada. O sentimento emanava do seu corpo. Aqueles exuberantes seios trêmulos no corpete, a curva macia aparecendo pelo decote, atraindo o olhar dele e fazendo a boca salivar. Ela estava pronta para soltar os cachorros em cima dele e, por algum motivo, ele também ansiava por aquilo.

Ele a queria zangada. Com as emoções à flor da pele.

Não gostou da criatura frígida e contida durante o jantar, falando pouco, o fogo nos olhos controlado. Se não tivesse interagido com ela na sessão espírita de madame Klara, não seria capaz de conciliar aquelas duas versões em uma única mulher.

Queria ver aquela mulher de novo, a que ele tinha encontrado antes... e faria qualquer coisa para atraí-la para fora da concha na qual ela se escondia tão bem.

— Você não tem voz? — provocou ele. Deu um passo na direção dela e então circundou-a, parando atrás das costas rígidas e deixando a voz soprar-lhe no ouvido, fazendo os cachos lustrosos da testa esvoaçarem: — Ou você precisa da autorização do seu marido para falar? Mesmo quando não está na companhia dele?

Ele parou bem na frente dela.

Os olhos dela brilharam e ele percebeu que a tinha atingido em um ponto sensível. *Que bom*.

— Você não pode querer isso — declarou ela, e a voz indignada foi uma gratificação para ele.

Querer.

A palavra conjurou todos os tipos de pensamentos e imagens... desejos que não tinham nada a ver com lady Cordelia Chatham e tudo a ver com lady Gertrude Chatham.

Ele inclinou a cabeça para o lado e perguntou com leveza:

— Não posso querer cortejar sua filha? Ou não posso querer ir para a festa na casa de campo? Por favor, seja mais específica.

Ela cerrou os punhos ao lado do corpo.

— As duas coisas. Falo das duas coisas, senhor.

Ele assentiu devagar.

— Entendi. Bem, eu decidi que *quero* as duas coisas e vou fazê-las.

Ele observou enquanto o rosto dela mudava para vários tons de vermelho e digeriu aquilo.

Estava se divertindo mais do que deveria. Não deveria saborear o fato de que a provocava. De alguma forma, porém, desconfiava de que ela precisava daquilo. Precisava ser acordada do próprio estupor da docilidade, sacudida da vida tediosa e bem-comportada.

Ela abriu as narinas e respirou fundo. Ah, estava furiosa. Ele não conseguiu evitar pensar que ela deveria direcionar um pouco daquele humor para o marido. Aquele pedante bem que merecia toda a sua fúria. Mas rapidamente mudou de ideia. Preferia que ela mantivesse o fogo apenas entre eles e continuasse sendo a concha fria perto do canalha. Chatham não merecia vê-la daquele modo.

Ela meneou a cabeça.

— Não vai adiantar. Minha filha não vai aceitá-lo. — Ela deu um sorrisinho, cheia de si. — Não importa o que você diga. Não importa o que meu marido diga. Ela tem mais senso...

— Já está feito — interrompeu ele.

Ela parou e começou a piscar.

— O que quer dizer?

— Ela aceitou.

Toda a cor sumiu do rosto dela, junto com toda a pompa.

— Não entendo.

Ah, mas ela entendia. Ou pelo menos tinha uma ideia geral. Ela simplesmente não gostava daquilo.

— Cordelia aceitou que eu a corteje.

— Não.

Ela meneou a cabeça com veemência, arregalando os calorosos olhos castanhos.

— Eu conheço minha filha. Ela nem queria jantar com o senhor hoje. Ela não aceitaria que a cortejasse...

— Ela aceitou. — Ele deu de ombros. — O que posso dizer? Meu charme deve tê-la conquistado.

A condessa ficou boquiaberta.

— O senhor está mentindo.

Ele se empertigou, jogando os ombros para trás como se estivesse ofendido.

— Pois asseguro que não.

Ela ficou olhando para ele por um tempo e ele percebeu o instante preciso em que ela aceitou que ele dizia a verdade. Os ombros se curvaram.

— Não entendo.

— Tenho certeza de que consegue, se tentar. Se você se recordar, eu tenho o meu... charme.

A cor voltou rapidamente ao rosto de Tru. Ela se lembrava. E era tudo que Jasper queria. Queria que ela se lembrasse. Queria que ela se lembrasse e se rendesse aos sentimentos que negava entre eles.

— O que o senhor fez com ela?

Ele ergueu as mãos na defensiva.

— Nada.

Ela o olhou com desconfiança.

— O senhor pretende fazer isso — sussurrou ela —, mesmo depois... — A voz de Tru falhou.

— Depois de quê?

— Depois do que aconteceu entre nós... — Ela fez um gesto indicando o espaço entre eles.

Ele fez um muxoxo.

— Mas nada aconteceu entre nós. — O olhar dele passeou pelo corpo dela, parando na boca. — O meu convite para passarmos a noite juntos foi recusado. — Ele pronunciou as palavras como se conseguisse sentir o gosto delas. — Lembra-se?

Ela assentiu, e ele continuou:

— Suponho que tenha sido melhor assim, já que agora estou cortejando sua filha. Seria perverso... ter a filha quando eu já tinha experimentado a mãe. — Ele acabou o discurso ofensivo com um encolher de ombros.

Ela apontou o dedo para ele.

— Pois você não vai encostar um dedo em Delia.

— A escolha é dela. Talvez ela seja mais acessível do que você. Veremos. Qualquer coisa pode acontecer na festa na casa de campo.

— Seu canalha!

Ela partiu para cima dele, atacando-o de forma desajeitada, com as mãos em garra, pronta para acabar com ele. Se um olhar fosse capaz de matar, o dela o picaria em um milhão de pedacinhos. Uma leoa forte, pronta para proteger a cria, e ele estava pronto para ela, para *aquilo*. Afinal, aquele tinha sido o objetivo dele: acender o fogo da Condessa Contida. Ele ficaria com aquela leoa o dia todo, todos os dias.

Ele a segurou pelos pulsos. Tru se chocou contra o corpo dele enquanto lutava para libertar as mãos, e na mesma hora se retesou, afastando-se como se tivesse sido queimada. Ela se retorceu, resistindo valentemente ao contato, usando até mesmo os pés.

Os pés calçados chutaram as canelas dele, provavelmente machucando mais os dedos dos pés dela do que sua perna. Ele a encurralou contra a parede externa da casa, afastando-os da visão privilegiada das janelas.

— Ai! — Ela o fulminou com o olhar, a hera da parede envolvendo-lhe a cabeça, prendendo-se no cabelo. — Solte-me.

— Para que me ataque de novo? — Ele fez um muxoxo.

— O senhor bem que mereceu.

— Isso não é comportamento de uma dama. O que sua filha pensaria?

A condessa arfou, e o olhar dele foi atraído para o decote profundo.

— Deixe que ela veja — sibilou ela. — Assim talvez entenda. Talvez veja o senhor como o canalha inescrupuloso que realmente é.

— Você não acha isso de verdade.

Ela ergueu o queixo.

— É exatamente o que acho.

— Ah, a parte do canalha inescrupuloso, sim. Mas você não vai querer que ela veja isso.

Ele prendeu as mãos dela ao lado da cabeça, segurando-a pelos pulsos e pressionando o corpo contra o dela, esmagando os seios com o peitoral de uma forma que fez o próprio coração acelerar e provocou uma ereção. Ela arfou e ele sentiu a respiração dela nos lábios. Ele engoliu em seco e resistiu à vontade de acabar com o pequeno espaço entre o rosto deles para capturar aquela boca com um beijo.

— Ela ficaria escandalizada ao ver isso. Ao vê-la assim.

— Ao me ver?

Os olhos dela se arregalaram e brilharam como brasas na noite. Apesar do medo na voz, havia também um toque de fascínio ali. Fascínio, curiosidade e desejo por mais do que oferecia a ela.

— Sim. Ao ver *você* assim. — Ele roçou o nariz no rosto dela, sentindo o cheiro doce. — Ela nem sequer a reconheceria assim. Toda fogosa e cheia de desejo...

Rosnando, ela virou o rosto em uma tentativa de mordê-lo, os dentes batendo uns contra os outros perto do nariz dele.

Ele não pensou. Não conseguiu se conter. Apenas reagiu, virando o rosto em um movimento bem rápido para que sua boca capturasse a dela, cobrindo os lábios e os dentes que queriam mordê-lo.

Ele a beijou com paixão, empurrando-a mais contra a hera que cobria a parede da casa.

Ele a beijou como se fosse um homem faminto e ela a última mulher que ele poderia beijar, o último prato de comida que teria, o último gole de bebida que consumiria.

Ele a beijou como se aquele fosse o único e último beijo... porque ele sabia que provavelmente era verdade.

Capítulo 18

Fui sortuda o suficiente para conhecer bem a nata da sociedade. E posso dizer por experiência própria... Essas pessoas são todas terríveis.
— Valencia, a duquesa de Dedham

Tru não o mordeu. Bem que poderia. Na verdade, deveria, mas não mordeu.

A boca se aquietou e ela soltou um gemido contra os lábios dele. Ele absorveu o som, aproveitando ao máximo. Beijando-a e beijando-a e beijando-a, até que ela não sentisse mais os próprios lábios. Ele beijou o lábio superior e o inferior. E alternava... E, de repente, a língua dele estava lá, deslizando para invadir a boca da condessa, fazendo o sangue dela ferver nas veias.

Ela ficou grata pela parede nas costas e pelo corpo dele na frente, pois não conseguiria se manter de pé diante daquele ataque sensual.

Aquele dificilmente era o primeiro beijo de Tru, mas era o que parecia. Ela se sentia uma novata e, nos assuntos da paixão, talvez fosse mesmo.

Não conseguiu nem se lembrar de beijos anteriores, e aquilo era dizer muito. Chatham a beijara. Bem no início. Verdade fosse dita, ele nunca dedicara tanto tempo ao ato de beijar depois que se casaram. Sempre pulava direto para o fim. Tudo... *ele*... tinha sido muito sem graça, para dizer o mínimo.

Nunca tinha sido *desse jeito*. Como aqueles beijos profundos e quentes que ela sentia até mesmo nos dedos dos pés. Nunca tinha havido a menor provocação dos lábios e da língua, a boca parecendo se tornar uma entidade separada... algo que existia independentemente dela, que pulsava e vivia de acordo com a própria necessidade desesperada.

Tru tinha sido tocada apenas por um homem na vida e já fazia muito tempo desde a última vez. Tanto tempo que nem conseguia se lembrar, a não ser que tinha acontecido. Tinha acontecido e não significara nada. Tinha sido rápido e vazio. Desprovido de qualquer emoção. Nada.

Aquilo não era nada.

Aquilo era prazer. Um prazer inacreditável. Tudo aquilo era... *surpreendente*. Principalmente o fato de estar acontecendo. De fazê-la sentir... *sentir* de verdade. *Ela* sentia.

Tru sentia-se bombardeada por sensações. Os lábios dele eram quentes. As mãos fortes a seguravam. Ela se sentia consumida, devorada. Arruinada.

Ela mordeu a boca daquele homem. E não sabia ao certo de onde surgira o impulso. Teria sido um desejo louco de liberdade? Ou de alguma *outra* coisa? Algo feroz e primitivo que pulsava no âmago do seu ser?

Ele deu um passo para trás, praguejando e levando a mão aos lábios, olhando-a com um brilho sombrio e brutal.

A respiração dela soava ofegante entre eles.

Era um momento carregado, e ela sabia exatamente o que viria em seguida. Sabia o que *deveria* acontecer em seguida.

Ela o tinha mordido... tinha impedido que continuasse. Agora deveria se virar e fugir daquele homem que a beijara como se tivesse o direito de fazer aquilo. Deveria contar para o marido... colocar um ponto final naquilo tudo e salvar a filha no processo.

Ele a beijara. Ela arfou novamente. Nunca nenhum homem tinha se atrevido a tomar liberdades com ela antes.

Com um gemido, ficou na ponta dos pés. Levou uma das mãos à cabeça dele e agarrou o cabelo escuro e farto, puxando-o para ela até que os lábios se encontrassem de novo.

Ela se maravilhou por conseguir sentir tudo por todo o corpo enquanto as bocas se fundiam. Sentia o corpo inteiro incendiar, vibrar e cantar enquanto sensações a tomavam por inteiro e se concentravam em um pulsar no meio das pernas.

Era demais.

Uma das mãos de Tru ainda estava presa contra a parede. Ela curvou os dedos e os entrelaçou nos dele, fincando as unhas... agarrando-se a ele, em vez de empurrá-lo.

Ele gemeu na boca da condessa e abriu ainda mais as mãos para que as palmas se unissem. As mãos, assim como os lábios, estavam unidas, e ela se regozijava com as sensações... com a pressão do corpo dele contra o dela, com a firmeza da pele dele contra a maciez da sua.

Choramingou quando ele sugou-lhe os lábios. Sentiu-se comida, devorada e consumida por um simples beijo. Mas não havia nada de *simples* ali.

Ele se curvou, inclinando a cabeça para aprofundar ainda mais o beijo, usando a boca, a língua, os dentes...

Ela mergulhou os dedos no cabelo dele... enterrando-os e puxando aquelas mechas, desejando poder mergulhar dentro dele. Mesmo que não tivesse experiência carnal suficiente, permitiu que o instinto a conduzisse e sabia exatamente o que fazer. Ele a beijou e ela correspondeu, afastando a cabeça da parede coberta de hera, esfregando-se nele, tomando e recebendo.

Os lábios dele não se afastaram dos dela, mesmo enquanto falava:

— Eu sabia que seria assim com você...

Aquilo foi como um balde de água fria, apagando todo o fogo.

Não. Ela empurrou-o pelos ombros, rompendo o contato dos lábios.

— Isso não vai ser *nada* porque não vai *acontecer*.

Ele apoiou as duas mãos na parede ao lado da cabeça de Tru, prendendo-a ali... mantendo-a cativa. Olhou para ela com os olhos infinitamente escuros cuja parte branca parecia inexistente.

— Por que você se priva...

— Porque eu não sou *assim* — sibilou ela, gesticulando no espaço exíguo entre eles.

Os olhos dele passaram do rosto para o corpo dela.

— Pois eu acho que é exatamente *assim*. Seu toque... Seu gosto. — Os olhos dele pousaram nos lábios dela novamente, e que Deus a ajudasse, mas ela queria beijá-lo de novo, queria que aquele tormento delicioso continuasse. — Acho que você quer ser assim. Comigo.

— Palavras estranhas vindas do homem que quer cortejar a minha filha.

Ele era um homem desprezível, e ela se odiava naquele momento por ter usufruído dos beijos dele.

Algo surgiu no rosto dele. Uma expressão que não conseguiu interpretar, mas ela sentiu uma inquietação ao vê-la. Ele queria dizer alguma coisa, mas as palavras não saíram. O que quer que fosse, ele decidiu não falar.

Ele deu um passo para trás devagar, abrindo espaço.

Tru aproveitou e se afastou, criando uma distância respeitável entre os dois, mesmo quando nada de respeitável existia ali.

As mãos dela ainda formigavam com o toque dele, e ela esfregou o local no qual ele a segurara.

— Você não pode fazer isso. Não vá para a casa de campo conosco. Eu lhe imploro.

Ele sustentou o olhar e, então, deu um passo em direção à condessa, o corpo enorme invadindo o espaço dela. Ela engoliu em seco, ofegando e resistindo à vontade de se encolher. Mas manteve a postura. Precisava ser forte e se lembrar do quanto ele era terrível. Não haveria mais beijos.

Ele passou o polegar sobre os lábios inchados de Tru e murmurou baixinho:

— Eu gosto quando você implora. Seus olhos ficam tão claros e vivos... e sua boca fica macia.

Ela umedeceu os lábios, a língua tocando involuntariamente o dedo dele.

— Por favor, não vá.

Ele olhou para os lábios dela como se estivesse hipnotizado, ainda acariciando a pele supersensível. O olhar dele a queimou.

— Não posso fazer isso.

Ela soltou o ar em um suspiro trêmulo, sem saber se estava decepcionada ou aliviada.

O polegar dele se afastou dos lábios dela. Com uma última olhada, ele se afastou da varanda, deixando-a sozinha, desejosa e com o corpo trêmulo, os lábios latejando e o coração apertado no peito.

O que ela tinha feito?

TRU ERA UMA criatura pecaminosa. Muito pecaminosa. Sem vergonha. Sem consciência. Sem nenhuma noção do que ia fazer quando tivesse que encarar Jasper Thorne de novo... principalmente na presença de outras pessoas. Como suportaria vê-lo com a filha? Só de olhar para ela, todo mundo ia saber.

Sentiu o estômago queimar e os olhos arderem com lágrimas que lhe embaçavam a visão. Permaneceu na varanda, pressionando a mão contra a barriga e lutando para se recompor e voltar a ser a criatura calma e digna que sabia ser.

Durante anos, se considerara superior aos adúlteros da alta sociedade. Sentia orgulho de não ser como Chatham, nem como nenhuma daquelas pessoas. E ela não passava de uma tola arrogante. Não apenas tinha beijado um homem, mas o homem que estava cortejando a filha dela... e tinha gostado. Que tipo de mulher ela era?

Que tipo de homem *ele* era?

Depois de alguns instantes, sentiu-se calma o suficiente para entrar na casa. Não tinha escolha. Era a condessa de Chatham. Devia usar sua máscara e encarar o mundo... incluindo Jasper Thorne.

Respire. Apenas respire. Atravessou o corredor com as pernas bambas, sentindo-se grata pelas saias volumosas que escondiam os tremores. Só precisava aguentar o restante da noite e voltar para o quarto, onde poderia gritar com o rosto enfiado no travesseiro pela injustiça de Jasper Thorne ter invadido sua vida.

— Tru!

Ao ouvir o nome, ela parou e se virou.

Valencia ia na direção dela, a saia elegante de seda azul e bordado prateado farfalhando em volta dos tornozelos. Era um modelo refinado, como todos os vestidos de Valencia. A duquesa era um ícone da moda na alta sociedade. O que quer que escolhesse usar, era só esperar que todos imitariam uma semana depois.

Naquele momento, a expressão dela demonstrava preocupação.

— Eu estava procurando por você. Você não voltou para a sala com Delia. E depois o sr. Thorne também não voltou... — Ela apontou para a própria testa. — Veja bem essas rugas. Você é demais para os meus nervos. Vou ficar como a lady Newall com seus sais.

— O sr. Thorne não voltou para a sala? — perguntou Tru rapidamente.

— Só voltou agora. Foi por isso que vim procurá-la. — Valencia parou diante da amiga e estreitou o olhar. — Está tudo bem?

— Eu... eu... Está tudo bem.

Ela esperava, com desespero, que não parecesse ter acabado de ser beijada até quase perder os sentidos.

Valencia levantou uma das sobrancelhas. Ao que tudo indicava, Tru não tinha passado pela inspeção minuciosa da duquesa.

— O que aconteceu? — quis saber ela.

Tru negou com a cabeça.

— Eu não posso... — A voz dela ficou presa na garganta e foi obrigada a parar de falar.

Valencia olhou em volta, pegou as mãos de Tru e a levou até a sala de música, que estava vazia. Fechou a porta e se virou para a amiga.

— Pode me contar.

Valencia a conhecia bem demais.

Tru respirou fundo e pigarreou.

— Está decidido. Chatham decidiu. *Ele* quer isso. Thorne terá a mão de minha filha e, por algum motivo, Delia não o desencorajou. — Ela precisava descobrir o que tinha acontecido quando ficasse a sós com a filha. — Na verdade, ela deu todas as indicações ao sr. Thorne de que aceitaria que ele a cortejasse. — Ela acabou de falar com um suspiro trêmulo.

— Tru. Não poderia ser porque ela o acha atraente? — perguntou Valencia, umedecendo os lábios, a voz gentil. — Seria tão terrível assim se eles ficassem juntos?

Tru arregalou os olhos. Sentiu uma punhalada irracional de traição.

— Sim! Seria! Seria terrível. *É* terrível. Chatham não se importa com o bem-estar da nossa filha. Ele só se importa com o dinheiro.

— Não vou questionar isso. Mas o sr. Thorne não parece ser um vilão. Ele é bonito. Jovem e cortês. — Ela fez uma careta e inclinou a cabeça. — Pelo menos, é o que parece. Mas é só isso que temos como ver antes de casar com um homem, não é verdade? Só conseguimos enxergar a aparência. O cavalheirismo com o qual se apresenta é tudo que temos para julgar. — Ela deu de ombros. — E, de acordo com isso, o sr. Thorne não parece tão terrível.

Tru sabia que aquilo era bem razoável. Que a amiga falava por experiência. De si própria e de Tru. Elas escolheram os maridos porque eram almas ingênuas que se sentiram atraídas por homens bonitos. Porque a família as tinha estimulado àquilo. Porque a sociedade dizia que seria loucura não aceitar. Porque acreditaram que teriam casamentos muito felizes.

Valencia continuou:

— Pelo menos Delia não é tão sem noção para achar que ele está apaixonado por ela. Vai entrar nesse acordo com os olhos abertos. Isso é mais do que qualquer uma de nós pode dizer. Nós achávamos que estávamos casando com verdadeiros príncipes encantados.

Tru fez uma careta e assentiu.

— Você tem razão no que diz, mas você não sabe... — A voz dela sumiu.

Valencia a olhou com atenção.

— O que eu não sei? Se há algo mais nesta história, eu preciso saber.

Ela se atreveria a contar? Mesmo para Valencia?

Tru soltou o ar e confessou:

— Eu conheci o sr. Thorne antes.

Valencia deu um passo para trás, empertigando os ombros como se estivesse se preparando.

— Você não mencionou isso antes. Quando foi isso? Onde você o conheceu?

— Eu o conheci na sessão espírita de madame Klara.

Aquela noite parecia estar tão distante, e não ter sido simplesmente alguns dias atrás. A sessão espírita absurda onde recebera um aviso melodramático. Ela *e* suas amigas, na verdade, todas receberam avisos vagamente sinistros. Se madame Klara era legítima, por que não a tinha avisado sobre aquilo? Sobre *ele*? Sobre Jasper Thorne? O surgimento dele na vida dela não era digno de aviso?

— O quê? Eu não notei...

— Quando eu saí para fugir de madame Klara. Tivemos uma conversa. Uma discussão.

Aquela era uma forma delicada de descrever o que havia acontecido.

— Por que não contou nada?

Tru deu de ombros, virando um pouco de lado. Não conseguia encarar a amiga naquele momento, mas Valencia não aceitou e pegou a condessa pelos ombros, obrigando-a a olhar para ela. Aqueles olhos perscrutaram as feições de Tru.

— Alguma coisa *inadequada* aconteceu entre você e o sr. Thorne?

— Pode-se dizer que sim.

Valencia soltou uma risada, o som estalando no ar.

— Durante todos esses anos, Chatham teve relações com quem bem quis, e você permaneceu fiel. *Agora*, você decide dar um passo fora do casamento... e é com o pretendente da sua filha? — A duquesa fez um som sibilante entre os dentes que poderia indicar surpresa ou desaprovação. Talvez os dois. — Você é um verdadeiro escândalo, lady Gertrude.

— Claro que não sou — negou ela, alterada.

— Quem poderia imaginar?

Não eu.

— Eu não planejei nada disso. Foi um erro. — Um erro colossal.

Valencia meneou a cabeça.

— Ninguém nunca planeja.

— E eu não dei um passo fora do casamento. Foi só um beijo. — Uma maneira bem suave de descrever o que tinha acontecido entre Jasper e ela. — E não pretendo repetir. — Tru estava com os olhos bem abertos. Sabia que ele era um libertino e não permitiria que ele a seduzisse.

Valencia lançou um olhar de dúvida para a amiga.

— Não?

— *Não* — insistiu com um aceno enfático. — Eu mandei que ele nos deixasse em paz, mas ele insiste em se juntar a nós na viagem ao campo.

— Ele a beijou. — Valencia a lembrou, e Tru fez uma careta. — Mas está cortejando sua filha. Qual é o jogo dele?

— Eu não sei. Só sei que não tenho intenção de jogar.

— E o que você vai fazer?

Ela pensou na pergunta por um tempo e soltou o ar. Era evidente que não tinha como se livrar de Jasper Thorne, e Delia parecia incapaz de descartá-lo, por algum motivo.

— Vou ter que falar com Chatham. — Era a única opção. — Vou convencê-lo de que uma união entre Delia e Thorne não será uma vantagem, que Thorne não é para Delia.

— Porque é para *você*?

Ela lançou um olhar horrorizado para a amiga.

— Não! Eu não disse isso.

Valencia parecia cética.

— Ele é um homem bonito e está claramente atraído por você. Você não seria uma má pessoa caso se sentisse atraída por ele.

— Claro que seria — interrompeu Tru, endurecendo o coração e recusando-se a permitir que a amiga enfraquecesse sua resistência com palavras. Palavras impossíveis.

— Quando ele parar de cortejar Delia, então, você talvez possa ter um namorico com ele. Talvez fosse...

— Eu jamais...

Ela nem conseguiu terminar a frase, pois sabia que jamais seria aceitável ter alguma coisa com Jasper Thorne.

Valencia olhou para a amiga com um olhar triste, meneando a cabeça devagar, um cacho escuro roçando na pele clara do ombro.

— Você teve tão poucas alegrias na vida, Tru. É tão injusto. As coisas não deveriam ser assim para você.

Não deveriam ser assim para nenhuma das duas. Ainda assim, Tru escolheu não entrar naquela discussão. Lamentar as injustiças da vida não mudaria nada.

Ela ergueu o queixo.

— Tenho meus filhos.

— Pois não deveriam ser sua única fonte de alegria. Eles vão crescer e ter a própria vida, a própria felicidade, como deve ser. Você deveria ter uma vida independente deles. Você merece um pouco de felicidade. Seja com Thorne ou com outro homem, qual é o problema?

Os olhos escuros de Valencia perscrutaram o rosto da condessa.

Ela negou com a cabeça, recusando aquilo. Recusando-se a ceder.

— Não.

— Acho que talvez você esteja cometendo um erro. — Os olhos escuros de Valencia se suavizaram ao dizer aquilo, com uma bondade que só ela conseguia, como alguém que entendia o que era estar presa e infeliz ao lado de outra pessoa, sem chance, além da morte, de se libertar.

— Em relação a isso? Como é possível?

Com um riso triste, Tru balançou a cabeça em negação. Não havia como aceitar Jasper Thorne em sua vida como amante, mesmo que ele não estivesse cortejando sua filha. Ela não o aceitaria, assim como não aceitaria nenhum outro homem. Ainda assim, deveria fazer o possível para distraí-lo do curso. Era evidente que aquilo exigiria alguma criatividade da parte dela. E talvez um pouco de sacrifício também. Daquela forma que as mães estão mais que dispostas de se sacrificarem pelos filhos, desde o início dos tempos.

Talvez pudesse usar o interesse dele nela... E não resistir tanto a ele. Pelo bem de Delia, é claro.

Ela respirou fundo.

— É melhor voltarmos para a sala de estar.

Valencia deu uma risada triste.

— Duvido que nossos maridos tenham sentido a nossa falta. Mas vamos.

De braços dados, elas saíram da sala de música e seguiram pelo corredor, como amigas, como soldadas, prontas para a batalha.

Capítulo 19

O leito conjugal é sempre uma questão confusa.
Felizmente, não é um problema que eu enfrente mais.
— Gertrude, a condessa de Chatham

Chatham e lorde Burton já tinham partido quando Tru e Valencia voltaram para a sala. Estavam apenas o duque, roncando baixo na cadeira, e Delia conversando com Thorne perto da lareira.

— Mãe — disse Delia. — Papai e o lorde Burton tiveram de ir embora para outro compromisso.

Claro que sim.

— Entendi.

Tru imaginou que tal compromisso envolvesse mesas de jogos e mulheres da vida, tudo regado a muita bebida. As tendências usuais deles.

Valencia foi até o marido e o despertou com uma sacudida gentil. Ele ainda estava pálido, mas não tanto quanto de costume. Tru costumava se perguntar se a palidez do duque era consequência do ferimento de tantos anos antes ou um resultado da quantidade imensa de bebida, láudano e outras combinações misteriosas que ingeria.

— Já é tarde — anunciou Tru, pousando o olhar rapidamente em Jasper Thorne.

Ele ficou olhando para ela, o olhar escuro perceptivo demais. Como se soubesse tudo. Ela estava abalada. Afetada. Zangada. *Furiosa*. Acima de tudo, queria que ele fosse embora. Ele entendeu aquilo muito bem.

— Sim — concordou Valencia quando o marido se levantou da cadeira com os olhos vítreos e as costas curvadas, movendo-se como um ancião, em vez de como um homem no auge da vida. — Temos muito para preparar para essa viagem. — Ela pegou o cotovelo de Dedham, guiando-o para a saída, parando apenas para dar um beijo no rosto de Tru. — Vemo-nos na Mansão Chatham.

Então ficaram só os três: Tru, Jasper Thorne e Delia. O constrangimento era tão palpável quanto a fumaça no ar.

Delia pigarreou.

— Creio que seja melhor eu me recolher agora, sr. Thorne.

A menina se virou para ele, fez uma pequena reverência. Delia era muito bem-educada, mas, naquele momento, Tru desejava que aquele não fosse o caso. Desejava que a filha não fosse nada atraente para aquele homem a fim de que ele saísse de sua vida. Que deixasse a ambas em paz. Delia completou:

— Nós nos veremos na casa de campo.

Tru contraiu o rosto, esperando ocultar as emoções que a queimavam por dentro.

Thorne pegou a mão enluvada de Delia e depositou um beijo nela. Tru se irritou, odiando aquilo, odiando vê-lo tocando a filha. Acompanhou-a com o olhar enquanto ela deixava a sala.

Então ficaram só os dois novamente. Não tinha imaginado que ficaria a sós com ele, tendo de aguentar sua presença tão cedo.

— Virei buscá-las depois de amanhã pela manhã com a minha melhor carruagem. Tenho certeza de que sua filha se sentirá muito confortável na viagem.

Ela nem tinha pensado tão adiante ainda, pois não parava de pensar na ideia de estar presa com ele na Mansão. Nem tinha considerado a viagem que as levaria até lá.

— Prefiro que não. Vou providenciar nossa ida para a Mansão Chatham.

— Decerto que seu marido há de preferir que eu acompanhe vocês duas.

Claro. As carruagens de Chatham não eram trocadas nem tinham manutenção havia anos. Talvez desde o casamento. Eram vulgares. Ele gostaria de viajar na carruagem mais luxuosa e confortável possível. Oh, Deus. E Thorne era proprietário de estalagens. Sem dúvida Chatham ia querer se aproveitar da hospitalidade do sr. Thorne nos estabelecimentos dele. Era humilhante demais ser casada com um aproveitador daqueles.

Tru abriu a boca para pedir mais uma vez, mas se lembrou das palavras dele: *Gosto quando você implora.*

Fechou a boca na hora. Não. Ela não faria aquilo novamente.

Thorne se aproximou e fez uma pequena reverência como fizera diante de Delia, e ela não gostou daquilo. Não gostou de pensar que ele estava fazendo as mesmas coisas com a filha e com ela. Aquilo a levava a uma série de pensamentos bastante inquietantes.

— Nós nos veremos em breve.

Por que aquilo soou como uma ameaça?

Ela observou enquanto ele deixava a sala, sem conseguir respirar direito até ele ir embora. Foi só nesse momento que ela se moveu e se atirou em uma cadeira próxima, levando a mão ao coração disparado e pensando em tudo que teria de fazer no dia seguinte. Os lábios dela vibravam... junto com o restante do corpo. Ela se sentia viva, agitada e vibrante, trêmula por causa daquele beijo.

Você não seria uma má pessoa caso se sentisse atraída por ele.

Valencia estava errada. Tru seria uma péssima pessoa. Não poderia ter um namorico com o pretendente da filha... mas com outro homem? *Que mal haveria?* Talvez Valencia estivesse certa quanto àquilo. Quando resolvesse tudo, talvez decidisse que estava na hora de ter um amante.

TRU NUNCA VISITARA a casa do marido em Gresham Square antes. Era uma área animada e agitada da cidade, contando não apenas com residências, mas também com lojas de moda e teatros. Ela visitara uma conhecida galeria a um quarteirão de distância uma semana antes. Parecia uma eternidade desde o dia em que caminhara pelo assoalho de tábua corrida, admirando esculturas e pinturas.

Nunca tivera o desejo nem a audácia de fazer uma visita ao marido em sua residência particular antes. Só se sentia aliviada por saber que o conde vivia de acordo com os próprios interesses longe dela. Assim que ficou claro que o marido era um patife infiel, ficou feliz de ficar bem distante.

Era um percurso curto de carruagem. Apenas dez minutos, mas pareceu um caminho interminável enquanto pensava no encontro que teria pela frente.

Bem sabia que, em diferentes épocas, o conde mantivera uma amante morando com ele. Aquilo por si só já era motivo para se conservar bem distante. Esposas e amantes jamais deveriam se encontrar. Era o tipo de regra não dita que todos conheciam. Imaginava que fosse para o bem de ambas as partes. Tal encontro parecia ser de muito mau gosto. Ainda assim, quando ela olhou para a construção de dois andares, soube que o principal motivo de ficar longe de Chatham era simplesmente porque não tinha o menor desejo de estar na companhia dele. Não tinha nenhuma vontade, nem necessidade de vê-lo.

Até agora.

Por Delia, ela faria qualquer coisa. Mesmo algo tão detestável.

Depois da noite anterior, ela precisava vê-lo.

Após o desjejum e depois de dar todas as orientações para Hilda e Stella sobre a bagagem que levariam para o campo, pedira a carruagem. Era uma precaução. Para o caso de fracassar e não conseguir dissuadir Chatham em relação àquela viagem.

Estava rezando, porém, para que o trabalho de Hilda e Stella fosse à toa. Esperava conseguir argumentar com o conde e, então, pediria para as criadas desfazerem as malas.

Não bateu à porta. Seu orgulho não permitiu. Era a condessa de Chatham. Talvez os criados não a conhecessem, mas decerto que não bateria na porta da casa do próprio marido. Entrou no vestíbulo, olhando em volta com curiosidade. Tirou as luvas e as deixou na mesa no centro do vestíbulo.

Um mordomo idiota apareceu, avaliando-a de cima a baixo com um olhar que julgava sua audácia de entrar em uma casa sem ser convidada. Ele claramente achava que era alguma mulher da vida tentando se oferecer para o conde.

Antes que ele pudesse falar, ela o salvou do constrangimento e interceptou qualquer insulto que pudesse lhe fazer, dizendo com voz firme e educada:

— Queira informar ao conde que a mulher dele o aguarda na sala de estar.

O homem piscou e olhou para ela novamente com outra expressão.

— Sim, milady. — Ele apontou para as portas da sala. — Pode aguardá-lo enquanto eu aviso de sua chegada.

Assentindo com o mesmo ar majestoso que vira a mãe demonstrar ao longo dos anos, Tru se encaminhou para a sala. Ela se manteve de pé, olhando em volta com curiosidade. Ficou imaginando se o marido teria participado da decoração. Não fazia ideia de que ele fosse tão devoto ao pêssego. Os móveis, as obras de arte emolduradas, o tapete... Tudo em tons variados de pêssego.

Ela se virou ao som agitado dos passos. Ele estava vindo; reconhecia seu caminhar. Ficou quase surpresa com a rapidez. O marido não costumava acordar cedo. Na verdade, dormia até o meio da tarde. A chegada dela deve tê-lo perturbado.

— Gertie? É você? — perguntou ele da porta, o cabelo fino despenteado sem a pomada modeladora. Ele olhou para ela sem nada além do roupão. Claramente tinha se levantado da cama para vê-la. — Isso é inesperado.

Ele não esperou resposta. Virou-se para o mordomo que aguardava:

— Prepare meu desjejum, Baxter. Vou comer na sala de estar enquanto minha mulher me explica o que a trouxe aqui nesse horário tão inadequado, já que ela, sem dúvidas, sabe que eu cheguei tarde ontem à noite.

Ele adentrou o aposento e se sentou sem cerimônia no sofá diante da lareira. Apoiando o cotovelo, pressionou os dois dedos contra a têmpora como se estivesse com uma dor de cabeça insuportável... ou entediado. Talvez as duas coisas.

— Pois bem? Explique por que eu não deveria estar irado por você ter me acordado. Você passou dos limites ao vir aqui.

Ela engoliu em seco.

— Eu sei...

— Sabe? — Ele esticou as pernas diante do corpo. O roupão se abriu um pouco, expondo as canelas e boa parte das coxas, o que era mais do que jamais tinha visto, ou desejava ter visto, do marido. Ele olhou para ela com interesse. — Sabe mesmo? Porque eu não gostaria de ofender suas sensibilidades de matrona com o que poderia ver.

Desde quando o marido se importava em ofender as sensibilidades dela? Na verdade, sempre acreditou que ele se esforçava para fazer exatamente aquilo.

Ela começou de novo:

— Sei que esta é a sua casa.

— Pode ter certeza. Esta *é* a *minha* casa, eu moro aqui e faço tudo que eu quiser sob este teto.

Ela assentiu uma vez.

— Eu sei.

Chatham apontou para o teto.

— Minha amante está lá em cima, dormindo depois de uma noite bastante vigorosa. Mas ela pode acordar a qualquer momento e descer procurando por mim. E é bem provável que esteja pouco vestida. Fatima não é uma mulher conhecida pela modéstia. Eu odiaria que a *Condessa Contida* se sentisse afrontada.

Pelo jeito relapso e debochado que usou a alcunha dela, Tru não acreditou nem por um momento que ele odiaria o encontro. Na verdade, acreditava que ele nem se importaria. O mais provável era que estivesse preocupado que sua cantora de ópera se ofendesse com a presença indesejável da mulher dele.

— Vou lidar com qualquer... *afronta* sem reclamar — prometeu a condessa.

É claro que ela sempre soubera de todas as indiscrições dele, mas ele nunca admitira de forma tão clara antes. Tru não acreditava ser possível detestá-lo ainda mais do que já detestava. Achava que o desprezo que sentia por ele fosse o mais profundo possível, mas estava errada.

Ele sorriu.

— Minha querida esposa puritana, eu duvido muito. — Ele parou de sorrir. — Você não deveria ter vindo aqui.

— Pois tenha certeza de que eu jamais teria vindo se não fosse assunto de extrema importância.

— Pois bem, diga o que tem a dizer para que possa ir embora. Imagino que tenha muita coisa para fazer antes da nossa viagem amanhã.

— É sobre Jasper Thorne.

— Ah. — O vago interesse que brilhava nos olhos dele diminuiu. Ele certamente estava entediado. Com um suspiro, ele se levantou e voltou a atenção para atiçar o fogo na lareira, o roupão balançando perigosamente perto das chamas. — O que tem ele?

— Acho que devemos desconsiderá-lo como pretendente de Delia.

— Nós já tivemos essa conversa.

— Eu já concordei em conhecê-lo.

— E você o conheceu. Você e Delia. Você não tem como contestar. Eu sei que as mulheres o acham atraente, já que todas ficaram em volta dele no baile de Lindley. Ele não é velho. Eu a poupei disso. Sem mencionar que ele tem todos os dentes. As amigas vão morrer de inveja dela. Ele vai sustentá-la bem, muito além do que ela jamais sonhou. — Ela quase riu daquilo. O que Chatham poderia saber dos sonhos de Delia? — Qual poderia ser sua objeção?

O homem me beijou e fez com que eu me sentisse muito constrangida.

Chatham continuou:

— Ele será um ótimo genro.

Genro? Talvez ela devesse ter considerado aquilo, mas não tinha pensando nele naqueles termos, e a ideia a deixava enjoada. Se Thorne e Delia se casassem, ele seria seu *genro*. Ela engoliu a bile que subia pela garganta.

— Delia não o quer como pretendente e deseja buscar alguém mais adequado.

— Ele é extremamente adequado. E o que você quer dizer com ela não o quer como pretendente? — Ele meneou a cabeça com um gemido. — Ela tem muita sorte, na verdade, por eu estar olhando por ela. Que garota tola. É óbvio que lhe falta bom senso.

— Devemos respeitar o desejo dela...

— Bobagem.

Uma criada entrou na sala, empurrando um carrinho cheio de comida e um bule fumegante de chá. Chatham voltou na hora para seu lugar no sofá, permitindo que a criada colocasse o carrinho na frente dele, abrisse um guardanapo de linho e o estendesse no seu colo.

— Chatham? — chamou uma voz.

Tru se virou. Havia uma mulher na porta, e ficou óbvio que era Fatima, pois ela só usava um penhoar delicado que fazia muito pouco para esconder as curvas voluptuosas. O penhoar estava amarrado de forma frouxa, revelando os seios impressionantes.

— Ah, minha querida. — Ele a convidou com um estalar de dedos. — Venha se juntar a mim no desjejum. Tenho certeza de que deve estar com fome.

A mulher não apenas adentrou a sala, mas se moveu com destreza carnal em cada passo.

Chatham fez um gesto para Tru.

— Esta é Gertie, minha mulher. Fatima, minha querida, aí está a minha condessa.

Fátima inclinou a cabeça, parecendo não se importar em conhecer a mulher do amante.

— Prazer em conhecê-la, milady — disse ela com voz lírica, sentando-se ao lado do conde e jogando o cabelo escuro e lustroso para trás do ombro. Ao olhar para ela, Tru só conseguiu ver sinceridade no cumprimento.

Fatima começou a comer da bandeja de Chatham com movimentos sensuais. A mulher não era apenas bonita. A beleza dela era hipnotizante. Ela comia uvas como se estivesse fazendo amor com elas, colocando-as na língua e, então, mastigando-as devagar, saboreando-as. Com uma das sobrancelhas arqueadas, ela apontou elegantemente para um bolinho, oferecendo-o, sem palavras, a Tru.

Tru recusou com a cabeça.

— Não, obrigada.

Chatham se juntou à Fatima, comendo com prazer, sozinho, e permitindo que ela lhe desse na boca também. Ele não se incomodou em convidar Tru. Não que ela fosse aceitar. Mesmo que ainda não tivesse comido, o estômago estava embrulhado. Não conseguiria engolir nada naquela estranha situação.

Decidindo ignorar o fato de a amante ter se juntado a eles, Tru continuou:

— Devemos permanecer na cidade para Delia poder continuar circulando pelo Mercado Casamenteiro. Por que deveríamos mantê-la longe de vários cavalheiros elegíveis?

— Na verdade, eu estou isolando *Thorne* de outras damas elegíveis.

— Não estou tão certa de que ela consiga conquistá-lo considerando o presente desinteresse... E é melhor dedicarmos nosso tempo para buscar outras oportunidades.

Ao ouvir aquilo, o marido parou de mastigar. Olhou para Tru e apontou o garfo várias vezes na direção dela.

— Acho bom aquela garota não estragar tudo, está ouvindo?

— Eu não tenho como lhe dar garantias. Como bem disse... ele é um homem bonito. Riquíssimo. Quem pode dizer se ele se interessará pela nossa Delia quando eles se conhecerem melhor? Ela é um pouco imatura ainda, não tão sofisticada como outras jovens.

Àquela altura, ela diria praticamente qualquer coisa sobre a filha se fosse para dissuadir o marido daquela decisão.

— Eu posso dizer! E *digo*, porque ele *está* interessado. Já conversamos. Temos um acordo, ele e eu. Toda essa questão de cortejar a nossa filha — ele fez um círculo no ar com o garfo — não passa de mera formalidade.

O estômago dela quase saiu pela boca.

— Você age como se já estivesse tudo decidido. Como se eles já tivessem algum compromisso — sussurrou ela.

— Bem que poderiam. Agora volte a representar o papel de esposa adequada e faça sua filha me obedecer. Lembre a ela da obrigação que tem e diga que pode me agradecer por não a prender a algum homem horroroso.

Ela ficou olhando para o marido em súplica silenciosa, mesmo sabendo que de nada adiantaria. Chatham voltou a atenção para o presunto. Fatima a observava com um ligeiro interesse, sem dizer nada, colocando outra uva na boca.

Ele queria que ela fosse uma esposa adequada? Se ele soubesse o quanto ela não era adequada... Infelizmente, mesmo se confessasse tudo para ele, não adiantaria.

Ele queria Thorne por causa do dinheiro. Não estava em busca da felicidade e do conforto da filha. Também não estava pensando na paz de espírito de Tru. Aquilo significava que caberia a ela resolver aquilo. E teria de fazê-lo sozinha.

Capítulo 20

*Não existe nada mais chato que uma debutante.
A não ser, talvez, a mãe da debutante.*

— Gertrude, a condessa de Chatham

As carruagens eram tão confortáveis quanto prometido, e Tru se lembrou novamente de que Jasper Thorne era um homem muito rico. Não que tivesse se esquecido daquilo um dia. O marido não teria prestado atenção nele se não fosse, e eles não estariam sentados naquela carruagem opulenta. Não teria passado uma noite sem dormir relembrando o gosto dele e tentando inventar formas de não organizar aquela festa.

— Nossa! — Os olhos de Chatham estavam arregalados enquanto ele se acomodava diante de Tru, passando a mão no encosto elegante como se fosse o corpo de uma antiga amante. — Pois eu lhe digo, Thorne, nunca vi uma carruagem tão boa. É francesa?

Havia cobertores finos dobrados no assento, prontos para serem usados, junto com um jarro de água com limão e um cesto de biscoitos e bolinhos. Contavam também com guardanapos de linho bordados para o caso de as pequenas guloseimas deixarem migalhas.

Chatham não perdeu tempo. Inclinou-se e pegou alguns canapés, enfiando-os rapidamente na boca e soltando um som de aprovação.

As carruagens eram de alto padrão, e Tru não conseguiu evitar se maravilhar diante de tanto luxo. Não apenas luxo, percebeu ela, mas também... cortesia. De origem pobre e simples ou não, Jasper Thorne sabia tratar bem seus convidados. Era um anfitrião perfeito. Nem mesmo a cavalaria real seria melhor.

Ela passou a mão pelos painéis de mogno com detalhes em creme e dourado ao lado da sua cabeça. Parecia bonito demais para uma carruagem. As paredes se assemelhavam às de salões muito elegantes.

O sr. Thorne estava do lado de fora da carruagem, olhando pela porta aberta.

— Um escocês em Glasgow as construiu. Encomendei duas.

— Um escocês? Não me diga. — Chatham passou a mão no assento aveludado. Era bem acolchoado e tinha molas para oferecer o máximo de conforto. Uma característica que seria muito apreciada na longa viagem que teriam pela frente. — Quem imaginaria que os escoceses eram bons em alguma coisa?

Tru fechou os olhos para se controlar. O marido realmente era um ser desprezível.

Quando abriu os olhos de novo, encontrou os do sr. Thorne olhando-a intensamente, como se não tivesse nem ouvido o que Chatham tinha acabado de dizer. Ele olhou para Tru como se ela fosse todo o foco da existência dele, uma refeição a ser devorada. Ela sentiu um aperto no peito, os seios de repente parecendo inchados dentro do corpete apertado.

Não conseguia afastar o olhar daqueles olhos castanhos e quentes, nem que a própria vida dependesse daquilo. E talvez, de certa forma, dependesse. O marido estava a dois passos dela. Era quase chocante. Chatham não dava a mínima para ela, mas Tru conseguia imaginar bem a sua ira se ela e Thorne se envolvessem em...

Preferiu não concluir aquele pensamento.

Chatham não era o tipo de homem de fazer vista grossa para as indiscrições da mulher. Pelo menos, naquele caso, não seria. Ele tinha escolhido Thorne para Delia e se sentiria humilhado se descobrisse que o homem estava mais interessado em levar a esposa dele para a cama do que a filha.

Ela respirou fundo. E quem disse que Thorne não tinha interesse em levar Delia para a cama também? Aquele pensamento era deveras sombrio e revoltante. Ele estava cortejando Delia, afinal; queria se casar com ela. Talvez esperasse levar ambas para a cama? Uma onda de náusea a tomou e ela levou a mão à barriga, onde o desjejum de repente parecia uma ameaça.

Não gostava nem de pensar naquela possibilidade, mas pretendia agarrar-se a ela. Aquilo mostrava Thorne da pior forma possível, e, desde que mantivesse a ideia na cabeça, então, não conseguiria achá-lo atraente.

O marido ainda estava se maravilhando com a carruagem e, felizmente, não prestava atenção em nenhum dos dois e não percebeu a longa troca de olhares, nem a tensão crescente.

Pelo menos o sr. Thorne não seguiria com eles. E era melhor assim. Uma proximidade de horas com ele não faria nada bem a Tru. O risco era grande demais. E se Chatham percebesse alguma coisa entre os dois?

— Foi muito gentil de sua parte providenciar duas carruagens, sr. Thorne — disse ela.

Ele inclinou a cabeça em reconhecimento. Não usava chapéu, e o sol da manhã iluminava o cabelo escuro, conferindo-lhe um brilho acastanhado.

— Ele está nos cortejando também — retorquiu Chatham, fazendo-a se sobressaltar.

— É verdade — murmurou o sr. Thorne, enquanto o olhar se fartava com ela.

Ela se remexeu, constrangida. Como era possível que Chatham não notasse aquele olhar? Ela se sentiu praticamente nua diante dele e, apesar do tom de brincadeira, a verdade da declaração estava ali, e as palavras ressoaram dentro dela como um trovão. Ele realmente a estava cortejando também. Bem, talvez não *cortejando* de fato, mas estava em uma campanha de sedução que a afetava profundamente.

Aquilo era inconcebível.

Que tipo perverso de homem era aquele, para cortejar abertamente a filha enquanto fazia o mesmo com a mãe? Era um libertino. Em pé de igualdade com o próprio marido: os homens mais repugnantes que ela conhecia.

Sentiu-se grata por não ter de se sentar ao lado dele no decorrer da viagem para o norte. Bastante grata. Não haveria trocas carregadas de olhar. Nem toques acidentais de mãos ou pernas. Só que aquilo deixaria Thorne seguindo com Delia na segunda carruagem.

Ela ficaria preocupada, não fosse por Rosalind. A irmã estaria com eles, como acompanhante. Pelo menos isso. Ros seria bem capaz de sufocá-lo com uma daquelas mantas, caso se atrevesse a fazer avanços inaceitáveis.

Surpreendentemente, tinha sido Chatham a tomar aquela decisão. Tru não sabia que ele tinha enviado uma mensagem para a irmã dela, convidando-a a se juntar a eles, até que Ros aparecera bem cedinho na casa dele. Ao que tudo indicava, até mesmo o conde se dera conta de que havia a necessidade de um senso de decência, e Rosalind com certeza se certificaria que nenhum limite fosse ultrapassado.

A voz de Rosalind soou impaciente em algum lugar lá fora.

— Já estamos de partida? Eu gostaria de chegar à Mansão antes que a temporada termine!

Os lábios de Tru se abriram em um sorriso.

O olhar de Thorne se demorou na condessa por mais um tempo, antes de se virar educadamente para a irmã dela:

— Tem razão, vamos partir agora, srta. Shawley.

Pelo menos os pais dela não se juntariam a eles. A mãe insistira que Athena não gostava de viajar, agora que estava mais velha. De qualquer modo, foi um alívio. A mãe sempre tinha um jeito de enxergar o que se passava dentro de Tru. E não tinha como ela *não* detectar que havia algo de estranho entre Thorne e Tru. Chatham até poderia não perceber, mas os olhos de águia da mãe não perdiam nada. Decerto que não. Outro motivo para colocar um fim naquilo tudo. A mãe jamais poderia ver Tru perto de Jasper Thorne, ou logo saberia que tinham compartilhado... intimidades. Um olhar para a filha seria o suficiente.

Thorne se virou para olhar para ela, sentada confortavelmente na carruagem suntuosa. Não para Chatham, contudo. Ele ainda estava ocupado, servindo-se de água com limão. Sem dúvida, toda a comida teria acabado mesmo antes de terem deixado a cidade.

— Lady Chatham — murmurou Thorne, pegando a mão enluvada. — Nós nos veremos na próxima parada quando mudarmos os cavalos.

Ele manteve os olhos fixos nela e baixou a cabeça para beijar sua mão. Ela parou de respirar, observando aqueles olhos escuros e quentes, acompanhando os lábios dele descerem e jurando que conseguia sentir o calor deles através da luva.

Ela assentiu de forma idiota, perguntando-se por que deveria sentir que aquela era uma promessa íntima e não um comentário casual. *Sim*. Ele a veria na próxima parada. Aquilo não significava nada, ainda assim, sentia a promessa sombria daquelas palavras deslizarem dentro dela como uma onda de calor.

Decerto que o veria bastante nos dias que se seguiriam até chegarem à Mansão Chatham. E, quando chegassem, ela o veria ainda mais, pois faria tudo que estivesse ao seu alcance para limitar o tempo dele com Delia, mesmo que aquilo significasse se atirar no caminho dele e servir como obstáculo.

Haveria outros convidados e muitas outras responsabilidades que teria de resolver, mas negligenciaria tudo. A atenção dela se concentraria nele.

Tru engoliu em seco para tentar desfazer o nó que se formara na garganta ao pensar naquilo, ao visualizar aqueles cenários, ao imaginar-se com ele em todas as oportunidades. Não seria fácil: enfrentá-lo, resistir a ele... e, ao mesmo tempo, se sujeitar a ele para poder salvar a filha. Porém, ela o convenceria, por qualquer meio que fosse necessário.

Quando a carruagem, de porta já fechada, começou a deixar Grosvenor Square e sair da cidade, Tru se recostou, pensando até onde estaria disposta a ir para salvar Delia. Estava tão determinada a mantê-lo longe da filha que seria capaz de usar artimanhas duvidosas contra ele? Teria horas para refletir e perguntar a si mesma se aquilo era realmente um sacrifício. Horas para pensar que talvez não se tratasse mais de apenas salvar a filha... e que, talvez, uma pequena parte de tudo aquilo tivesse a ver também com o que lhe traria satisfação.

AS DUAS CARRUAGENS seguiram juntas, uma atrás da outra, conforme rumavam para o norte, entrando em Lake District, mantendo um bom ritmo na estrada bem movimentada. Além de belas, as carruagens luxuosas do sr. Thorne eram leves e rápidas também. A paisagem do campo passava pela janela em um borrão.

O restante dos convidados deixaria Londres no dia seguinte, dando a eles tempo para chegar primeiro. Tru enviara uma mensagem para a governanta avisando que chegariam com um grupo grande de convidados e que todos os quartos deveriam estar prontos. Ainda assim, precisava chegar antes para se certificar de que tudo estava em ordem.

Como Tru não estava organizando a festa, só dissera que havia convidados a caminho. Chatham finalmente tivera a decência de falar com ela e compartilhar os planos. Afinal, havia muito pouco que pudessem fazer no espaço exíguo, a não ser conversarem.

Ainda assim, a conversa durou menos de uma hora, mas cobrira todos os detalhes pertinentes relacionados à festa na casa de campo: quais atividades poderiam entreter os convidados, quais pratos seriam oferecidos e quem ficaria em qual quarto. Tudo aquilo foi discutido e decidido.

Além do duque e da duquesa de Dedham e do odioso lorde Burton, Chatham convidara mais uma dezena de pessoas para se juntar a eles. Seria uma viagem bem alegre, contando apenas com o *crème de la crème* da sociedade. Só pessoas de sangue azul e título, mas nenhuma delas com filha em idade de casar. Chatham tivera aquele cuidado. Não haveria concorrência para Delia.

Levariam quatro dias para chegar à Mansão Chatham, e Tru logo percebeu que seriam os quatro dias mais longos de sua vida.

Não estava acostumada a passar tanto tempo assim com o marido, e agora estava totalmente ciente da bênção que tivera por todos aqueles anos.

Durante a primeira hora, enquanto conversavam, ele comeu e bebeu com uma despreocupação que só podia ser descrita como gula... Peidando, arrotando e enchendo o espaço com gases tão tóxicos que ela praticamente teve de se debruçar na janela. Quando ele se encolheu e cochilou, ela se sentiu grata.

Ele dormiu pela maior parte do primeiro dia, sem falar com ela nem mesmo durante as paradas, até que chegou a hora de passar a noite. Quando as carruagens entraram em um pátio, ele despertou com um bocejo ruidoso. É claro que acordara. Era hora do jantar.

Chatham comeu com gula e ficou acordado a noite toda, depois de ter dormido o dia inteiro. Ficou na taverna do Harrowgate Arms, de propriedade do sr. Thorne, onde jogou cartas com outras pessoas e flertou com as garçonetes. Talvez tivesse feito mais do que flertado. Ela não sabia. Tru ficou no próprio quarto, onde teve uma boa noite de sono para conseguir continuar o restante da viagem com o mínimo de bom humor.

O dia e noite seguintes foram bem parecidos.

Passaram a noite em estalagens de propriedade do sr. Thorne, onde foram tratados como realeza e receberam os quartos mais luxuosos, com camas macias, e foram servidos com comida saborosa por criados muito atenciosos.

— Eu posso muito bem me acostumar com isso, Thorne — gemeu Chatham, recostando-se na carruagem em frente à condessa, no terceiro dia de viagem.

O sr. Thorne o ajudara a entrar na carruagem, praticamente o carregando. Chatham ainda não parecia sóbrio quando o dia raiou. Tru deveria se sentir constrangida, mas já fazia um bom tempo que não permitia que o comportamento do marido a afetasse. Ela só podia ser responsável pelo próprio comportamento.

Thorne parou ao lado da porta.

— E por que, milorde?

— Nunca imaginei que passar a noite em uma estalagem pudesse ser tão prazeroso.

— Ah, o senhor deve ter se hospedado nas estalagens erradas, milorde — disse Thorne em tom ameno.

Tru revirou os olhos. O mais provável era que os donos das outras estalagens apresentassem a conta na manhã seguinte. Aquilo fazia toda a diferença.

Thorne notou a reação dela e deu um sorriso discreto.

— Está apreciando a estadia nas estalagens, milady?

— Elas são muito confortáveis, sr. Thorne. Os criados são atentos à hospitalidade, aos cuidados e ao conforto dos hóspedes.

Ele inclinou a cabeça em agradecimento.

— Sinto muito não poder estender a hospitalidade por mais uma noite.

— Não! Não, não, não. Harrowgate Arms é a única estalagem para mim.

Chatham girou o dedo no ar de uma forma bastante ridícula, inclinando-se no banco. Ainda estava sentindo os efeitos da bebida.

— Nós vamos sair agora da North Road e seguir para o oeste para chegarmos à Mansão Chatham — declarou Thorne, como se o conde não estivesse ciente disso. — Não há nenhum Harrowgate Arms no caminho.

Chatham arfou como um garotinho mimado.

— Você claramente precisa de mais estalagens.

Thorne riu.

— Estou trabalhando para isso.

O conde meneou a cabeça.

— Não com rapidez suficiente. Nenhuma outra estalagem será tão boa como a sua. Nós vamos ser tratados como... como...

— Meros mortais? — sugeriu Tru.

Thorne deu uma risada e ela tentou não se pavonear por ter conseguido divertir o homem.

Chatham assentiu, parecendo levar a sugestão da esposa a sério.

— Exatamente.

— Talvez você consiga convencer o dono da próxima estalagem a cortejar nossa filha também. Talvez assim ele também atenda a todos os seus desejos — disse ela sem pensar.

Um silêncio tenso caiu sobre eles.

Chatham pareceu ficar sóbrio naquele momento e, com certeza, zangado com ela.

— O sarcasmo não combina com você, *mulher*. — Ele disse a palavra *mulher* como se fosse o mais podre dos títulos.

Até mesmo Thorne pareceu tenso, o brilho de aprovação de momentos antes desaparecendo totalmente de seus olhos. Como se *ela* o tivesse ofendido. Homens! Já estava farta deles. Farta de estar sempre à mercê deles.

Com um suspiro, ela virou para a janela, desejando que Thorne fosse para a própria carruagem para que pudessem seguir viagem.

Mais um dia e estariam na Mansão. Então, não precisaria passar o tempo na companhia insuportável do marido. Teria o próprio quarto para ir quando precisasse de refúgio.

Franziu o cenho ao pensar naquilo. Duvidava que pudessem ter quartos individuais na próxima estalagem como acontecera nas últimas duas noites... Mas esperava poder dividir o quarto com a irmã e com Delia, sem precisar compartilhar com Chatham. Estremeceu ao pensar na possibilidade. Simplesmente não conseguiria. Compartilhar a carruagem já era ruim o suficiente. Um quarto... uma *cama*. Nunca. Nunca mais.

Chatham se aproveitava muito dos favores de Thorne, que, por sua vez, estava determinado a cortejar Delia. Os dois homens poderiam muito bem compartilhar um quarto, se necessário fosse. Seria ótimo para ficarem presos sem folga um do outro. Pelo menos aquele era o plano em que ela estava pensando.

Decerto que não tinha nada com que se preocupar. O conde provavelmente passaria a noite toda acordado jogando cartas na taverna com outros viajantes.

Duvidava que se daria ao trabalho de ir para cama, mesmo se fossem obrigados a ocupar o mesmo quarto. Seria exatamente como fora nas duas últimas noites. Por que não seria?

Tru logo ouviu a porta se fechar e a voz profunda de Thorne falar com o condutor do lado de fora. Estavam novamente na estrada e ela estava determinada a não pensar em como seria a organização dos quartos naquela noite.

Capítulo 21

*Se ao menos os maridos fossem como vestidos
de baile... Um novo para cada ocasião.*
— Valencia, a duquesa de Dedham

Faltavam algumas horas para o destino final da noite quando pararam para a troca de cavalos e para um almoço em uma pequena vila.

Um cavalariço ajudou Tru a descer da carruagem e ela ficou feliz de esticar um pouco as pernas no pátio. A irmã e Delia saíram em busca da casinha externa para aliviarem as necessidades, enquanto os homens entravam para providenciar o almoço. Tru olhou para o céu, deixando os raios de sol beijarem seu rosto e aproveitando o calor depois de ter ficado presa com Chatham.

— Temos um poço dos desejos, se quiser ver, madame.

Tru se virou para olhar para a criada que saía da estalagem. Ela carregava um cesto no quadril e fez um gesto em direção a algumas montanhas além da construção.

Um poço dos desejos? Haveria uma placa pendurada no seu pescoço proclamando ao mundo que ela era uma tola supersticiosa? Primeiro, a sessão espírita e, agora, aquilo. Ela começou a balançar a cabeça para negar o convite para algo tão tolo quanto um poço dos desejos... mas parou. *Por que não?* Não era uma ideia tão ruim. Por que não fazer um passeio e apreciar o campo e um pouco das crenças locais? Ela bem que gostaria de tomar um pouco de ar puro depois de passar a manhã inteira na companhia do marido.

Ela assentiu com prazer.

— Sim, parece uma ótima ideia. Pode me mostrar o caminho.

— Claro. É só vir comigo.

A garota a acompanhou para contornar a estalagem e, apontando para uma trilha sinuosa entre as árvores, disse:

— É só seguir direto pela trilha. Você logo vai vê-lo. É um lugar lindo.

— Obrigada.

Levantando as saias, Tru começou a seguir pela trilha. Não precisou caminhar muito até chegar ao poço. A garota estava certa. Não tinha como não notar. Parecia algo tirado diretamente de um livro de contos de fadas, com pedras cinzentas cobertas de musgo. Heras verdejantes e flores brotavam nas rachaduras. Ela parou e olhou pela borda circular. Uma escuridão infinita a encarou de volta.

— Não está pensando em pular, não é?

Ao ouvir a voz de Jasper Thorne, ela se virou e abriu um sorriso lento, tentando usar sua compostura bem ensaiada.

— Meu desejo de evitar sua presença não é tão grande assim, sr. Thorne.

— Ah, essa declaração aquece meu coração.

— Não se deixe enganar. Isso não significa que eu goste do senhor e queira sua presença aqui.

Ele assentiu e sorriu.

— Claro que não.

— Por que sorri? — Tru quis saber.

Ela havia acabado de insultá-lo e ele sorria para ela? Não conseguia compreender. Chatham jamais reagiria daquela forma. Não com um sorriso, muito menos com aquela calma.

Em vez de responder, ele retrucou:

— Mas você *gosta* de mim. Eu sei que gosta.

Ela ficou sem saber o que dizer. Piscou, totalmente surpreendida pelo comentário.

— A sua arrogância não tem limites.

— Autoconfiança é uma virtude.

— Não em abundância.

A expressão no rosto bonito era leve.

— Ah, mas você desperta uma alegria em mim.

— Desperto? — Ela piscou e tentou não deixar que aquilo a envaidecesse... nem afetasse seu coração. Não deveria se importar por fazer algo que o agradasse.

Ele era um homem bonito e jovem, cuja companhia era cobiçada pela alta sociedade. Não era apenas Chatham que tentava atraí-lo, sorrindo e rindo de tudo que ele dizia, fosse divertido ou não.

— Desperta. Você me faz sorrir, condessa.

Tru ficou olhando para ele, consternada, esperando que ele acrescentasse que estava brincando. Ela não era divertida, não tinha tiradas brilhantes. Era apenas uma observadora, alguém que apreciava as coisas de longe, uma jogadora que movimentava as peças do grande tabuleiro. Já deixara de ser um dos peões do jogo havia muito tempo. Não estava mais no jogo. Não flertava com ninguém e ninguém flertava com ela.

— Pois eu não deveria tê-lo feito sorrir. Decerto que não foi intencional. — Ela deu uma risada constrangida e olhou para os pés por um instante antes de erguer o olhar para ele, esperando passar mais segurança do que, na verdade, sentia. — Sou bem sem graça, asseguro ao senhor.

— Sem graça? Dificilmente. Eu diria que é encantadora.

Encantadora? Ela?

Ela sempre fora a mais séria do seu grupo. A mamãe ursa, como Valencia gostava de chamá-la. Era a mediadora. A que oferecia orientação e conselhos. Ela não encantava.

— Ninguém diria isso.

— Ninguém?

— Não. — Ela fez um gesto com a cabeça para demonstrar a certeza que sentia.

Talvez não fosse tão difícil atraí-lo para longe da filha, no fim das contas. Não se ele a achava tão encantadora. Aquilo parecera uma ideia firme antes, jogar-se para cima dele para salvar a filha. Diante daquele novo cenário, porém, ela se sentiu nervosa e preocupada ao extremo.

O olhar dele passeou pelo rosto dela.

— Então, talvez eles não a vejam como realmente é — disse ele com suavidade.

Mas *ele* via?

Ela ficou sem ar e desejosa de saber o que mais ele via ao olhar para ela, mas não perguntaria. Aquilo iria sugerir que queria ser elogiada e que ansiava pela aprovação dele. Não precisava que alimentassem o ego dela. Aquilo era superficial. Sem mencionar que não tinha nem importância e muito menos relevância.

— Porque eu já fui acusado de ser taciturno no passado. E você realmente me faz sorrir — continuou ele, dando de ombros como se aquilo fosse um simples teste no qual ela passara, mas ela não fazia ideia do significado de tal teste.

— O senhor? Taciturno? Eis um adjetivo que eu jamais usaria para descrevê-lo.

Ele abriu um sorriso, e ela sentiu a atração no âmago do seu ser.

— Eu me sinto diferente quando estamos juntos... quando estou com... você, condessa.

Ela sentiu um frio estranho na barriga.

— Também me sinto diferente na sua presença — admitiu ela, mesmo que não se atrevesse a permitir-se tal sentimento.

Olhou em volta para a paisagem calma de árvores e folhagens farfalhantes, como se alguém talvez pudesse ouvir a confissão dela. Sabia que não deveria ter dito aquelas palavras... *principalmente* porque eram verdadeiras. Ainda assim, ele a fazia *sentir*. Fazia muito tempo desde a última vez que um homem tinha conseguido aquilo. Se é que existira algum.

Tru meneou a cabeça uma vez, com força, como se fosse o suficiente para recuperar um pouco de juízo. *Quando estou com você.* Aquilo não era certo. Não podia acontecer. Eles nunca poderiam estar um com o outro. Não havia chance, nenhuma possibilidade no mundo, em todo o universo, em que eles estivessem um *com* o outro. Aquela liberdade, aquela *escolha*, não existia.

Olhou em volta, por sobre o ombro, preocupada que alguém pudesse vê-los juntos e fizesse suposições erradas.

— Do que tem medo? — perguntou ele.

— Não é óbvio? — sussurrou ela.

— Que você me deseja tanto quanto eu a desejo? Que será bom entre nós? É bem possível que seja melhor que bom...

— Pare. — Ela ergueu uma das mãos. — Não fale mais nada. — Lançou outro olhar para trás, para a trilha que levava ao pequeno e encantador poço dos desejos. — Não deve dizer essas coisas.

— Por que não? Estamos a sós.

Ela mordeu o lábio e o soltou para resmungar:

— E não deveríamos estar.

Ele riu.

— Ninguém desconfia que exista algo de errado. Você não precisa de uma acompanhante. Todos acreditam que estou aqui por Delia... não por você.

— Você *está* aqui por Delia — insistiu ela, a voz aguda como um chicote. — Você não está aqui por mim.

— Exatamente — concordou ele com calma. — Para todo o mundo, estou aqui por Delia.

Para todo o mundo. Que forma estranha de falar.

— E por sua filha... Você também está fazendo isso por ela — disse ela, lembrando-se de repente. — Pela minha filha e pela *sua*.

Ele revelara aquilo para ela, mas talvez precisasse de um lembrete da motivação para que não ficasse ali com ela, como uma tentação que a distraía.

— Sim. É claro. Pela minha filha também. — Ele assentiu com um olhar resoluto e profundo.

Ela pigarreou para se livrar do nó que se formara na garganta.

— Creio que não tenha me contado o que aconteceu com a mãe dela.

No momento em que fez a pergunta, se arrependeu. Estava bisbilhotando. Era uma pergunta invasiva.

Uma cortina desceu sobre os olhos dele, uma porta se batendo na escuridão escura e cintilante que estivera aberta segundos antes. Ele pressionou os lábios, cerrando os dentes, um músculo pulsando no maxilar.

— Sinto m-muito — gaguejou ela. — Eu não quis...

— Ela se foi. Morreu no parto. Ou melhor... morreu por causa do parto. Ela sobreviveu por alguns dias de puro sofrimento.

— Ah.

Ela engoliu em seco e fechou os olhos com força. Sabia que ele devia ser viúvo. Divórcios e anulações beiravam o impossível. Ou talvez ele nunca tivesse se casado. Ela jamais seria indelicada a ponto de perguntar a legitimidade da filha dele. Chatham não tinha mencionado nada daquilo, e Tru ficou imaginando se o marido sabia. No entanto, o conde não se importaria. Filhas geralmente não eram algo com que se importasse. A não ser que pudessem lhe dar alguma vantagem.

— Sinto muito — murmurou ela. — Deve ter sido muito difícil. — A filha dele nunca conhecera a mãe, restando-lhe apenas o legado de sua morte... e o conhecimento sombrio de que a vida dela terminara para que a da filha pudesse começar. Um verdadeiro fardo para se carregar. — Ainda deve ser.

— Já se passaram dez anos.

— Duvido que os anos tenham apagado o sofrimento.

— Você presume coisas demais. — Ele lhe lançou um olhar reprovador, claramente se ressentindo da invasão. — Você sofreria se seu marido morresse antes de você?

Ela sentiu o rosto pegar fogo diante da impertinência da pergunta.

— Você e eu somos diferentes — retrucou ela rapidamente. — E você não sabe nada sobre o meu relacionamento com o meu marido.

— Sei o suficiente — retrucou ele. — Tenho olhos, consigo enxergar. E eu vejo você. E vejo o conde. — Ele contraiu os lábios demonstrando nojo.

Ela deu um sorriso triste.

— Muito esperto.

— O quê?

— A distração. O desvio do tópico desta conversa. Estávamos falando sobre você, sr. Thorne.

Ele suspirou.

— *Você* estava falando sobre mim.

— Tentando, na verdade. Sobre sua mulher... hum, a mãe da sua filha?

Ele deu de ombros, e uma expressão de sofrimento surgiu no rosto.

— Eu era jovem e tolo... e não sabia...

— O que não sabia? Que trazer uma criança ao mundo podia ser perigoso? Que algumas mulheres não sobrevivem? Como isso pode ser sua culpa?

— Eu deveria... — A voz dele desapareceu e ele soltou um suspiro pesado e profundo.

— Às vezes, coisas ruins acontecem com pessoas boas. Sem nenhum motivo aparente. Não é culpa de ninguém. E sua filha tem sorte de ter o senhor.

Ele respirou fundo.

— Mas eu não sou a mãe dela, não é? — Ele meneou a cabeça e passou a mão no cabelo. — Uma menina precisa de uma mãe. E ela já passou tempo demais sem uma.

E ele estava considerando Delia para ser mãe da filha dele? Aquilo seria um fardo para ela. Muita coisa para absorver. Era demais. Delia só tinha dezoito anos, mal tinha saído da infância... Poderia ela se tornar a esposa deste homem e mãe para a filha dele?

Ela balançou a cabeça para dissipar o pensamento, para deixá-lo de lado, pois era intolerável pensar naquilo.

Claro que Delia poderia ter filhos um dia. Era bem provável que os tivesse. E Tru ficaria feliz quando acontecesse. Mas a ideia de ela se tornar mãe do dia para a noite era mais do que estranha. Ser mãe da filha daquele homem? Casada com Jasper Thorne, compartilhando a cama dele, criando a filha dele como se dela fosse, e lhe dando mais filhos? Aquilo era demais para ela.

Ele continuou:

— Minha mãe fez o melhor possível. É uma ótima avó, mas os anos já estão lhe pesando e ela não pode dar para Bettina o que ela merece. Minha mãe também não sabe nada sobre a sociedade. Não é como você. E Bettina merece mais do que uma governanta para cuidar dela. — A voz dele sumiu nesse ponto.

Tru estendeu a mão e tocou o braço dele. Não conseguiu evitar tocá-lo naquele momento, dando coragem a ele para lidar com uma situação na qual a maioria dos homens nem pensaria duas vezes. A maioria dos homens não tinha a menor dificuldade de passar o cuidado das filhas para outras pessoas.

Ele olhou para a mão dela em seu braço. O olhar fixo por um longo instante para aquele ponto, como se um inseto tivesse pousado ali. Ela flexionou os dedos de forma involuntária no antebraço dele. Foi um gesto espontâneo, que não conseguiu evitar. Os dedos pareciam ter vontade própria, necessitando, desejando a sensação de tocá-lo e sentir sua pele sob o toque dela.

Ele olhou para ela, permitindo que vislumbrasse a angústia por um instante. Foi apenas um vislumbre, mas foi uma experiência profunda, que ela sentiu ecoar dentro de si.

— Seu toque me reconforta, condessa.

Ela afastou a mão e enrubesceu.

— Bem. Suponho que sim. Afinal, sou mãe também...

— Você não é *minha* mãe, condessa. E seu toque em mim não tem nada de *maternal*.

Tru cruzou os braços, prendendo as mãos como se precisasse de uma restrição para não voltar a tocá-lo. Ela fez um gesto indicando a trilha.

— É melhor irmos. Eles devem estar esperando por nós.

Ele deu um passo para o lado e fez um gesto para que ela seguisse na frente.

Ela aquiesceu, dando passos longos e nada elegantes pela trilha, ansiosa por aumentar a distância entre os dois. Seria tão bom se conseguisse esquecer as lembranças dele com a mesma facilidade.

Capítulo 22

Não importa como as coisas são. Apenas como parecem ser.
— Gertrude, a condessa de Chatham

Daquela vez, Tru adormeceu antes de Chatham, o balanço da carruagem vencendo seu cansaço. A última coisa de que se lembrava era ter visto o marido consumindo um lanche e a bebida que havia no jarro oferecido pela cortês criadagem do Harrowgate Arms, admirada de o conde sentir tanta fome logo depois do almoço... E mais nada. Ela apagou.

Foi despertada com uma parada brusca da carruagem. Caiu para a frente, o rosto batendo contra a ponta do assento diante dela em uma volta cruel para a realidade. O nariz ardeu depois da batida, e ela o esfregou com vigor.

Infelizmente, a realidade só se tornou ainda mais cruel.

Chatham se debruçou em uma janela para espiar e, depois, na outra, inclinando-se bastante até o ombro ficar pendurado para fora do veículo.

— O que houve? — perguntou ela, ajeitando as saias e voltando para o próprio assento. — Por que paramos? — *E de forma tão brusca?* — Tem alguma coisa obstruindo a estrada?

Os cavalos relincharam por sobre os gritos do condutor. Bateram com os cascos e os arreios chacoalharam.

Chatham entrou novamente, o rosto corado, os olhos apavorados.

— Temos de ficar aqui. Não vamos revelar nossa presença. — O marido chiou pedindo silêncio, contraindo os próprios lábios como se quisesse se obrigar a ficar quieto também.

— Mas o que está acontecendo? — A condessa exigiu saber.

— Quieta! São salteadores.

Ela sentiu um aperto no peito. *Meu Deus.*

Os dois ficaram calados. Tru tentou ouvir alguma coisa por sobre os relinchos dos cavalos e o barulho dos arreios.

Finalmente, o silêncio foi quebrado:

— Saiam e entreguem tudo!

— Maldição — praguejou Chatham, abrindo os braços e pressionando a palma das mãos nas paredes da carruagem como se pudesse, apenas com a força do desejo, desaparecer dali e reaparecer em outro lugar.

— Acalme-se! — Tru estava irritada, pegando sua bolsa de mão. — Devemos entregar nossos pertences e eles irão embora. — Ela tremia apesar das palavras calmas. — É só o que querem.

— Eu não vou dar *nada* para esses vermes. — Chatham arrancou o anel sinete do dedo e o relógio do bolso. — Aqui.

Antes que ela se desse conta, ele começou a enfiar os objetos dentro do corpete do vestido dela.

— Ai! — Ela exclamou batendo nas mãos dele.

— Pare com isso, sua idiota. — Ele pegou a carteira, tirou dela as poucas notas que tinha e tentou, outra vez, enfiar no vestido de Tru, que desviou.

— Já chega. — Ela espanou as mãos que tentavam alcançar o decote. — Esconda tudo na sua própria roupa. Não me use para isso!

Ela tirou o anel e o relógio de bolso e os atirou de volta ao marido. A última coisa que queria era que os bandidos descobrissem que ela estava escondendo um monte de objetos de valor. Não tinha o menor desejo de enfurecê-los. Menos ainda para proteger Chatham.

— Silêncio — sibilou ele, tentando esconder as coisas nas calças.

Ela revirou os olhos.

— O quê? Você acha que eles não sabem que estamos aqui? — O tom dela era de irritação. — Não temos como nos esconder.

O que o idiota estava pensando? Eram duas carruagens viajando juntas, uma atrás da outra. Não havia como disfarçar.

Um vozerio vinha do lado de fora. Os salteadores gritavam e davam ordens. Ela se esforçou para ouvir, estremecendo quando achou ter ouvido uma voz de mulher. Só podia ser Delia ou Rosalind. Mais provável que fosse a irmã, que costumava falar o que lhe dava na telha.

— Parece que estão na outra carruagem — disse Chatham, murmurando as palavras quase como um sussurro. — Talvez consigamos escapar sem sermos notados. Aí, podemos nos esconder na mata.

— A nossa filha está na outra carruagem! — Tru balançou a cabeça e estendeu a mão para abrir a porta.

O conde a impediu, pegando a mão dela e apertando com força até ela sentir dor.

— O que pensa que está fazendo, sua maluca? Não saia!

Ela não ia ficar se escondendo enquanto a filha e a irmã, e até mesmo Thorne, estavam lá fora, à mercê de salteadores cruéis.

— Eles sabem que estamos aqui, e a nossa filha está lá fora, completamente indefesa!

— Ela não está indefesa. Está com Thorne e com sua irmã. A sua *irmã*. — Ele lançou um olhar significativo para ela. — Sua irmã é uma criatura assustadora, isso sim. Acho que eles vão acabar matando-a.

E aquilo devia fazer com que ela se sentisse melhor?

— Pois não vou ficar me escondendo aqui com o rabo entre as pernas enquanto sabe-se lá o que está acontecendo com eles.

Ela lutou para se libertar da mão do marido e conseguiu abrir a porta, cambaleando pela estrada.

Os bandidos mascarados realmente rodeavam a outra carruagem. A filha, a irmã e Thorne estavam do lado de fora, as mãos para cima em um gesto de submissão.

Um dos canalhas sacudiu a pistola de um jeito descuidado. Estava perto demais de Delia, e aquela pistola poderia muito bem disparar. Levantando as saias, ela seguiu correndo, determinada em se colocar na frente da filha, pronta para protegê-la.

Um dos homens que estava de guarda a viu, ou talvez não tenha visto. Talvez tenha percebido apenas seu movimento desfocado enquanto ela corria.

Ele levantou a pistola na direção dela e disparou duas vezes. A bala atingiu a carruagem, provocando uma chuva de estilhaços no ar, um deles atingindo-a bem no rosto. Tru mal registrou a dor, ainda seguindo em direção à filha enquanto o caos se instaurava ao seu redor. O coração dela parecia prestes a sair pela boca.

— Martin! Seu imbecil! — disse um dos comparsas, enquanto Thorne, de repente, se afastava do grupo e se lançava contra o homem que segurava a pistola, derrubando-o no chão.

Gritos soavam pelo ar e dois corpos se engalfinhavam no chão, lutando pela posse da arma.

Tru chegou ao lado da filha e a abraçou pelos ombros, assistindo, consternada, à cena que se descortinava diante dos olhos.

Três outros patifes agarraram Jasper e o tiraram de cima do homem que ele atacara.

Thorne respirava, ofegante, o olhar quente nos homens antes de pousar em Tru. Ela sentiu um aperto no peito ao ver sua expressão selvagem. Com os braços presos ao lado do corpo, ele olhou para ela como se estivesse se certificando de que não estava ferida.

Tru segurou Delia com força e a colocou atrás dela. Olhou em volta, rezando com fervor para que alguém aparecesse para ajudá-los.

O conde não apareceu. Jamais se colocaria em uma situação de risco. Nem pela filha, nem pela esposa, e menos ainda por Jasper Thorne. Nem mesmo pela própria honra. Os cocheiros também não tentaram se aproximar. Claramente não havia ninguém para ajudá-los. Ninguém viria. Eles estavam nas mãos daqueles homens perigosos e armados.

Martin, o homem que disparou a arma, agora estava totalmente exposto. A máscara tinha sido arrancada quando Thorne o atacara. O bandido fungou e limpou o nariz, fulminando Thorne com o olhar.

Mas Jasper não lhe deu atenção, o olhar totalmente focado em Tru.

— Você está ferida? — perguntou ele com voz firme, os olhos brilhando intensos.

Ela só conseguiu ficar olhando para aquela imagem espantosa, sem conseguir encontrar a própria voz, que parecia presa em algum lugar dentro dela.

— Mulher — gritou ele. — Você está bem? — Ele irradiava poder e comando, mesmo enquanto os outros o seguravam.

Tru não tinha sido a única a pensar assim. Os bandidos o olhavam com cuidado, claramente reconhecendo que não seria fácil contê-lo.

Ela assentiu.

— Eu... eu estou bem.

Ele olhou para o rosto dela.

— Você está sangrando — rosnou ele.

Ela levou a mão ao rosto, tocando o lugar onde sentia uma ardência. Afastou os dedos e constatou que estavam cobertos de sangue.

Delia se virou para olhar para Tru.

— Mãe! Você está ferida! Você levou um tiro?

— *Mãe?* — Um dos bandidos olhou para ela, surpreso. — Ela não parece com nenhuma mãe que eu já vi na vida.

— Não mesmo. — Martin riu. — Eu treparia com ela.

Todos os homens riram ao ouvir aquilo. Menos Thorne. Ele lutou para se livrar das mãos dos bandidos, para ir até ela ou para socar o ofensor que segurava a arma, ela não saberia dizer.

Tru deu um passo para a frente, deixando a filha nos braços de Rosalind. Na esperança de aliviar um pouco a intensidade do momento, ela estendeu a mão procurando tranquilizar Thorne, que lutava para se libertar.

— Foi só um arranhão, sr. Thorne. A bala não me atingiu.

— Está vendo? Ela está bem — anunciou um dos salteadores, balançando a mão na direção dela. — Sã e salva. Acalme-se.

Thorne olhou para o homem.

— Ela está *sangrando*.

O ar jovial do salteador ficou mais sério, sua natureza cruel finalmente se manifestando. Afinal de contas, era um salteador. E bondade não era algo que se pudesse esperar dele.

— Ela está bem — insistiu ele. — Melhor se acalmar, a não ser que queria que isso se torne mais do que um simples assalto.

— Já não é mais um simples assalto. — Thorne fez um gesto para o homem que atirara em Tru. — Seu homem ali, o Martin, quase enfiou uma bala nela.

— Ele não faria uma coisa dessas.

— Ela só está viva ainda por causa da péssima pontaria dele.

Ao ouvir aquilo, Martin se lançou para a frente, estufando o peito, o rosto vermelho de indignação.

— Minha pontaria não é péssima, eu vou lhe mostrar como...

Ele nem conseguiu acabar de falar.

Thorne se libertou bem naquele momento. Moveu-se com rapidez e acertou um soco na boca do outro, impedindo a enxurrada de palavras que ele teria dito.

Todos se sobressaltaram como se tivessem sido atingidos também.

— Seu merdinha — rugiu Thorne. O punho dele o acertou de novo, pontuando as palavras. — Você fala demais. Eu até poderia deixar passar a indignidade de um roubo, mas nunca isso. — Ele fez um gesto na direção de Tru. — Ela está sangrando. Você acha que eu deveria ignorar isso?

Martin olhou para ele, segurando o nariz ensanguentado e choramingando com voz anasalada:

— Eu deveria arrancar seu coração. — Ele olhou para os comparsas. — Vocês vão ficar aí parados e deixar que ele me bata? Ele não pode tratar a gente assim.

Os outros salteadores trocaram olhares de dúvida, parecendo não querer interferir.

— Ele não bateu na *gente* — disse um deles. — Só em você.

Outro continuou:

— E você realmente quase matou a mulher dele e depois falou em trepar com ela.

Tru piscou. *Mulher dele.*

Ela abriu a boca para corrigir a afirmação, mas pensou melhor. Aquele não parecia ser o melhor momento para corrigir criminosos assustadores. Ela também não viu o sr. Thorne dar indicações de que o faria.

— Tio — disse Martin, olhando para um dos bandidos.

O suposto tio meneou a cabeça com nojo.

— Vá esperar com os cavalos — ordenou em tom irritado. — Vou lidar com você depois.

Martin se levantou e tirou o pó da roupa, fulminando Thorne com o olhar antes de sair pisando duro.

— Queira me perdoar. — O tio se dirigiu a eles com bem mais dignidade do que se esperaria de um criminoso. — A juventude pode ser tão... rebelde.

Thorne emitiu um rosnado e se postou diante de Tru. O coração dela cresceu no peito. O sangue parecia rugir nos ouvidos. Chatham estava escondido dentro da outra carruagem, mas ali estava um homem, protegendo não só ela, mas também sua filha e a irmã.

Com movimentos lentos, Thorne tirou a carteira do bolso e entregou ao homem.

— Tem muitas libras aí, mais do que você poderia ganhar em uma semana de trabalho honesto. Ofereço isso para que o senhor vá embora e pare de assediar essas mulheres.

O bandido pareceu avaliar com cuidado e olhou para Tru, Delia e Rosalind para além de Thorne.

— E o que me impede de pegar tudo que eu desejar? Podemos revistar as mulheres para ver se carregam alguma coisa de valor.

— Vai ser melhor para você se deixar as damas em paz. Encoste um dedo sequer em uma delas e juro que vou usar todos os meus consideráveis recursos para caçar você.

Os salteadores trocaram olhares, a hesitação repentinamente clara em seus movimentos.

Thorne continuou:

— Eu já sei o nome de Martin. Vi o rosto dele. Não vai levar muito tempo para localizá-lo. E eu mesmo vou conseguir descobrir a identidade de todos vocês em questão de dias.

Silêncio.

Thorne olhou nos olhos do líder, parecendo indiferente ao fato de muitas armas estarem apontadas para ele.

Um dos salteadores inclinou a cabeça, considerando as palavras de Thorne, julgando-as pela ameaça que havia nelas. Por fim, ele levantou a pistola, apontando-a para cima. Deu alguns passos, pegou a carteira das mãos de Thorne, ainda olhando para ele, e tirou as notas lá de dentro.

— Pois muito bem.

Thorne inclinou a cabeça e aceitou a carteira de volta.

— É melhor ter cuidado no restante da viagem — disse o bandido. — Essas estradas são traiçoeiras.

Rosalind riu, mas controlou a língua. O que por si só já era uma surpresa.

Eles ficaram parados, observando os salteadores pegarem as montarias e partirem.

Ninguém se mexeu até que desaparecessem pela floresta que os cercava.

— Bem — disse Rosalind. — Essa foi uma aventura e tanto.

— Eu poderia ficar sem outra aventura desse tipo. — Tru soltou um suspiro.

Thorne se virou para ela, os olhos escuros e zangados a fulminando.

— Por que desceu da carruagem?

Ele parecia Chatham!

— E o senhor esperava que eu me acovardasse na carruagem enquanto minha filha e minha irmã enfrentavam bandidos?

— Eu esperava que você se mantivesse em segurança.

Ela meneou a cabeça.

— E o senhor teria permanecido na sua carruagem se a *sua* filha estivesse do lado de fora enfrentando salteadores?

Ele cerrou os dentes.

— Não é mesma coisa. Eu sou...

— O quê? Homem? Pai? — Ela debochou. — Poupe-me dos seus preconceitos.

Ele piscou, sobressaltado com as palavras dela.

Ela arqueou uma das sobrancelhas.

— Eu tenho de amar menos? Sentir menos? Porque sou uma mulher? Não deveria tentar proteger aqueles a quem amo? Minha própria filha? — Ela desdenhou.

Ele soltou o ar, as narinas se abrindo.

— Você me confunde, mulher. — Praguejando, ele estendeu a mão para o rosto dela, que franziu a testa com a pressão do corte que latejava. — Poderia ter sido uma bala rasgando o seu rosto, e não um estilhaço de madeira.

Ela cobriu a mão dele com a dela.

— Mas não foi.

Eles ficaram parados ali, os olhares fixos um no outro, a mão de Tru cobrindo a dele enquanto acariciava o rosto dela.

Devagar, ela se tornou ciente da presença das outras mulheres. Rosalind e Delia. Virou-se e percebeu que ambas observavam Tru e Jasper Thorne com interesse. Ela pigarreou e deu um passo para trás, soltando a mão de Thorne.

— Estão todas bem? — perguntou com voz trêmula.

— Parece que foi você quem sofreu a pior parte, minha irmã. — Rosalind fez um muxoxo. — Espero que não fique com uma cicatriz.

Thorne olhou para a linha de árvores, como se não houvesse nada que desejasse mais do que partir no encalço dos salteadores e desferir neles a pior surra que já levaram na vida.

— Eu estou bem — insistiu ela, estendendo a mão e dando um aperto leve para tranquilizá-lo. — Está tudo bem. Eles só levaram dinheiro.

Ele piscou para ela, parecendo surpreso.

— Pois eu não me importo nem um pouco com dinheiro. É com você que me importo.

— Ah. — Foi a vez dela de piscar, surpresa. Novamente, estava muito consciente da presença da irmã e da filha, acompanhando a conversa deles com avidez. — Pois eu não estou ferida, sr. Thorne. Estou viva e bem e pronta para outra.

Ela deu um passo para trás, tentando parecer circunspecta.

Foi quando uma voz perguntou:

— Eles já foram?

Todos se viraram juntos e viram Chatham pendurado na janela da carruagem.

— Sim, milorde — respondeu Rosalind. — Mas não graças ao senhor.

— Então, o que estamos esperando? — Ele acenou com um dos braços. — Vamos nos apressar. — E desapareceu dentro da carruagem.

Todos os três trocaram olhares em níveis variados de nojo.

— Acho melhor fazermos o que ele diz. — Rosalind levantou as saias e seguiu para a carruagem. — Não adianta ficarmos parados aqui, esperando que os salteadores mudem de ideia e voltem.

— Eles não vão voltar — anunciou Thorne, a boca contraída em uma linha sombria.

Delia arregalou os olhos e olhou da mãe para Thorne antes de seguir a tia.

Eles ficaram juntos e a sós, em plena luz do dia, olhando um para o outro, como nunca antes. Thorne com o cabelo despenteado e os olhos zangados da briga. Tru ainda sem conseguir retomar o fôlego, o rosto sujo de sangue.

Thorne colocou a mão no bolso e remexeu por um tempo até encontrar um lenço. Pressionou o tecido com gentileza contra o rosto dela, batendo de leve no corte para estancar o sangue.

Tru não se mexeu, nem respirou sob o toque carinhoso. Estavam tão próximos que o calor do corpo dele envolveu o dela. Tru se sentiu ligada a Jasper Thorne, puxada para ele por um fio invisível.

Havia uma luz brilhando no olhar dele, uma chama na noite que se aproximava. Ela entreabriu os lábios soltando um pequeno suspiro, e então respirou fundo e sentiu o cheiro dele.

— Nós já vamos? — gritou Chatham pela janela de novo, um tom de impaciência na voz. — Por que toda essa demora?

Ela se apressou em dar um passo para trás, passando a mão na saia para alisá-la e soltando o ar, trêmula.

— É melhor voltarmos para a estrada.

Thorne não pareceu nem um pouco atingido quando olhou para ela. Assentiu uma vez, os lábios comprimidos em uma linha firme que de forma alguma escondia o esplendor daquela boca. Chegava a ser injusto. Um homem não deveria ter uma boca tão linda. Ela seria capaz de ficar analisando-a por horas a fio, gravando os detalhes do lábio inferior, tão carnudo, ao passo que o superior não era menos hipnotizante, com uma curva bem no meio. Ela conseguia se imaginar beijando aquela boca... *de novo*. Retribuindo os beijos. Passando um tempo amando aquela boca com sua língua, traçando e explorando aquela curvinha.

Ela deve ter demonstrado alguma coisa. Uma expressão. Um brilho nos olhos.

Ele claramente conseguiu ler o que se passava na mente dela, pois seu olhar ficou mais profundo e agudo e ele ergueu as mãos como se fosse tocá-la.

— Tru — sussurrou ele, com uma familiaridade que pareceu *demais* para ela.

Tru piscou e pareceu despertar, dando um passo para trás.

Com um último olhar para ele, ela se virou e voltou apressada para a carruagem que a aguardava.

Capítulo 23

Se deseja testar o verdadeiro caráter de um cavalheiro, tudo que precisa fazer é colocá-lo na mira do revólver de um salteador.
— Gertrude, a condessa de Chatham

A estalagem na qual passariam a noite era menos do que boa, mas adequada o suficiente. Atenderia bem às necessidades deles, mesmo que não chegasse aos pés dos estabelecimentos do sr. Thorne, um ponto que Chatham se certificou de destacar assim que chegaram, com as mãos na cintura, o nariz franzido e os olhos esquadrinhando o espaço pequeno.

Tru ainda estava um pouco tonta com tudo que tinha acontecido na estrada. O rosto tinha parado de sangrar, mas ela ainda sentia a dor do corte, tanto física quanto emocionalmente.

Jasper Thorne tinha se arriscado por ela quando o próprio marido não o fizera. Não que esperasse nada remotamente altruísta do conde, mas também não esperava nada tão nobre de Thorne. E ficara abalada com aquilo.

Mal conseguia se obrigar a olhar para ele, receando que ele pudesse ver algo em seu rosto que ela não queria que visse. Algo além da gratidão. Algo como paixão, admiração... desejo.

O conde já tinha se esquecido do acontecido, deixando os eventos do dia para trás. E por que não esqueceria? Ele não tinha participado de nada. Não tinha enfrentado os bandidos. Nenhuma arma tinha sido apontada para a cabeça dele ou sacudida diante dos seus olhos. Não mesmo. Ele tinha ficado em segurança com seus itens de valor enfiados dentro da calça.

O grupo teve um jantar tranquilo na taverna, onde viajantes e clientes já ébrios faziam suas refeições nas mesas próximas. Tru ficou empurrando a comida no prato, sem seu apetite usual, e se sentiu grata quando o jantar foi encerrado e os pratos foram recolhidos.

Receberam quartos individuais para a noite. Desconfiava de que Thorne tivesse alguma coisa a ver com aquilo. Talvez não fosse o proprietário daquela estalagem em particular, mas parecia falar a língua deles... Ou talvez só tivesse dinheiro suficiente.

Desde o instante em que chegaram, foram bem atendidos pelos criados, e cada um foi levado para o próprio quarto, nos quais rapidamente chegaram bacias de água e sabão para que pudessem se refrescar. Até mesmo a refeição servida tinha sido generosa. Não a mais gostosa, mas certamente farta.

Thorne até podia ter dado tudo que tinha na carteira para os bandidos, mas ficou claro que tinha dinheiro em outro lugar. Tru notara quando ele dera gorjetas generosas para os empregados da estalagem no decorrer da noite. Chatham não pagou por nada, mesmo que ela soubesse muito bem que os salteadores não tinham levado nada dele.

De qualquer forma, ficou aliviada quando o jantar chegou ao fim. Como sempre, Chatham permaneceu na taverna, ansiando por um jogo de cartas com alguém disposto a isso.

Thorne desapareceu com a desculpa de ver se os homens dele estavam bem instalados para a noite. Tru, Delia e Rosalind subiram a escada a caminho dos respectivos quartos.

— Por mais confortável que essa viagem tenha sido, não vejo a hora de chegarmos à Mansão Chatham amanhã — anunciou Rosalind. — Não vou sentir falta da temporada nem por um segundo. Talvez nem precisemos voltar para Londres.

— Eu não esperaria isso — murmurou Tru quando se aproximaram primeiro do quarto de Delia.

— E por que não? — perguntou Rosalind. — Não vá me dizer que você sente falta da cidade. Eu sei que você odeia multidões.

Aquilo era verdade. Tru odiava espaços lotados, pessoas se espremendo em festas e as reuniões e encontros intermináveis nos quais precisava se lembrar de respirar. Mas a filha tinha acabado de ser apresentada à sociedade. Não havia como fugir daquilo.

— Creio que vamos ficar pelo menos por uma semana. — Ela deu de ombros. — Decerto que Chatham não há de querer perder o resto da temporada. Ele gosta das diversões demais para isso.

Sem dúvida, ele só ficaria tempo suficiente para atingir os próprios objetivos e garantir um noivado entre Delia e Thorne. O pensamento provocou o conhecido gosto de bile subindo pela garganta da condessa.

Dando boa-noite, cada uma entrou no próprio quarto e, seguindo as orientações de Tru, trancaram a porta.

Sozinha no seu aposento, Tru abriu a mala e tirou uma camisola. Estava exausta. O dia tinha sido longo e emocionante. Era de esperar que fosse encostar no travesseiro e cair logo em um sono profundo.

No entanto, não seguiu para o conforto da cama. Não conseguiu nem se despir. Ficou andando de um lado para o outro, antes de parar na janela e espiar o pátio.

Viu Thorne deixando os estábulos, os passos largos levando-o em direção à estalagem. Estava usando uma capa, e o vento fazia com que as pontas açoitassem as pernas.

Antes que se desse conta do que estava fazendo, virou-se para a porta com a intenção de interceptá-lo. Com qual propósito, não sabia ao certo. Para agradecer pelo que tinha feito? Por não ser como o marido? Ela meneou a cabeça. Não. Comparar os dois não levaria a nada. Só serviria para trazer decepção e tristeza para o coração e um desejo por algo que jamais poderia acontecer. Por certo, eram homens bem diferentes. Um honrado e o outro... Bem, o outro era Chatham.

Achara, ou melhor, tivera a esperança de dissuadir o marido a terminar com a corte de Thorne a Delia, mas percebia agora como tinha sido tola. Deveria saber que de nada adiantaria. O conde só pensava em si mesmo. Era teimoso e não tinha empatia. Aquele dia lhe provara aquilo sem sombra de dúvidas.

Claramente, era Thorne quem ouviria seus apelos. Imploraria que colocasse um fim naquilo e talvez o convencesse. Agora, mais do que nunca, acreditava naquilo. Tinha *esperança* de que ele a ouvisse. Era um homem honrado, capaz de ser racional e compassivo.

Saiu do quarto para a penumbra do corredor, olhando de um lado para o outro em busca de sua presa. O corredor era comprido e perto da escada estava escuro e sombrio. Imaginando que ele logo apareceria por ali, começou a andar naquela direção com passos cuidadosos.

— Você não deveria andar sozinha nesses corredores tarde da noite.

Arfando, ela se virou e o encontrou, parecendo uma parede atrás dela. Tru não ouvira sua aproximação.

— Estalagens não são conhecidas por hospedar os homens mais respeitáveis e honrados — acrescentou ele.

Tru imaginou que Thorne, melhor que ninguém, soubesse do que estava falando, mas isso não fez com que apreciasse o conselho. Era uma mulher adulta e não estava acostumada a ninguém lhe dizer o que fazer. Aquela era justamente uma das vantagens de ser negligenciada e ignorada pelo marido, pelo menos até recentemente.

Ela levou a mão ao coração disparado.

— Você quase me matou de susto.

— Antes eu do que um desagradável salteador.

Ela deu uma risada nervosa.

— Verdade. Já tive que enfrentar salteadores o suficiente hoje. Obrigada.

— Então permita que eu a acompanhe até o seu quarto, onde você não estará mais em perigo.

Ele pegou o braço dela sem saber se era aquilo que ela queria.

— Você precisa ser sempre tão solícito? — perguntou Tru, irritada.

Ele a soltou e olhou para ela, consternado e tão atraente com aquele olhar intenso, o cabelo despenteado pelo vento, a postura imponente e o cheiro do ar noturno e de mais alguma coisa. Algo inerentemente masculino e potente.

Tru esfregou o braço, no qual ainda sentia o calor do toque dele. Não que ele a tivesse segurado com força. Não tinha, mas não importava. O toque dele era como uma marca. Um tormento. *Ele* era um tormento. Era um bom homem, mas não para ela.

Aquilo de repente foi demais para Tru. Aguentar a proximidade dele, ver a bondade, a proteção, quando nenhum outro homem na vida dela tentaria protegê-la ou choraria sobre seu cadáver.

Por que não deveria desejar que tal homem cortejasse a filha dela? Tru meneou a cabeça, frustrada.

— Por que você precisa ser tão... *você*?

Ele piscou.

— Agora me deixou completamente confuso. Você está zangada? Comigo?

— Estou!

Sim, estava com raiva. Furiosa, na verdade. Terrivelmente irada. Tinha ido até ali para implorar que ele desistisse de cortejar Delia, mas tudo que sentia agora era uma onda de ressentimento.

— Por quê?

— Eu não pedi a sua proteção. Nem sua nobreza idiota. Eu não preciso, nem quero isso!

Ela não precisava daquelas emoções... daqueles *sentimentos* por ele que cresciam dentro dela.

Foi a vez de Thorne ficar zangado. Ele respirou fundo, abrindo as narinas. Os olhos brilharam.

— E eu simplesmente não devo me importar?

— Comigo? — Ela assentiu. — Exatamente. Você não deve se importar comigo. Você não deve se importar nem um pouco comigo.

Era do que Tru precisava, o que deveria acontecer. Precisava que ele não se importasse e fosse tão frio com ela quanto o marido. Precisava daquilo desesperadamente. Precisava que ele não se importasse, para que ela, por sua vez, deixasse de se importar. Para que pudesse odiá-lo apenas em nome da filha e expulsá-lo da vida delas de boa-fé.

— Infelizmente — rosnou ele —, isso é impossível, porque eu me importo muito. Realmente acha que eu ficaria de braços cruzados? Que eu ficaria parado e permitiria que a atacassem daquela forma? Que a machucassem? Que olhassem para você... e falassem com você daquela forma?

Um lampejo de emoção surgiu dentro dela.

— Pare. — Tru conseguiu pedir. — Pare de dizer essas coisas. — Ela sentiu o impulso infantil de cobrir os ouvidos.

O olhar a queimava, parecendo enxergar muito além da pele e do corpo. Parecendo enxergá-la por inteiro.

Ela balançou a cabeça. Não podia ser. Não podia ter aquilo. Não podia nutrir tantos sentimentos por *aquele* homem. Era perigoso demais. *Ele* era perigoso demais. Não era mais pela filha que precisava que ele saísse da vida delas.

Mas sim por *ela* mesmo.

Ele não está aqui por você. Está aqui por Delia. Não por você. Nunca por você.

Continuou repetindo o mantra nos pensamentos porque era necessário. Precisava acreditar naquilo. Precisava que aquilo a influenciasse, precisava que aquilo a fizesse parar de desejá-lo tanto.

Percebeu que tinha se movido. Ele também.

Ele a encurralara contra a parede do corredor. Ele era fogo e ela se encolheu, desesperada para não se queimar.

Ele era o caos. A vida. A vitalidade. Tanta energia essencial, uma energia que a alimentava, que a despertava de uma dormência que parecia ter durado décadas.

Tru ergueu as mãos para empurrá-lo, a palma chocando-se contra o peito maravilhoso. E foi ali que ela fracassou. Que parou. Que sucumbiu. Que se rendeu. A palma das mãos absorvendo a sensação de solidez que ele emanava.

Ela flexionou os dedos, afundando-os no peito dele como uma gata ronronando. Estava perdida. Mordeu o lábio, tentando controlar o gemido de desejo que lhe subia pela garganta. Sentiu e ouviu a vibração do gemido dele.

— Você diz coisas que não quer dizer — murmurou ele, os lábios tão próximos do rosto dela que Tru conseguia detectar o cheiro suave e adocicado de uísque em seu hálito.

Ela ergueu o queixo em desafio.

— Pois eu digo apenas o que quero dizer. — Aquilo era uma baita de uma mentira, mas uma mentira necessária para se salvar.

— Ah, é? — Ele ergueu uma das sobrancelhas. — Você não quer que eu me importe? Você não quer que eu a proteja se a necessidade surgir? Você quer que eu seja exatamente como aquele verme com quem se casou?

Um soluço subiu pela sua garganta. Ainda assim, ela continuou assentindo enfaticamente.

— Mentirosa. — A voz dele soou rouca, seus olhos brilhavam de fúria. — Você quer que eu seja exatamente assim, como sou. Você precisa que eu seja assim. Você me quer exatamente assim.

Ela parou de assentir e começou a menear a cabeça. Negando. Rejeitando. A vida dela dependia de convencê-lo de que estava errado. Convencê-lo de que aquilo era errado.

Ainda assim, as mãos dela a traíam, pois se moviam pelo peito dele, sentindo-o, regozijando-se na sensação de como aquele corpo era forte sob o toque dela. O corpo que poderia se colocar diante do perigo por ela. Para protegê-la. Para cuidar dela...

Ele era um grande afrodisíaco. Somente ele. Apenas ele. Ele. E Tru sentia uma culpa imensa. Mas aquilo não a impediu de se inclinar e desaparecer no abraço dele, absorvê-lo por inteiro até não conseguir mais distinguir quem era um e quem era o outro. Aquilo era loucura. Nada que ela já tivesse sentido antes. Nada que ela acreditara ser possível.

— Por quê? — sussurrou ela, sentindo-se triste e exultante ao mesmo tempo. — Por que está fazendo isso comigo?

Ele a olhou com uma expressão um pouco triste, mas com muito sentimento e arrependimento.

— Eu não sei. Sei que eu deveria parar. Sei que não é certo. Sei...

Ela o beijou.

Ela beijou *Jasper*. Era uma distinção importante.

Talvez tenha sido o tom de arrependimento, o fato de ouvi-lo concordar que deveria parar, que deveria se afastar, que deveria acabar com aquilo de uma vez por todas e ir embora. Aquilo a encheu de uma sensação de vazio e perda que fez com que ela não conseguisse pensar em nada a não ser cobrir os lábios dele com os dela.

Ele era tudo que ela não tinha, que nunca tivera.

Naquele momento efêmero, ela o aceitaria, se regozijaria e o tomaria para si. Não podia durar, então aproveitaria ao máximo porque tinha de ser assim. Porque era tudo que poderia ter.

Tru deslizou as mãos pelo peito dele e foi subindo até chegar aos ombros, abraçando-o e sentindo os seios serem apertados contra o tórax dele.

Queimando de desejo, as mãos dele passearam por todo o corpo dela, escorregando pelas costas e quadris, puxando-a para si, esfregando-se na barriga dela. O desejo ardente era insuportável. Ela o sentiu através da barreira das roupas. Aquela parte dura, intumescida e forte que a excitava.

As mãos dele apertaram suas nádegas e foram subindo pelos ombros e pelo pescoço até os dedos mergulharem no cabelo, soltando os cachos, espalhando os grampos pelo chão como folhas na tempestade.

As mechas caíram soltas e ele as agarrou, passando os dedos por elas com um desejo que combinava com o pulsar que Tru sentia no meio das pernas. Ele inclinou a cabeça dela para trás em um ângulo perfeito para um beijo mais profundo, sua língua invadindo a boca de Tru, seus lábios cobrindo os dela com sofreguidão, deixando-a louca de desejo.

O calor era demais. A paixão, debilitante. Ela mal conseguia ficar de pé. Se não fosse pela parede atrás dela e o corpo dele na frente, decerto que teria caído, em um monte de seda e carne e osso aos pés dele. *Do pó... ao pó.*

Deveria estar com medo. Desmoralizada. Mas não havia medo ali.

Nenhum medo da queda. Nenhum medo de nada. Era como se toda a vida dela a tivesse levado para aquele beijo.

Ela foi tomada por uma certeza de que, no momento de sua morte, sem sombra de dúvida aquela seria uma das imagens que apareceriam em sua mente, as que mostravam tudo que tinha vivido. Que ela *conhecera* a vida. Que algo significativo a tinha tocado.

Poderia um único momento fazer valer uma vida inteira? Tru soube, naquele exato instante, em um brilho resplandecente, que sim, poderia.

Capítulo 24

*Não existe lugar melhor para começar — ou terminar —
um romance do que em uma festa em uma casa de campo.*
— Gertrude, a condessa de Chatham

E*la o estava beijando.*

Era a coisa mais maravilhosa do mundo. A mais espetacular.

Mesmo que ela não fosse *dele*, naquele instante ela era. Naquele momento, Jasper poderia esquecer que ela era casada... e que o mundo acreditava que ele estava cortejando a filha dela.

Era tudo muito confuso, mas uma confusão que ele estava apreciando muito naquele instante.

Tru puxou o cabelo dele com as mãos e ficou na ponta dos pés, a boca carnuda devorando a dele como se fosse o doce favorito.

Ele escorregou a mão, agarrou a bunda dela através das camadas do vestido e foi recompensado com um gemido.

Tinha começado a se preocupar com a possibilidade de nunca conseguir quebrar a concha de proteção que ela usava. A temer que ela fosse mantê-lo sempre bem longe, cheia de desdém, e que ele estivesse apenas perdendo tempo fingindo cortejar alguém com quem não tinha a menor intenção de se casar só para estar perto da mulher que realmente queria e que não queria nada com ele.

Ele retribuiu o beijo com igual ardor, libertando todo o desejo reprimido. Só lamentava que estivessem no corredor de uma estalagem e não em uma cama.

Ele segurou a cabeça dela, os dedos perdidos no cabelo volumoso enquanto a pressionava contra a parede e consumia aquela boca como se estivesse se alimentando com o néctar dos deuses.

Tru derreteu, se rendendo, e o corpo dela era tão doce quanto ele se lembrava. No fundo da mente, Thorne pensou em sair dali, seguir para outro lugar com mais conforto e privacidade, onde poderia avançar para o próximo passo.

No entanto, odiava a simples ideia de se mexer, de parar, de fazer uma pausa na magia que acontecia entre eles, mesmo que fosse apenas por um instante. Eles se beijaram sem parar.

Era inevitável que fossem descobertos, ele supôs. Estavam no corredor de uma estalagem. Nem era tão tarde. Qualquer um poderia vê-los ali. E alguém viu.

O arfar agudo não foi percebido imediatamente, mas o barulho de louças se espatifando no chão, sim.

Eles se separaram.

Uma criada estava na ponta do corredor, encarando-os com olhos arregalados.

— Queiram me desculpar. Eu não queria... — A voz da moça sumiu.

Jasper sacudiu um pouco a cabeça como se tentasse recobrar os sentidos.

A garota se abaixou para pegar a bandeja que acabara de derrubar, juntando os pratos de barro, muitos agora quebrados.

Antes que ele pudesse dizer ou fazer qualquer coisa, Tru se apressou para ajudar a moça. Ele observou por um instante, surpreso. A condessa dele não se achava boa demais para ajudar uma humilde criada. E ele gostou e a desejou ainda mais por aquilo.

— Ah, não, madame. Pode deixar que eu limpo tudo. — A garota lançou um olhar de nervosismo para Jasper, como se temesse uma reprimenda pela interrupção. — Eu não quero atrapalhar.

— Não está atrapalhando.

Com tudo de volta na bandeja, a garota se levantou e saiu apressada.

Novamente, Jasper se viu sozinho com a mulher que se tornou sua única fixação. Era uma coisa amarga e desagradável. Ela pertencia a outro homem. Um homem indigno, que não a merecia, mas isso não mudava o fato de que ela nunca poderia ser dele. Qualquer coisa que tivessem juntos, qualquer coisa que ela lhe desse, qualquer coisa que tomasse, seria roubada.

Tru observou enquanto a criada se afastava. Com as mãos unidas diante do corpo, Tru se virou para olhar para ele com a dignidade de uma rainha. A Condessa Contida estava de volta. Não mais a mulher cheia de paixão e desejos que o tinha beijado momentos antes.

Ele soltou um suspiro, sentindo muito por vê-la ir embora, perguntando-se o que seria necessário para despertá-la de novo, e desconfiando fortemente de que não seria naquela noite.

Tru olhou para ele com uma reserva fria nos olhos cor de âmbar.

— Você precisa pôr um fim nisso logo. Acabe com tudo. Volte para Londres.

Ele não precisou pedir que ela explicasse ao que se referia.

— E você espera que eu simplesmente vá embora? E quanto à festa na casa de campo?

Um lampejo de esperança surgiu no rosto dela, e ele sentiu uma onda de decepção. Ela acreditava que ele estivesse cedendo ao comando dela.

Tru começou a falar rápido, com pressa, temendo que ele talvez mudasse de ideia:

— Eu invento uma desculpa qualquer. Não vai importar. Ninguém vai ficar ofendido... — Ela parou de falar abruptamente e soltou uma risada seca. — Mesmo que ficassem, por que você deveria se importar?

O conselho dela era bom. Era um plano louco, aquele que ele estava seguindo com a jovem Delia. Ele deveria simplesmente ir embora e colocar um ponto final naquilo tudo.

Ela meneou a cabeça.

— Por que está fazendo isso? Chatham só o está usando por causa do seu dinheiro.

Ele levou a mão ao peito de forma exageradamente dramática.

— Não me diga! Quer dizer que eu não sou o homem que os pomposos membros da alta sociedade imaginaram para suas preciosas filhas? — Ele deu uma risada rouca. — Estou bem ciente de que a mulher com quem eu me casar terá sido comprada.

O rosto dela se contraiu ao ouvir aquilo.

— E isso não o incomoda? Você não me parece ser um homem que concordaria com esse tipo de casamento.

Ele deu de ombros.

— E você realmente acha que é a pessoa certa para falar sobre matrimônio comigo? Qual foi o preço da *sua* união? — As palavras lhe escaparam antes que ele tivesse a chance de pensar melhor.

Ela se empertigou na hora e ele soube que a perdera naquele instante. Ela ergueu os muros de proteção. Vestiu a armadura de novo. Qualquer sinal de doçura, de desejo, que despertara nela, tinha desaparecido.

— Tenha uma boa-noite, sr. Thorne.

— Jasper. — Ele inclinou a cabeça, olhando intensamente nos olhos dela. — Acho que já passamos desse ponto de formalidade, Tru.

O seio dela se levantou em uma inspiração profunda. Não havia erro no desprezo que sentia por ele naquele momento. Talvez, porém, houvesse também um pouco de desprezo reservado para si mesma.

— Boa noite, sr. Thorne.

A MANSÃO CHATHAM era tudo o que ele esperava da sede de um condado. Uma monstruosidade de pedra e tijolos repleta de lagos para patos, um jardim com labirinto de arbustos e um lago imenso com cisnes que pareciam ter sido tirados diretamente de um conto de fadas.

O lugar mais parecia um castelo do que uma casa, e aquilo serviu para lembrá-lo do motivo para estar se dando ao trabalho de entrar na alta sociedade. Era o tipo de lar que queria para a filha. Era o que Bettina merecia, o que ele prometera à mãe dela que conseguiria. Só o melhor, nada menos que o melhor.

Na tarde da chegada, a condessa dele desapareceu. Condessa *dele*. *Dele*. Sabia que não era bem assim. Que ela nunca seria dele, mas era assim que a via. Não conseguia olhar para ela, nem pensar nela, sem que a palavra *minha* queimasse em sua mente. Ela era contagiosa, um veneno que corria pelo sangue dele e para o qual não havia cura.

Sabia que ela estava ocupada com os preparativos da festa. A casa estava um turbilhão. Criados andando de um lado para o outro. Os convidados deveriam chegar no dia seguinte, mas a forma como o evitava parecia deliberada. Uma escolha.

Ela estava se esquivando dele.

Depois do último encontro, depois de ele ter jogado na cara dela que o casamento dela era menos do que admirável, bem menos do que o ideal, Jasper não poderia culpá-la.

Infelizmente, aquilo o deixava quase que exclusivamente na companhia de Delia, com sua tia servindo de acompanhante, seguindo-os para todos os lados. A irmã de Tru podia ter idade próxima à dele, mas era um verdadeiro dragão, tão vigilante quanto uma velha dama. Ela o observava com desconfiança e certa *perspicácia* no olhar que fazia a pele dele pinicar, e Jasper não conseguia evitar o pensamento de que ela, de alguma forma, conseguia enxergar dentro dele, lendo seus pensamentos mais íntimos. Como se, de alguma forma, soubesse a verdade: que ele estava ali por Tru e não por Delia.

Não era a situação que havia imaginado ao aceitar o convite para a casa de campo. Tinha feito aquilo para se aproximar de Tru. Um erro de cálculo. Pois não era o que estava acontecendo. Claramente errara ao não avaliar que, quanto mais ele se envolvesse com a condessa, mais as coisas ficariam complicadas e confusas. Nunca tinha se sentido daquela forma antes... aquela paixão. *Paixão*. Pois era tudo que poderia ser.

Quando os convidados chegaram no dia seguinte, Tru finalmente apareceu, obrigada a bancar a anfitriã em público, mas sempre evitando olhar para ele.

Durante o jantar naquela mesma noite, sentados a uma mesa grande o suficiente para acomodar trinta pessoas, ela foi charmosa e falante, riu com alegria e providenciou que todos fossem bem servidos.

Era uma anfitriã perfeita, cumprindo seu papel, embora não desse a ele nenhuma atenção. Era o cúmulo da sutileza. Ninguém parecia notar, a não ser, talvez, a irmã com olhos de águia.

Depois do jantar, os convidados seguiram para um aposento chamado de pequeno salão de baile. Um grupo de músicos se encontrava ali, artistas locais contratados da vila vizinha.

O conde abriu a dança com a filha, parando no meio da música animada para entregá-la a Jasper.

O restante da noite passou em um borrão. Ele dançou com Delia e algumas outras damas: a duquesa de Dedham, a marquesa de Sutton e a sra. Bernard-Hill (uma tarefa e tanto não ficar hipnotizado pela peruca prateada da mulher). E então, Delia novamente. A garota sempre parecia acabar nos braços dele. Definitivamente, não era uma coincidência. O conde com certeza estava por trás de cada uma daquelas manobras.

Jasper aguardou, sempre sabendo onde a condessa estava. Quando surgiu a oportunidade, atravessou o salão e foi até ela. Com uma ligeira reverência, perguntou:

— Lady Chatham? — Empertigando-se, ele fez um gesto para a pista de dança.

Ela hesitou e ele soube que ela estava pensando em uma forma de declinar o convite. Como ela poderia evitar dançar com ele sem atrair atenção? Não tinha como. Não poderia recusar sem que as pessoas notassem e fizessem perguntas. Assentiu de má vontade e aceitou a mão dele para seguirem para a pista de dança.

Ele tinha escolhido deliberadamente uma valsa. Uma desculpa para tê-la nos braços uma vez mais.

Ela se movia como se estivesse em um sonho. Natural e graciosa. Parecia que tinha nascido para aquilo. Para ele. Eles dançaram juntos como se tivessem sido feitos um para o outro.

— Você tem me evitado, condessa.

Ele estava com um sorriso discreto enquanto falava, para que ninguém que os estivesse observando pensasse que era mais do que uma conversa educada. Ainda assim, ao olhar por sobre a cabeça dela, percebeu que aquilo talvez não estivesse funcionando. A srta. Shawley os observava, e não era a única. Havia outras pessoas ao lado da irmã dela. A duquesa de Dedham, a marquesa de Sutton e a sra. Bernard-Hill. Um brilho de especulação cintilava nos olhos delas.

— Tenho andado preocupada. Uma festa desse tipo envolve muito trabalho.

— Não tenho dúvidas quanto a isso. Ainda assim você *está* me evitando.

Ela pareceu contrair os olhos.

— Não.

— Não estaria dançando comigo se pudesse evitar.

O sorriso no rosto dela era frio.

— O senhor está destinado à minha filha. Pedi que parasse de cortejá-la... que fosse embora. E, ainda assim, aqui está você.

— Aqui estou eu — concordou ele. Mas não pela filha. Por ela.

Como se ouvisse os pensamentos dele, ela desviou o olhar que esquadrinhava o salão e os convidados. Os olhos dela encontraram os dele, e ele viu algo derretendo no fundo. Uma doçura. Um desejo. Um calor. Era aquilo que o segurava ali, que o prendia a ela, que o fazia se esquecer de que o objetivo dele era encontrar uma esposa.

— Pode ficar à vontade para partir a qualquer momento — murmurou ela, mesmo enquanto aqueles olhos dela desafiavam as palavras, mesmo enquanto os dedos pressionavam o ombro dele.

— Ah, mas eu não vou a lugar nenhum — prometeu.

A música foi ficando mais lenta até chegar ao fim. Ele parou. Ela também. Afastaram as mãos.

Jasper fez uma reverência respeitosa diante dela, mesmo que tudo que passasse por sua cabeça fosse completamente impróprio. Aquilo. Ele. *Eles*. O que sentiam e o que queriam era errado, mas não significava que conseguiria deixar de querê-la. De *desejá-la*.

Os olhos castanhos suaves brilharam com o desafio. Palavras não ditas, mas bem ouvidas, passaram entre eles.

Jasper percebeu que tinha chegado o momento. O momento de dizer para a condessa que estava ali por ela e por nenhum outro motivo.

A sra. Bernard-Hill, com a improvável peruca prateada, apareceu de repente, vibrando de animação e tremendo de excitação.

— Ah, Gertrude, querida! — Ela abriu um sorriso charmoso para Jasper. — Eu acabei de saber que vocês foram abordados por bandidos. Que experiência horrível deve ter sido!

Tru lançou um olhar irônico para ele.

— Somos muito gratos por termos saído ilesos da situação, Maeve.

A mulher fez um gesto com a mão, como se a segurança deles fosse irrelevante.

— Mas bandidos! Imagino que tenha sido algo tirado de um dos romances da sra. Radcliffe. Venha, você tem de me contar tudo.

Ela tirou Tru do salão de dança. Jasper as seguiu mais devagar, sabendo que deveria encontrar Delia e alertá-la de que pretendia contar para a mãe dela que o cortejo era uma farsa, mas foi interpelado pela dama que se sentou em frente a ele no jantar daquela noite.

— Sr. Thorne. — Ela agarrou o braço dele, esfregando os seios impressionantes na manga da camisa dele. — Minha paciência tem limites. Estou esperando a noite toda que me tire para dançar. Ainda não chegou a minha vez?

Ele deu um sorriso educado.

— É claro que é a sua vez agora, lady Ashbourne.

Àquela altura, ele não sabia mais quem guiou quem de volta à pista de dança, mas logo se viu envolvido em outra valsa.

Capítulo 25

Estou convencida de que a maioria dos libertinos deseje secretamente ter uma esposa que lhes diga o que fazer.
— Maeve, sra. Bernard-Hill

A valsa terminou e Valencia permitiu que lorde Burton a acompanhasse de volta à companhia das amigas, reunidas na lateral da pista de dança.

— Obrigado, vossa alteza. — Burton fez uma reverência, permitindo que os lábios roçassem nas costas da mão dela em uma carícia demorada que, com certeza, era *im*própria. Embora estivesse de luvas, ela pensou ter sentido o toque da ponta da língua dele.

Valencia puxou a mão e a colocou entre as dobras da saia, como se pudesse limpá-la.

Quando Burton ergueu o olhar, sua expressão tinha um toque de provocação maliciosa que combinava perfeitamente com o convite que fizera no início da noite. O homem era incorrigível. Claro. Afinal, era o melhor amigo de Chatham. O marido de Tru só andava com homens tão imorais quanto ele.

Não era a primeira vez que o homem fazia tal convite a Valencia. Mas era a primeira vez que o fazia com o marido dela sob o mesmo teto. Ela imaginou que aquilo significava o quanto ele achava seu marido inofensivo. O que não era surpresa nenhuma também, pensou ela. O duque parecia prestes a falecer.

Sentiu o rosto ruborizar ao se lembrar dos comentários galanteadores. Ele não era *feio*. Estaria mentindo para si mesma se alegasse total indiferença. Era bom saber que um homem se sentia atraído por ela, mesmo que fosse um libertino como Burton. Ainda assim, também estaria mentindo se fingisse que consideraria suas tentativas. Outras damas eram livres para levar os flertes do salão de baile para outro nível. Ela não. Diferentemente de Burton, achava o marido muito ameaçador.

— Posso lhe oferecer uma bebida? — perguntou Burton, demonstrando que não queria abrir mão da companhia dela.

— Seria ótimo.

Qualquer coisa para se livrar do homem. Pelo menos, Dedham já se recolhera. A viagem tinha cobrado um preço alto. Ele consumira mais uísque do que de costume... e mais láudano também.

Burton inclinou a cabeça e se virou para seguir até a mesa de refrescos. Ela observou enquanto ele saía, analisando suas costas. Era uma silhueta bonita, mas não importava. Mesmo que o interesse dele fosse evidente, não importava. Ela e o duque não tinham aquele tipo de casamento, no qual podiam ter amantes. Nem antes do acidente e, com certeza, não depois.

Ela não compartilhava a cama do marido havia anos, mas ele também não a compartilhara com mais ninguém. A saúde dele o impedia de exercer tais atividades. A saúde dele o impedia de fazer qualquer coisa. O homem tranquilo com quem se casara morreu no dia em que caiu do cavalo. O demônio com quem morava agora tomara o lugar dele.

Afastou o olhar de Burton de forma deliberada, lembrando a si mesma que, se um dia decidisse correr o risco de despertar a fúria do marido e ter um amante... não seria com alguém da laia de Burton. Mesmo que o achasse atraente o suficiente para tal risco, o homem se certificaria de que todos soubessem do caso. Existiam homens que adoravam se gabar das conquistas, e Burton se encaixava naquela categoria. Valencia era inteligente o bastante para saber.

Com um suspiro, sorriu para as amigas, dando-lhes total atenção. Não precisava que alguém achasse que estava interessada em Burton e fizesse fofoca para o marido. Não queria que Dedham ficasse ainda mais irritado. Era muito fácil provocá-lo.

Dedham não sentia ciúmes dela porque a amava. Não mesmo. Na verdade, ele tinha inveja por ela viver uma vida sem sentir dor, por ela poder se divertir de uma forma que ele não podia mais... que talvez conseguisse encontrar alguém para lhe dar a felicidade que ele não conseguia mais dar.

Como se pensar em Dedham o conjurasse, Rosalind a cutucou com o cotovelo.

— Val? Seu marido está ali.

Ela meneou a cabeça e deu um sorriso para Rosalind parar com aquela brincadeira. Não. Não podia ser. Ele mal tinha conseguido enfrentar o jantar. Só o esforço de se sentar na cadeira lhe havia provocado muita dor. Ele tinha se recolhido assim que o jantar terminara. Valencia o acompanhara, certificando-se de que ele estava o mais confortável possível. Decerto que ele não deixaria o conforto dos próprios aposentos para voltar para o baile. A dor daqueles últimos dias de viagem tinha sido intensa demais. A última coisa que vira antes de sair do quarto tinha sido o marido mergulhado no sono induzido pelo láudano.

Ele vivia. Ele andava. E cada respiração era uma agonia.

Depois do acidente, o cirurgião que cuidara de Dedham o alertara para ter muito cuidado com o láudano, mas o marido já deixara de seguir aquele conselho havia muito tempo. A dor aumentava, assim como sua dependência a qualquer coisa que a diminuísse.

Maeve se aproximou da duquesa com uma expressão preocupada no rosto.

— Valencia — disse ela baixinho. — É verdade. Seu marido está aqui e parece muito zangado.

O sangue gelou em suas veias. Valencia se virou rapidamente e esquadrinhou o aposento, procurando por ele apesar das dúvidas.

Ela o viu do outro lado do salão, olhando para ela com uma expressão de desprazer. Maeve não tinha exagerado. Zangado, com certeza.

De alguma forma, tinha despertado. Uma inquietação a tomou. Conhecia aquele olhar. Teria visto a dança dela com Burton? Não tinha como ter ouvido a conversa. Não tinha como saber que o homem a convidara para a cama dele.

Aquilo não significava que ele não desconfiasse, claro. Ele desconfiava de tudo. Desde que passaram a dormir em camas separadas, ele desconfiava dela e a acusava de infidelidade.

Os olhos dele queimaram os dela, quentes de censura e ávidos por retaliação... Tudo sob o brilho da dor de sempre, claro.

Valencia não tinha feito nada de errado, mas aquilo não o impedia de culpá-la de alguma coisa. A simples existência dela parecia enfurecê-lo. Se ela parecesse estar feliz ou se divertindo... aquilo só dificultava ainda mais a situação.

Era estranho pensar que o marido um dia a amara, brincara com ela, a tratara com bondade e cortesia. Tinha sido uma lição, com certeza. Valencia nunca mais confiaria o próprio coração a ninguém. As pessoas mudavam. A sorte mudava. Afeto... *amor* era um sentimento que poderia se perder... poderia desaparecer bem mais rápido do que chegara.

O que ele estava fazendo ali? Ela estava chocada que estivesse bem o suficiente para ficar de pé, quanto mais para atravessar o salão com a força dos próprios pés. Não achava que ele tivesse condições de deixar os aposentos sozinho.

Valencia tinha se preocupado com a extrema dificuldade que a viagem traria. A dor do esforço o afetaria por dias, provavelmente pela semana inteira que passariam naquela casa, mas ele tinha insistido em comparecer. Era teimoso daquele jeito, recusando-se a aceitar que não era mais o mesmo homem viril de outrora.

— Sim. — Ela soltou o ar trêmulo, acrescentando, sem necessidade: — É Dedham.

— Ele não deveria estar na cama?

Ela compreendeu por que Rosalind fez aquela pergunta. Ele não parecia nada bem. Estava lívido. Abatido. Linhas marcavam a boca e cortavam as bochechas. Conhecia aquela aparência lamentável, mas os outros, não.

— Oh, céus. — Tru se aproximou, olhando preocupada para a amiga. — Será que ele deveria estar aqui? Parece que deveria estar na cama.

Valencia suspirou. *Tente dizer isso para ele.*

— Ah. Ele deve estar se sentindo bem. Ele parece... melhor do que da última vez que eu o vi. — Rosalind soltou uma mentira bondosa, apesar de sua expressão revelar que não achava que o duque parecia nada bem. Não mesmo. Na verdade, parecia perto da morte.

O grupo ficou em um silêncio estranho enquanto observava o duque de Dedham atravessar o salão em uma linha não muito reta.

Apesar do tormento que ele lhe inflige, Valencia sentiu uma pontada de pena. Sabia por que ele estava fazendo aquilo. Era a tentativa valente de retomar a própria vida, de voltar a ser ele mesmo... mesmo que aquela sua versão tivesse desaparecido anos antes.

— Achei que você o tivesse colocado na cama — murmurou Tru.

Ela assentiu.

— Foi exatamente o que fiz.

— Bem, é bom vê-lo saindo por aí — disse Maeve, de forma animada e *ridícula*. Ela fez uma careta antes de disfarçar. A intenção era boa. Sempre boa e, naquela noite, infelizmente, aquilo acabou sendo ofensivo.

Nada de bom poderia sair dali. Mesmo à distância, Valencia conseguia ver as linhas de tensão no rosto do duque. A dor era grande, mas ele lutava contra ela. Aquela pequena caminhada custaria caro.

E, como sempre, era ela quem pagaria o preço.

Os olhos dele se fixaram nos de Valencia, que viu na hora que o marido não tinha esquecido a raiva. O sentimento ainda queimava brilhante em seus olhos.

Queimava por ela.

TRU DISFARÇOU O cenho franzido atrás do copo, tomando um gole longo enquanto olhava para os casais rodopiando na pista de dança. Jasper Thorne tinha deixado Delia e agora dançava com lady Ashbourne.

Era bem verdade que preferia vê-lo dançando com Delia àquela dama em particular. Lady Ashbourne era uma mulher bonita. O marido dela andava com Chatham, o que significava que era tão vil quanto o conde, e ela se gabava de ter as mesmas inclinações lascivas. Aonde quer que fosse, deixava uma trilha de jovens atrás dela, embevecidos pela pele perfeita e pelos olhos azuis que pareciam prometer prazeres perigosos e indescritíveis.

Lady Ashbourne era notória por selecionar um amante dentre os jovens ricos que babavam por ela a cada temporada. Um amante por temporada. Essa era a rotina. Como ainda estavam no início, era provável que ainda não tivesse escolhido um.

Jasper Thorne certamente fazia o tipo dela: jovem, bonito e rico. Tru fez uma careta. Ele fazia o tipo de *todas* as mulheres.

Tru sabia que não deveria ter preferências quando o assunto era com quem Thorne dançava. E daí se lady Ashbourne flertasse com ele? Tru deveria se sentir aliviada por ele desviar a atenção de Delia, mesmo se fosse apenas para dançar com outra mulher.

Chatham talvez tenha sido cuidadoso ao selecionar os convidados que não tivessem filhas na idade de casar, mas claramente não pensou muito nas esposas presentes. Decerto, um erro, considerando a reputação de lady Ashbourne e os objetivos do conde.

Enquanto dançava com o sr. Thorne, lady Ashbourne passava as mãos pelos ombros e pelas costas dele como se tivessem algum tipo de intimidades. Tru sentiu um aperto no peito, observando-os de uma forma que esperava que fosse discreta. Mesmo que não fosse, mesmo que falhasse, que problema teria? O homem deveria estar cortejando a filha dela, e ali estava ele, sendo apalpado na frente de todos os convidados da festa que ela havia organizado. Tru tinha todo o direito de se sentir ofendida.

— Você acha que lady Ashbourne já fez a escolha dela para esta temporada?

Tru se sobressaltou um pouco e olhou para o marido que tinha se colocado ao lado dela. Chatham costumava ignorá-la completamente naqueles eventos. Não se deu ao trabalho de perguntar o que ele queria dizer. Entendera perfeitamente bem e não estava a fim de bancar a desentendida.

Lady Ashbourne lançou a cabeça para trás e soltou uma gargalhada alegre por conta de algo que Thorne disse.

Tru se obrigou a desviar o olhar e focar toda a atenção no conde.

— É bem possível. É bem nessa época que ela costuma escolher um amante.

Chatham grunhiu, demonstrando o desprazer.

— Lady Ashbourne parece encantada pelo nosso sr. Thorne.

— Ele não é *nosso* — retrucou ela rapidamente. — Foi você que o escolheu.

— Realmente. *Eu* o escolhi, e é justamente por isso que não estou gostando nada do que estou vendo.

— Foi você que a convidou. — Tru lembrou.

— Lorde Ashbourne é um bom amigo.

— Hum.

Tru estava bem ciente do que os tornava tão *bons* amigos: a tendência para o vício e a libertinagem.

Chatham observou o par dançando por vários momentos com ar sério e depois deu de ombros:

— Ela é casada. Ele ainda está em busca de uma noiva. Ele pode muito bem aproveitar os prazeres de lady Ashbourne, e tudo bem por mim.

Tudo bem por mim. Porque tudo girava em torno de Chatham. Delia era um mero peão naquele jogo. Um peão de xadrez para ser movido pelos jogadores: Chatham e Thorne. Para o conde, aquele casamento era um negócio que começava e terminava nele. Aquele era o erro dele. Tru respirou fundo, erguendo o peito com decisão. Desconsiderar a esposa, como ele fazia com a filha: aquele era o erro dele. O conde não pensava que a mulher fosse capaz de fazer algo para driblar sua autoridade, mas estava errado por subestimá-la.

— E eles dançam novamente — comentou Chatham com tom de irritação.

Ela olhou novamente para a pista de dança. Era verdade. Lady Ashbourne e Thorne recomeçaram a dançar. Duas músicas seguidas. Aquilo já era passar dos limites.

— Certamente ele vai encontrar o caminho para os aposentos dela esta noite. — Ele deu uma risada irônica. — Se não me falha a memória, ela e Ashbourne não dividem o mesmo quarto... nem mesmo em festas em casas de campo. *Principalmente* nesse tipo de festa. Isso lhes dá a liberdade de... hum... se divertirem.

— Você não quer mais para a nossa filha do que um marido libertino? Ela merece alguém melhor.

— Você é tão romântica, Gertie. — Ele fez um muxoxo e meneou a cabeça, enojado. — Tinha me esquecido desse detalhe em relação a você. Espero que não tenha plantado essas ideias nocivas na cabeça da nossa filha. Se não, o casamento vai ser difícil para ela. Delia vai esperar romance e afeto e um homem que nunca saia da cama dela. — Ele tomou o resto do uísque no copo, ainda analisando o par que dançava. — Esse tipo de mulher é um tédio.

Ela lançou um olhar frio para o marido.

— Como você bem sabe.

Ele olhou para ela com um sorrisinho.

— Exatamente.

Sem a cortesia de uma despedida ou uma reverência sobre a mão dela, ele se virou e a deixou.

Valencia se aproximou dela naquele momento.

— Parece que ele está de bom humor — cochichou ela.

— E por que não estaria? Foi ele que fez tudo isso. — Ela fez um gesto em volta delas. — Era exatamente o que queria.

— Até mesmo aquilo? — Valencia fez um gesto para lady Ashbourne flertando com Thorne. — Ele não pode estar satisfeito com aqueles dois.

— Não está preocupado. Afinal de contas, um homem tem seus desejos, os quais nada têm a ver com o casamento. — Tru conseguiu falar as palavras apesar do gosto de veneno na boca.

— É claro — concordou Valencia com um murmúrio distraído enquanto os olhos escuros esquadrinhavam o salão, procurando, sem dúvida, o marido.

A amiga tinha ficado incomumente calada desde a chegada de Dedham ao pequeno salão de baile há alguns instantes. Antes da chegada dele, Valencia tinha dançado, rido e passeado pelo salão, conversando com todos. Agora, observava à sua volta de forma muito mais discreta. Era sempre assim. Ela ficava distraída e calada quando o duque estava presente, e alegre e sorridente quando não estava.

— Valencia? Está tudo... bem?

Era uma pergunta boba. Tru sabia que não estava nada bem. Quando é que mulheres obrigadas a se casar para depois serem tratadas com crueldade ou indiferença (às vezes as duas coisas) realmente estavam bem?

A amiga não estava bem havia anos. Desde o acidente terrível que o marido sofrera. No dia em que o corpo do marido se quebrara, ela também se quebrara. Era casada com um homem doente de corpo e alma, que se certificava de que a mulher sofresse junto com ele.

Em vez de responder à pergunta, Valencia disse:

— Fique tranquila. Acho que a mudança da atenção dele para lady Ashbourne não está incomodando nem um pouco a sua filha.

Tru considerou aquilo ao observar a filha sentada em uma *chaise* perto das portas para a varanda. Valencia estava certa. Delia não parecia nem um pouco incomodada. Estava conversando e rindo animadamente com Rosalind, sem dar atenção ao fato de que seu pretendente estava flertando com outra mulher. Ela não se importava.

Era verdade, e era curioso. Apesar de ter concordado que ele lhe fizesse a corte, Delia não achava Jasper Thorne atraente. Ao passo que, para sua desonra, Tru achava.

— Ela não está apaixonada por ele — disse ela. Depois acrescentou com ironia: — Diferente do pai, que está totalmente encantado pelo homem. Para a nossa tristeza.

— E não é sempre esse o caso? — disse Valencia. — São sempre os pais que ficam impressionados com os pretendentes das filhas, mais do que as próprias filhas. — A duquesa revirou os olhos. — Meu próprio pai teria, ele mesmo, se casado com Dedham, se fosse possível.

As duas deram uma risada triste e deprimente.

De repente, farta de falar sobre pais e maridos mercenários, Tru pediu licença para se retirar.

— Preciso falar com a sra. Carson e ver se tudo está em ordem para amanhã.

Uma desculpa bastante convincente, claro, já que havia tantos convidados e muitas questões que necessitavam de atenção constante.

Tru só precisava sair do salão para não ter que testemunhar Thorne flertando com lady Ashbourne por mais uma dança. Pois aquilo a perturbava. De forma inexplicável. Um flerte com outra mulher significava que o foco dele não estava apenas na filha dela, que era justamente o que queria. Deveria estar feliz, e não sentindo uma sensação inadequada de... coração partido.

Seguiu para sua saleta preferida, um pouco além do pequeno salão de baile. Era menor do que a sala de estar principal, na qual recebia as visitas. O aposento era todo decorado em tons pastel e contava com sofás com almofadas macias nas quais podia afundar. Era um verdadeiro refúgio.

Foi até o carrinho de bebidas, pegou o vinho tinto de que mais gostava e se serviu de uma taça considerável. Tomou um gole grande e ouviu as dobradiças da porta que ela tinha certeza de que havia fechado. Tru se virou para ver quem a tinha seguido, esperando que fosse uma das amigas, mas não ficou muito surpresa de ver Jasper Thorne ali. Ele tinha essa mania de aparecer onde ela estava. Não seria a primeira vez que buscava um momento a sós com ela. Tru tentou controlar as batidas descontroladas do coração.

Virou-se de costas para ele e se serviu de mais vinho. Sem se virar, perguntou:

— Terminou a dança, sr. Thorne?

— Acreditaria se eu dissesse que não gosto muito de dançar?

Ela deu uma risada seca, leve e sonora.

— Não. Eu não acreditaria nisso. — Ela lançou um olhar de raiva por sobre o ombro. — Ninguém acreditaria depois de observá-lo essa noite.

— Ah, eu *sei* dançar, mas consigo pensar em outras coisas *muito* mais interessantes para fazer com uma mulher desejável nos braços.

Tru não estava imaginando coisas... o olhar dele pousou nela com uma especulação quente. Ela sentiu o rosto esquentar, até as orelhas. O homem era incorrigível. Achava que podia cortejar sua filha, flertar com lady Ashbourne e, depois, procurá-la com uma indireta velada e um olhar lascivo?

— O senhor parecia bem satisfeito na companhia de lady Ashbourne.

Por mais que tenha tentado evitar, não conseguiu esconder o tom de acusação.

Ele se aproximou, diminuindo a distância entre eles. O coração dela acelerou ainda mais, principalmente quando passou direto e parou diante da bandeja, servindo-se de uma taça de vinho.

— Será que é um tom de desdém que detecto na sua voz? Julgamento?

— Pois tenho o direito de usar o tom que eu quiser.

Ele soltou o ar de forma sonora e se empertigou. Virou-se para ela, e os modos que demonstravam enfado incendiaram o temperamento já alterado dela.

Por que parecia ofendido? Era homem. Um homem com dinheiro, poder e a bênção da beleza. Tinha todos os dentes e poderia escolher a esposa que lhe aprouvesse. Ninguém o controlava. Ninguém tinha o puder de puxar as cordas de sua vida como se não passasse de uma marionete. Aquilo acontecia com Tru. Aquela era a vida dela.

Ela respirou fundo para se preparar. Nunca tinha se sentido daquela forma... tão zangada, se enraivecendo tão rápido. Nunca *nada* que envolvesse um excesso de emoção. A histrionice nunca fizera seu feitio. Não era assim. Era uma mulher que passara a vida toda cultivando uma imagem, cultivando uma reputação de respeito como uma grande dama da alta sociedade. Um temperamento explosivo não fazia parte da sua natureza, nem deveria fazer.

Por que ele fazia aquilo com ela? Por que a transformava em outra pessoa, em uma versão de si mesma que ela mal reconhecia?

— Permita-me lhe dar um conselho enquanto o senhor navega pela alta sociedade nesta temporada.

— Eu adoraria ouvir — encorajou ele.

— O senhor deveria ter mais cuidado com os sentimentos das damas que corteja, ou melhor, da dama. — *A minha filha.*

Ele tinha deixado claro que não estava interessado em mais ninguém. Afirmara que cortejava Delia, maldito fosse.

— Sentimentos?

Ele piscou, como se nunca tivesse ouvido a palavra... e talvez não tivesse mesmo. Afinal, era tão sensível quanto um tijolo. Era a única explicação para o comportamento dele... para o fato de que cortejava a filha dela enquanto flertava com outra mulher. E enquanto olhava para Tru de um jeito que fazia com que se sentisse nua.

— Minha filha merece o melhor. Se o senhor pretende flertar com outras mulheres e traí-la, tenha a decência de não fazer isso na frente dela. Tenha ao menos esse respeito. — *E não faça também na minha presença.*

Ele negou com a cabeça.

— Do que está falando?

— Eu vi o senhor. Todos nós vimos. O senhor dançou com lady Ashbourne, duas vezes. Seguidas. Do início ao fim. E os seus modos...

— Meus modos?

— Exatamente — respondeu, irritada. — Os seus *modos*, senhor, quase despudorados.

Ela não precisava falar mais nada. Ele devia ter entendido.

Ele olhou para ela por um momento, o brilho dos olhos castanhos oscilando entre diversão e irritação. Era quase como se não conseguisse decidir como se sentia em relação a ela. De repente, um brilho de compreensão:

— Você estava me observando com muita atenção, não é?

Ela se empertigou.

— Pelo contrário. O senhor estava fazendo isso na frente de todos.

Ele revirou os olhos e riu.

Ele achava que ela era bisbilhoteira. Fofoqueira. Tudo bem. Era natural. Afinal, era mãe. Uma mãe que faria de tudo pela filha. Sendo o pai que era, ele deveria entender.

— Se o senhor quer se comportar como um sedutor, imploro que o faça com discrição.

— Se *quero* me comportar?

— Pode falar a verdade. Estou longe de ser uma garota inexperiente e o senhor é um homem do mundo. Não precisa fingir que não sabemos que essas coisas acontecem com a maioria dos homens da alta sociedade.

Era assim que as coisas tinham sido para ela. Esperava que fossem diferentes para a filha, mas o mundo não tinha mudado muito desde então.

Ela tomou um gole do vinho de forma nada feminina.

Ele meneou a cabeça, e então disse:

— Vocês, malditos nobres de sangue azul. Vocês não conseguem se controlar, não é?

O que ele queria dizer com aquilo? Ela baixou a taça.

— Do que está falando?

Seja lá o que ele queria dizer, pelo desdém do tom, Tru teve certeza de que não era um elogio.

Ele deu um passo em direção a ela, um paredão de calor que irradiava para o corpo dela.

— Será que preciso lembrá-la de que *não* sou um cavalheiro da alta sociedade? Gostaria que não me comparasse com eles.

— Realmente, não é. Mas está óbvio que deseja ser. Por que mais estaria aqui, cortejando a minha filha? O senhor quer ser um de nós — acusou Tru.

Ele olhou para ela, estudando bem o rosto dela.

— É o que acha?

Era como se as palavras tivessem ateado fogo nele. Os olhos pareceram derreter enquanto a fulminava com o olhar, e ela sentiu algo se acender dentro dela também. O calor começou na barriga e foi se expandindo, se espalhando, fervendo nas veias. Os seios pareceram mais pesados e quentes, como se estivesse com febre. Conhecia a sensação. Sentira uma vez antes. Com ele. Apenas com ele.

— Eu quero muitas coisas na vida, condessa. Bom uísque, boa comida, uma cama quente todas as noites. — Ele fez uma pausa e respirou fundo, o olhar passeando pelo rosto dela, buscando os olhos, a boca e voltando para os olhos. — O balanço suave das coxas de uma mulher de vez em quando.

Ela perdeu o ar ao conjurar tal imagem e sentiu o pulso acelerar.

Ele continuou, a voz fluindo como mel:

— Este maldito mundo — ele fez um gesto com o dedo em volta dele — nunca foi algo que eu desejasse, mas prometi que eu o daria para Bettina. — Ele puxou o ar, o peito subindo com a inspiração profunda. — É só por *isso* que estou aqui.

Ela o estudou por alguns instantes, esforçando-se para continuar sentindo a raiva que abrandava dentro dela e o impulso do coração. Ele poderia ter uma filha por quem fazia tudo... mas ela também tinha.

Ela também tinha, e era exatamente o que *faria*.

Só precisava reavivar a imagem de Lady Ashbourne grudada nele de forma indecente, a forma como ele sorriu para ela, para manter a indignação anterior.

— Será que posso sugerir que busque o "balanço suave das coxas de uma mulher" em outro lugar? Em vez de aqui, sob o mesmo teto que minha filha?

Ele cruzou os braços e a analisou de um jeito que, estranhamente, fez com que ela quisesse se esconder embaixo de uma pedra.

— Parece que decidiu acreditar no pior de mim.

Ele queria que ela confiasse nele? Ela sentiu uma risada triste subir pela sua garganta. Não era mais uma garota ingênua. Sabia que era melhor não baixar a guarda para um homem novamente. Afinal, que motivo tinha para confiar nele?

Ele fez um gesto vago na direção do pequeno salão de baile.

— Você interpretou errado o que viu. Não tenho nenhum desejo por lady Ashbourne. Posso assegurar que não pretendo ser um marido que envergonha a mulher.

Ela respirou fundo, sentindo a raiva crescer. Por que aquilo parecia tão direcionado? Era por ele acreditar que Chatham a envergonhava? Por ter testemunhado pessoalmente a pouca consideração que o conde tinha por ela?

Tru sentiu o rosto ruborizar. Claro que Chatham nada sabia sobre honra ou discrição em relação a ela. Conhecia bem aquela verdade. Sentia-a todos os dias, mas doía saber que Thorne também via.

Posso assegurar que não pretendo ser um marido que envergonha a mulher.

Era mais do que o conde já havia prometido para ela.

As palavras começaram a sair da sua boca:

— Eu só quero proteger minha filha para que não cometa um erro...

— Como você?

Ela deu um passo para trás.

— O que disse?

Ele deu um passo na direção dela.

— Está bem claro que você e seu marido não têm o tipo de casamento que alguém desejaria...

Ela reagiu sem pensar. Estendeu a mão e o estapeou mais uma vez.

E, então, os dois ficaram se encarando sem saber como agir.

Tru soube na hora que o tapa tinha sido por ele ter se atrevido a falar a verdade. Por ter dito aquela verdade pungente que a fazia sentir vergonha todos os dias.

— Eu... eu... — gaguejou a condessa. — Eu sinto...

Ele estendeu a mão para ela e Tru teve certeza de que ele retribuiria. Que ele a estaparia também. Afinal, o que ela sabia sobre ele?

Jasper pousou as mãos nos ombros dela e a puxou para ele. Contra o corpo rijo. Ela viu um brilho nos olhos dele, um tom mais escuro de castanho do que de costume, antes que ele inclinasse a cabeça e cobrisse os lábios dela com os dele. Reivindicando a boca da condessa. Beijando-a com uma ferocidade que combinava com o tapa que ela lhe deferira. Era uma punição. Uma deliciosa punição.

Era loucura.

Ela se atirou naquele redemoinho de sensações, relaxando nos braços dele, retribuindo o beijo como se tivesse o direito de fazer aquilo. Como se não houvesse uma casa cheia de convidados atrás daquelas portas. Como se um escândalo não vivesse e respirasse além dos dois, pronto para devorar a todos.

Capítulo 26

Não existe nada que um possível marido possa me oferecer que brilhe mais do que a promessa de independência.

— A honorabilíssima lady Rosalind Shawley

Jasper sabia que deveria parar.

Ali não era o lugar para aquilo. Não era um quarto e não tinha uma cama, como ele imaginara. Certamente não havia garantia de privacidade. Apesar de ter feito aquela viagem por causa dela, *por ela*, não era seu desejo arruiná-la. Ainda assim, quando o assunto era a condessa, ele perdia todo o bom senso. Não conseguia controlar as próprias mãos.

Aquele beijo era furioso, selvagem, uma loucura ardente. As línguas se encontravam. Uma das mãos dele segurava o rosto dela e a outra escorregava pelo pescoço até chegar ao seio, que ele agarrou por cima do corpete. Ela arfou e o som o atravessou e o inflamou.

Ele tocou na pele dela e o arfar se transformou em um gemido.

— Você gosta disso, meu amor? — sussurrou ele contra os lábios dela, mergulhando dois dedos dentro do corpete para tocar o mamilo, encontrando a ponta entumecida sem dificuldade. Ficou acariciando o botão excitado até aprisioná-lo entre dois dedos e pressioná-lo.

Ela jogou a cabeça para trás com um gemido abafado e a mão dele subiu para segurar sua nuca e guiar os lábios dela de volta aos dele, abafando os sons que Tru emitia enquanto ele brincava com seus seios por baixo do corpete justo.

Ficaram se beijando daquele jeito, as bocas se fundindo, os corpos se retorcendo e se esfregando um contra o outro com a mão dele enfiada no corpete.

— Pare — gemeu ela contra os lábios dele.

Ele parou na hora e abriu os olhos. A visão dos lábios inchados e do rosto angustiado da condessa o abalaram.

Mas não havia só angústia ali. Havia desejo. Ânsia. Vontade.

— Eu não posso. — Ela levou as mãos ao peito dele, como se precisasse empurrá-lo. — Não posso fazer isso *com você*.

A forma como enfatizou as palavras *com você* o fez parar. Ele cobriu uma das mãos dela com a dele e fez uma pergunta direta:

— Eu não sou bom o suficiente para você, condessa?

Ela arregalou os olhos.

— Não é isso. É todo o restante. Você está aqui para cortejar a minha filha. Você é o pretendente dela, apesar de todos os meus esforços para convencê-lo a desistir disso. Isso é motivo o suficiente, mas decerto que consigo listar mais alguns. — Ela passou por ele com uma velocidade surpreendente.

Estava quase na porta quando ele a alcançou. Ele a segurou e a virou para ele.

— Tru, espere...

— Não! — Ela libertou a mão e fez um gesto firme que indicava uma decisão tomada. — Isso tem de parar. Você não pode me olhar assim... nem falar comigo, nem me tocar, nem me beijar enquanto está aqui por Delia...

Estou aqui por você.

Ele segurou as mãos dela na frente dele.

— Peço desculpas se minhas ações lhe causaram constrangimento...

— Constrangimento? — Ela soltou uma risada aguda. — Isso é uma descrição leve. Esses encontros estão se tornando frequentes demais. É só uma questão de tempo até sermos descobertos. Ou até que alguém comece a desconfiar.

Ela dizia a verdade. Pelo jeito como a irmã inteligente dela o observava, Jasper estava começando a se perguntar se alguém já não desconfiava. Não vinham agindo de forma clandestina, de forma alguma, mas era assustadoramente fácil perder a noção de tudo quando ela estava em seus braços.

— Não me importo com o que os outros pensam — disse ele.

— Ah, isso é tão conveniente para você. Eu não posso me dar a esse luxo. Tenho de me preocupar com o que os outros pensam. Tenho uma reputação a zelar. Não posso me arriscar a fazer *isso*. — Ela fez um gesto entre os dois. — Um escândalo desse tipo pode prejudicar meus dois filhos. Você nunca mais pode me tocar.

As palavras dela pareceram um soco. *Não*.

Desde o berço, ela foi ensinada a se importar com o que a sociedade e os outros pensavam dela. Desde o berço, ele não precisava pensar em nada além da própria sobrevivência, em achar o próprio caminho no mundo e fortalecê-lo enquanto se aprimorava. Tinha conseguido prazer sempre e quando desejava, sem nenhuma ameaça nem ambição. Ao passo que o prazer parecia ser algo que ela jamais poderia ter para si, não sem ameaças, perda e sérias consequências.

Eram duas criaturas completamente diferentes.

— Pelo amor de Deus, você está cortejando a minha filha. — continuou ela, meneando a cabeça com uma expressão de nojo de si mesma, e murmurou: — Você está aqui por ela.

— Querida, será que não percebeu ainda? Estou aqui por você.

Ela se sobressaltou.

— O quê?

— Não estou cortejando Delia.

— M... mas... ela disse...

— É uma mentira. Um esquema. Nós combinamos fingir para que ela pudesse sair do Mercado Casamenteiro e do enxame constante de pretendentes, ao passo que eu teria uma desculpa para estar com você.

Ela ficou olhando para ele sem entender.

— Como...

— Nós combinamos tudo. Antes da viagem. Ela confessou que não desejava se casar comigo, e eu não desejava mais me casar com ela depois de... bem, depois de você.

— *De mim*? — sussurrou ela.

— Sim, de você. — Ele sorriu. — Desde o instante em que nos conhecemos, desejei encontrá-la de novo. Eu sabia que, se eu desistisse de tudo depois do baile de Lindley, não teria mais motivos para vê-la de novo. Não suportei essa possibilidade.

Ela levou os dedos à testa, como se estivesse com dor de cabeça.

— Você e Delia fizeram esse plano? Inventaram essa mentira? — Ela arregalou os olhos naquele momento. — Ela sabe sobre... nós?

— Não, é claro que não. — Ele fez uma pausa e uma careta. — Pelo menos, *eu* não disse nada, mas ela é uma garota inteligente. Talvez esteja se perguntando qual seria a minha motivação para fingir lhe fazer a corte. O que eu poderia ganhar? — Ele olhou para ela.

Ela assentiu devagar, considerando as palavras dele.

— Realmente. O que poderia ganhar?

— Você — respondeu ele simplesmente, levantando um dos ombros como se dissesse: é *óbvio*.

A expressão de Tru era de sofrimento.

— Você fez tudo isso... para estar perto de mim?

A voz dela estava rouca de emoção e aquilo o partiu por dentro. Ela talvez fosse bater nele de novo, mas ele a puxou para si, pressionando-a contra o peito.

— Eu desejo você — confessou ele, os lábios roçando nos cachinhos acima da testa. — Desde que conversamos naquele jardim.

— Jasper. — Ela suspirou contra o pescoço dele, os lábios roçando na sua pele, e o som o desestabilizou, o primeiro som do nome dele nos lábios dela: *Jasper*.

As dobradiças da porta rangeram alertando que eles deveriam se separar.

TRU SE VIROU e viu Rosalind entrar no aposento. A irmã parou abruptamente, estreitando o olhar como se os avaliasse.

— Aí está você, Tru. — Ela lançou um dos olhares usuais de desconfiança para Jasper. — Eu estava me perguntando aonde você poderia ter ido.

Tru forçou um sorriso que pareceu falso.

— Só estava trocando uma palavra com o sr. Thorne.

Rosalind assentiu como se compreendesse, e Tru ficou imaginando o que ela estaria pensando. Esperava que achasse que a condessa só o estivesse advertindo para ficar longe da filha, e não cedendo à própria tentação com ele.

— Vim chamá-la. Todo mundo no salão está se preparando agora para os jogos da noite.

— Jogos? — repetiu Tru como se nunca tivesse ouvido a palavra.

— Sim. — Ela olhou para Jasper. — Venha também, sr. Thorne. Todos devem jogar.

— Devemos mesmo? — perguntou Tru. — Já está ficando tarde.

— Ah, vamos logo. — Os olhos de Ros brilharam. — Você precisa cuidar dos seus convidados.

— Pois muito bem. — Não conseguiu deixar de pensar como era estranho que Ros lhe passasse sermão sobre as responsabilidades que tinha. Em geral, era o contrário.

— Senhoras. — Thorne fez um gesto com a mão para que seguissem na frente.

Tru foi caminhando ao lado da irmã, dirigindo-se para o pequeno salão de baile, mas estava totalmente ciente do homem que seguia atrás dela.

Ros parou antes de entrarem no salão, puxando a condessa pelo cotovelo. Ela deu um sorriso frio para Jasper e inclinou a cabeça, indicando que ele deveria seguir sem elas.

— Daqui a pouco nos juntaremos a todos, sr. Thorne.

O olhar dele se demorou em Tru por um tempo, e ela sentiu um calor pelo corpo enquanto o observava se afastar e voltar para a festa.

Ros fez um gesto para as costas de Jasper enquanto ele entrava no salão.

— O que vocês estavam fazendo?

— Como assim? — Mesmo enquanto fazia a pergunta, se lembrou da voz rouca dele: *Querida, será que não percebeu ainda? Estou aqui por você.*

Seria verdade? Alguém desconfiava de alguma coisa? A irmã desconfiava?

Ros ficou olhando para ela por um tempo. Ao longe, ouviam as vozes do pequeno salão de baile ficando mais altas.

— Você se arrepende?

— De quê?

— De ter escolhido Chatham... de ter escolhido essa vida?

Era uma pergunta estranha... quase tão estranha quanto o conceito de que tinha sido uma *escolha*. Nunca sentira que aquela vida tinha sido escolha sua.

Talvez, porém, fosse ainda *mais* estranho o fato de a irmã estar fazendo aquela pergunta justamente agora. Naquele momento. Uma coincidência, mas Tru não acreditava em coincidências.

Ela espiou pela porta aberta e pousou o olhar na filha.

— Eu não teria os meus filhos se tivesse tido uma vida diferente. Então... não.

Ros deu um sorriso indulgente.

— Claro, mas... tirando isso.

— Todos nós temos nossos caminhos para seguir. — Ela deu de ombros, esperando conferir um ar de irreverência à conversa, que, de repente, pareceu séria demais. — E quanto a você, irmã? Você se arrepende? De não ter casado? De ter ficado com os nossos pais?

Ros deu uma risada seca e, depois, ficou séria. Molhou os lábios e perguntou:

— Você se lembra da sessão espírita?

Tru bufou.

— Tentei esquecer.

— Pois eu não me esqueci. Nem as palavras de madame Klara para mim. *A sua hora está chegando e você terá de cumprir o seu dever.*

— Bobagem — declarou Tru. — Você não deveria mais pensar nisso.

Ros deu de ombros, parecendo tensa.

— Eu não sei. A voz dela parecia tanto com...

Com a da velha governanta da casa. *Srta. Hester.* Ros não precisava terminar de falar. Tru sabia.

— Você acha que pode ter significado alguma coisa? — insistiu Ros.

— Acho que madame Klara não passa de uma charlatã que nos fez pensar na nossa velha governanta — debochou Tru. — Nada mais que isso.

Não podia significar nada. Se ela acreditasse em algum significado para Rosalind, então, teria que acreditar em um significado para si mesma.

Você está em perigo. Não diga nada. Não confesse nada.

E como poderia interpretar aquilo? Não passava de um teatro. Uma atuação dramática para uma audiência ávida que pagara para entrar no salão de madame Klara.

Ros parecia querer dizer mais alguma coisa, mas, então, uma explosão de risos alegres veio do salão e ela espiou pela porta. Depois de um momento, olhou para Tru, avaliando a irmã de forma pensativa, o olhar pousando nos lábios que ainda pareciam pinicar.

— Você quer saber se *eu* tenho arrependimentos?

Tru resistiu à vontade de levar a mão à boca.

— Quero.

— Seria um absurdo eu ter algum arrependimento, não acha? Tenho a minha liberdade. Ou pelo menos uma liberdade maior que a maioria das mulheres. — Ela deu de ombros. — O que mais eu poderia querer?

Tru assentiu.

— Isso é verdade. Você é livre.

— Você está certa. Todos nós temos um caminho para seguir na vida. — Ela respirou fundo. — Acho que meu caminho parece trivial.

Tru fez uma careta.

— Ros, eu *nunca* diria uma coisa dessas.

O sorriso dela ficou um pouco triste.

— Sou uma solteirona. *Todo mundo* diria isso. Todo mundo diz.

Tru deu o braço à irmã.

— Você não costuma ser tão melancólica assim. Venha, vamos nos juntar a esses jogos bobos.

Elas entraram no salão bem na hora que lady Ashbourne ergueu os braços e declarou para os convidados:

— Vamos começar!

Capítulo 27

Lembre-se sempre de que até mesmo o libertino mais depravado começa a vida como um bebê chorão de carinha vermelha.
— A honorabilíssima lady Rosalind Shawley

Todos já estavam organizados em um semicírculo rudimentar, sentados em cadeiras que antes estavam encostadas nas paredes. Lady Ashbourne já parecia ter tudo sob controle. Alguns cavalheiros permaneceram de pé. O olhar de Tru pousou em Jasper, perto da grande lareira ao lado de lorde Ashbourne, ambos com expressões divertidas assistindo ao desenrolar das coisas.

Maeve começou, sentada de forma muito apropriada com as mãos cruzadas no colo.

— Como está o tempo em *Bristol*? — Ela inclinou a cabeça para o lado, a peruca prateada brilhando sob a luz dos candelabros enquanto esperava pela resposta do marido.

— O *sol* está brilhando e o céu está *azul* — respondeu o sr. Bernard-Hill com uma piscadinha para a mulher.

Todos aplaudiram. O afável cavalheiro, então, se virou para Delia, que estava à sua direita.

Delia fez uma pausa, mordendo o lábio e tentando pensar em uma palavra que rimasse com *azul*.

Ros bateu palmas com vigor para animar a sobrinha.

— Vamos lá, Delia. Você consegue.

Os olhos de Delia se iluminaram. Claramente a inspiração tinha chegado.

— No *sul* todos aproveitam mais o sol, como é *natural*.

Todos comemoraram e Delia inclinou a cabeça, feliz com o triunfo.

O velho Sutton acariciou a pedra preciosa que encimava a bengala e se inclinou para a frente, os olhos anuviados brilhando, olhando para todos no aposento. Ele umedeceu os lábios, ansioso para falar, em voz áspera, sua rima para *natural*:

— *Au-au* — Ele fez uma pausa para enfatizar o feito e continuou: — Cachorro, *au-au*.

Silêncio completo diante daquele fracasso. O objetivo do jogo não era apenas rimar, mas produzir uma frase com sentido.

As pessoas piscaram em silêncio, e o marido idoso de Hazel gargalhou e repetiu:

— *Au-au*, cachorro, *au-au*.

Mais silêncio constrangedor.

Foi quando a impetuosa lady Ashbourne disse:

— Talvez devêssemos mudar de jogo! — Ela bateu palmas com animação. — Algo mais *animado* do que um jogo de rima.

— E que tipo de animação você tem em mente, estimada dama? — perguntou Chatham com olhar lascivo.

Era perceptível que o conde estava com um humor atrevido. Estava sentado de forma indolente em uma poltrona, as pernas esticadas e cruzadas.

Lady Ashbourne foi até o meio do salão com um farfalhar das saias de seda cor de amora. Ergueu as mãos e abriu os dedos para um efeito mais dramático.

— E se jogarmos... Beijo no Castiçal?

Risos e gargalhadas foram as reações à sugestão ousada.

Chatham obviamente adorou a ideia. Ele se levantou e, apressado, atravessou o salão para pegar um dos castiçais na cornija acima da lareira.

Tru deu um passo à frente na esperança de evitar que aquela festa terminasse em uma orgia.

— Ah, acho melhor não...

A esperança dela foi esmagada.

— Ah, pare de ser tão puritana — repreendeu-a Chatham, sem sequer olhar para ela.

Uma corrente de animação se espalhou pelo aposento enquanto todos se levantavam e se colocavam em lugares que acreditavam ser mais vantajosos. Claramente as pessoas queriam se beijar... desde que tivessem uma escolha na questão do par.

— Pois muito bem — murmurou Valencia parando ao lado dela —, essa acabou se transformando em uma *daquelas* festas.

Tru não conseguiu esconder o desagrado. Meneou a cabeça com expressão séria.

— Mãe? — Delia apareceu ao lado dela, parecendo confusa. — O que é Beijo no Castiçal?

É claro que a filha inocente não sabia jogar aquele jogo em particular. Tru lançou um olhar exasperado e reprovador para o marido.

— Chatham, será que preciso lembrá-lo de que nossa filha está presente?

Ele se virou de onde estava se colocando, entre lady Ashbourne e Hazel, certamente as duas mulheres mais atraentes da noite.

— Bem, ela já foi apresentada à sociedade. Não é mais criança, Gertie. É melhor que aprenda logo os jogos da alta sociedade. Deixe a menina se divertir. — Ele fez um gesto com a cabeça em direção a Jasper, perto da lareira. — Tenho certeza de que o nosso sr. Thorne não há de se importar de jogar Beijo no Castiçal com a nossa filha. — Ele fez um gesto amplo com a mão. — E com muitas outras damas atraentes que estão conosco esta noite.

O marido era um libertino. Nem se importaria se aquela festa se transformasse em Sodoma e Gomorra. Na verdade, ele se regozijaria.

Ele a esqueceu, voltando a atenção para as pessoas no salão enquanto segurava o castiçal.

— Quem quer começar? — Ele nem deu tempo de qualquer um responder: — Pois muito bem! Eu começo.

Ele ergueu o castiçal diante do rosto e se virou, ávido, para Hazel.

Todos aplaudiram quando ele puxou a vela e plantou um beijo na boca da amiga de Tru com um estalo alto. Ele deu um passo para trás e ergueu os braços como se fosse um grande vencedor.

Hazel revirou os olhos com ar tolerante. Sem dúvida, estava acostumada com homens que passavam dos limites. Ainda assim, Tru não conseguiu evitar o pensamento de que aquilo não era certo. Hazel passou a mão nos lábios como se quisesse se livrar do beijo, e Tru desejou poder ter poupado a amiga daquilo.

O jogo continuou. Beijos. Comemorações. E mais beijos. Todos se divertindo, principalmente os homens.

— Prevejo que haverá um grande movimento entre os quartos esta noite — cochichou Valencia ao lado dela enquanto observavam a farra. — Os corredores vão ficar como a Bond Street em dia de promoção.

— Acredito que esteja certa quanto a isso — resmungou Tru.

Ficaram observando por mais tempo, e Valencia perguntou em tom irônico:

— É impressão minha ou *ninguém* está beijando o castiçal?

Como se para provar o contrário, ouviram uma vaia alta quando Ros, que segurava o castiçal, permitiu que o marquês de Sutton beijasse a peça e *não* os lábios dela. O velho ficou nitidamente decepcionado. Ros parecia forte e determinada.

Valencia riu.

— Meu pai achou que ia conseguir abusar da sua irmã.

— Sem chance. É melhor ele guardar os beijos para a esposa.

Valencia contraiu os lábios ao ouvir a menção à madrasta. A expressão não durou muito. Alguém bateu no ombro dela e ela se virou e se viu diante do castiçal nas mãos de lorde Burton. *Claro.*

As pessoas aplaudiram. Todo mundo sabia o tipo de homem que Burton era... e ele não ia querer beijar o castiçal. Não quando havia a oportunidade de beijar a adorável Valencia.

A cor se esvaiu do rosto da amiga, que começou a olhar para os lados, procurando alguém no salão. Tru sabia quem. Ela seguiu o exemplo e também começou a procurar o duque de Dedham. Encontrou-o sentado em uma poltrona, parecendo cansado como sempre. Só os olhos dele demonstravam vida, brilhando de fúria enquanto Burton tirava o castiçal no último instante, plantando um beijo bem na boca de Valencia. E não foi um beijo qualquer. O homem a puxou contra o corpo e a inclinou sobre um dos braços enquanto lhe dava um longo beijo, em um espetáculo digno de um palco. Os convidados foram à loucura.

Quando Valencia se libertou, parecia trêmula e furiosa. Fulminou Burton com o olhar e limpou a boca com um gesto rude.

O homem riu e se virou para a multidão com um ar de vitória:

— Tentem me superar!

Valencia aceitou distraidamente sua vez com o castiçal enquanto as pessoas riam e aplaudiam. Virando-se para Tru, ela segurou o castiçal e o puxou no último instante, dando um beijo no rosto da amiga. Uma exibição enfadonha, decerto, mas era exatamente o que os convidados precisavam para se acalmar, na opinião de Tru.

Então, era a vez dela. Tru ergueu o castiçal de prata, ainda franzindo o cenho diante do aborrecimento óbvio da amiga. Ao virar o rosto, ela se deparou com... Jasper.

De alguma forma, ele tinha aparecido do lado dela, sem que Tru notasse.

Chatham gritou:

— Sinto muito por isso, meu amigo. Sei que teria preferido outra pessoa.

Ela fulminou o marido com o olhar. Ficou bem claro que ele não se incomodava com outro homem a beijando.

Os convidados comemoraram. Alguém chamou o nome de Delia, orientando-a:

— Troque de lugar com sua mãe!

Uma irritação queimou o seu peito. Não deveria se sentir daquele jeito. Não deveria se sentir envergonhada. É claro que os convidados gostariam de ver aquele casal. Eles acreditavam que Jasper estava cortejando a filha dela. Ninguém sabia que eles estavam enganando todo mundo. Ninguém sabia que Jasper queria Tru. *Claramente ninguém acreditaria naquilo*. E aquilo doeu. Certo ou errado... não conseguiu controlar a indignação de ser considerada, de alguma forma, não merecedora.

Lady Ashbourne se aproximou. Com voz baixa e rouca, sussurrou no ouvido da condessa:

— Se você não sabe o que fazer com esse espécime maravilhoso, eu sei muito bem. Passe o castiçal para mim.

Aquilo despertou outra coisa dentro dela, jogando lenha na fogueira que os outros já tinham acendido.

Ela não era um *nada*. Era alguém. Uma mulher. Ainda viva. O coração ainda batia dentro do peito. Tinha valor.

Antes de pensar melhor, antes de ver como aquilo poderia ser um erro e como certamente se arrependeria depois, ela tirou o castiçal que estava entre o rosto deles e beijou Jasper bem na boca na frente de Deus, do diabo e de todos os presentes.

Seguiu-se um momento de silêncio aturdido. Ela digeriu aquilo mesmo durante o beijo quente. Ele correspondeu, os lábios se movendo de um jeito que estava se tornando bem familiar... Esperava que ninguém mais notasse tal familiaridade.

Não foi um beijo performático. Não era nem um pouco difícil esquecer que tinham uma plateia. Tru se perderia naquele beijo, naquele homem, se assim se permitisse.

Juntando toda sua força de vontade, finalizou o beijo, cambaleando para trás, sem ar.

Vários convidados aplaudiram, olhando para ela de uma nova forma.

— Muito bem — elogiou lady Ashbourne atrás dela. — Não era o que eu esperava da Condessa Contida. Chatham, você é um homem de sorte!

Todos riram ao ouvir aquilo. Tru deu um sorriso tímido.

Thorne olhava para ela com uma expressão inescrutável, os olhos escuros intensos e famintos por ela como um lobo.

Ela afastou o olhar e viu o marido.

O conde a olhava com expressão aturdida... como se nunca a tivesse visto antes. Ela podia entender aquilo. Ela mesma não conseguia mais se reconhecer.

Capítulo 28

*Ninguém se importa se um rumor é verdadeiro,
desde que ele seja instigante.*

— Gertrude, a condessa de Chatham

Tru se virava de um lado para o outro na cama.

Não conseguia se esquecer das palavras de Jasper: *Desde o instante em que nos conhecemos, desejei encontrá-la de novo.*

Não conseguia se livrar do choque que tinha sentido ao ouvir aquilo. Também não conseguia esquecer o beijo. *Os beijos*. Principalmente aquele que ela dera nele na frente de todos os convidados. Na frente do próprio marido. Na frente da filha. Na frente de...

Obrigou-se a parar de contar todos os indivíduos que tinham testemunhado aquela demonstração imoral.

Ainda era uma situação totalmente indefensável. Talvez, de alguma forma, o fato de Jasper desejar *Tru*, e não Delia, fosse até pior. Jasper Thorne não estava ali para cortejar a filha. Estava ali para seduzi-la. Aquilo não deveria enternecê--la... mas enternecia.

Ouviu um barulho de ranhura na porta.

Ela se sentou, imaginando estar ouvindo coisas. Talvez fosse um rato. Ou um fantasma. A família de Chatham tinha uma linhagem antiga e tortuosa e existiam rumores de que havia mais de um fantasma assombrando a casa. Talvez devessem chamar madame Klara para expulsá-los.

Ouviu o som de novo.

Tru largou as cobertas e se levantou, acendendo o candelabro, que banhou o quarto com um brilho suave. Cruzou o aposento e esperou um momento perto da porta, o coração disparado no peito.

— Quem está aí? — perguntou com um sussurro, pressionando a mão na porta, quase temendo que fosse um fantasma e não quem desejava que fosse.

Não houve resposta. Apenas o giro da maçaneta. Ela deu um passo para trás observando o movimento, prendendo a respiração e esperando... temendo... sentindo esperança.

Acima de tudo, esperança.

A porta se abriu sem ranger. Pelo menos aquilo. Nenhum som enquanto a figura de estatura considerável de Jasper entrava no quarto dela e fechava a porta.

— Diga-me para ir embora, e eu vou.

Em vez de fazer isso, como deveria, ela umedeceu os lábios e disse:

— Não devia ter se colocado ao meu lado durante o Beijo no Castiçal.

— E acha mesmo que eu ficaria observando enquanto você beijava outro homem?

O marido dela ficaria. O marido dela *ficou*. Era estranho que aquele homem se sentisse ligado a ela enquanto o marido não lhe dava a mínima.

Ele se empertigou e respirou fundo.

— Diga-me para ir embora, e eu vou — repetiu.

A escolha era dela.

Ela se aproximou com passos lentos, olhando nos olhos dele enquanto erguia o braço, deslizava a mão por dentro do roupão e fazia o tecido escorregar pelo ombro dele.

Jasper a ajudou, levando as mãos ao nó que prendia a peça na cintura dele. O roupão caiu aos seus pés.

Jasper estava nu sob o roupão e ficou parado no meio do quarto dela.

Aquilo deveria escandalizá-la. Na verdade, nunca tinha visto um homem completamente pelado. Não houvera chance para aquilo com Chatham e o ato apressado no escuro. Ainda assim, desconfiava que nenhum outro homem seria tão lindo aos olhos dela como aquele.

Era a imagem perfeita da saúde e do vigor. Alto com ombros largos. O peito e o abdômen marcados por recortes e relevos interessantes que a fizeram salivar. Ele mostrava todas as evidências de uma vida dedicada ao trabalho duro. Não havia nada de suave nele. E ela não conseguiu deixar de pensar que ele tinha um corpo de guerreiro. Como um viking ou um cavaleiro de antigamente. Não era como os homens da alta sociedade, com suas barrigas salientes. Não mesmo.

Ansiava por traçar as linhas esguias daquele corpo. Flexionou os dedos em uma tentativa de controlar tal impulso.

Tru baixou ainda mais o olhar. No abdômen fascinante, havia uma trilha de pelos apontando diretamente para a masculinidade dele.

Ela olhou para o rosto de Thorne.

— Você está... — *Totalmente rijo para mim*. E eles ainda nem tinha começado. Não de verdade. — Você está pronto para mim.

— Estou pronto para você desde que nos vimos pela primeira vez.

Ele a pegou pela cintura e ela se recusou a pensar em como sua cintura era mais grossa e carnuda do que a das damas que a maioria dos cavalheiros preferia.

Tru permitiu que ele a pegasse. Assim como se permitiu esquecer por que aquilo não poderia acontecer.

Ele a pegou no colo como se não pesasse mais que uma pluma e a colocou sem cerimônia na cama.

Ela escolheu se esquecer de quem era.

Esquecer que ele não era para ela, um homem mais jovem, decidido a encontrar uma noiva, uma esposa. A única coisa que ela jamais poderia ser para ele.

— Agora, eu quero você, moça.

Ela estava perdida. No instante em que ele abriu a boca, no instante em que disse aquelas palavras... ela era dele.

Jasper estava ali por ela. Era ela quem ele queria.

O corpo dela sabia daquilo. E se abriu para ele como uma flor se abre para o sol.

Estou pronto para você desde que nos vimos pela primeira vez.

Talvez fosse mentira, talvez fosse uma invenção para alimentar uma matrona velha, ingênua e indesejada, mas Tru não acreditava naquilo. O coração lhe dizia que ele não a enganava quanto àquilo. Ainda assim, mesmo que estivesse errada... estava disposta a correr aquele risco.

Eles se deitaram juntos na cama, afundando na maciez do colchão. Ela se maravilhou com o peso dele sobre ela enquanto se beijavam. Ele a abraçou, as mãos grandes acariciando-lhe o rosto, as palmas passando pelas bochechas, os dedos mergulhando no cabelo. Tru sentia o coração dele batendo sob o toque dela, pulsando por ela através da pele.

Depois de um tempo, ela rolou, ficando em cima, montada nele como se fosse a coisa mais natural do mundo. O cabelo dela escorregou como uma cortina enquanto o beijava.

Ela se sentou depois de um tempo, a respiração ofegante, olhando para ele e sentindo-se tão poderosa como uma verdadeira rainha.

Ela pegou a mão dele e colocou no corpo dela, sobre os seios, moldando os dedos através do tecido fino da camisola. Não precisou guiá-lo mais. Ele claramente entendeu o que fazer. As mãos rapidamente começaram a acariciar, apertar, os polegares buscando os mamilos entumecidos através da fina barreira de algodão.

Ela jogou a cabeça para trás com um gemido rouco. Sentiu a umidade entre as pernas e se moveu em um ritmo urgente, esfregando-se na ereção dele.

Jasper estendeu as mãos para a camisola dela, agarrando o tecido até levantá-lo e encontrar a pele nua de Tru.

Ele a agarrou por um momento, os dedos grandes pressionando e mergulhando no quadril dela e, de repente, tudo ficou real demais. Ele congelou, como se sentisse que ela estava em dúvida, pensando, pesando tudo que estava acontecendo e tomando uma decisão.

Tru então pegou a camisola e a despiu pela cabeça em um movimento fluido.

— Pronto. — Ela ofegou.

Ambos estavam nus agora, sem nenhuma barreira para separá-los.

— Minha nossa — disse ele com voz estrangulada enquanto se deliciava com a visão que tinha dela.

— Gosta do que vê? — perguntou ela, satisfeita por ter conseguido um tom de flerte de uma maneira sedutora e não tola.

Ela era mais velha. Mais velha do que ele. E o corpo já trouxera duas crianças ao mundo. Não era uma virgem inocente. Ainda assim, a insegurança não deu o ar da graça. Era impossível diante da forma como ele a olhava. Com as mãos dele na pele dela.

— Quero fazer coisas obscenas e impróprias com você — rosnou ele, apertando o quadril dela.

— Pois faça.

A resposta dele foi impulsionar o quadril para cima, roçando a ereção na abertura dela.

Uma onda lânguida de calor cresceu dentro dela, apertando e contraindo até ela ficar molhada entre as pernas.

Tru gemeu contra os lábios de Jasper, pressionando o corpo contra o dele, desesperada para aliviar o latejar insistente no âmago do seu ser.

Ele escorregou mais a mão e segurou a bunda dela.

Ela jogou a cabeça para trás, sentindo o pescoço fraco, incapaz de sustentar a cabeça. Estava derretendo contra ele, em cima dele. Como se estivesse se desfazendo.

Gemendo, ele se sentou e passou os lábios pelo pescoço dela, mordiscando a pele até chegar aos seios, a respiração quente. Então, Jasper fechou os lábios em volta de um mamilo e o sugou, seguindo direto para o outro, deixando-a trêmula.

Tru jogou a cabeça para um lado, emitindo um gemido leve.

— Por favor, Jasper!

Ele a apertou mais, as palmas ásperas passeando deliciosamente pelo corpo dela. O toque parecia quase reverente... mas de forma alguma gentil. Mesmo que a fizesse se sentir querida e adorada, Jasper não a tratava como se ela fosse algo precioso. Ele a tomava com todo o desejo e desespero que ela mesma sentia.

Ele ergueu a cabeça e pegou os mamilos entre o polegar e o indicador, acariciando as extremidades entumecidas até que Tru achou que fosse se desfazer em um milhão de pedaços. Ela arqueou o corpo, fechando os olhos, e ondas de prazer e dor explodiram dentro dela.

Tru baixou a cabeça e abriu os olhos para olhar diretamente nos dele.

Na penumbra do quarto, os olhos dele pareciam quase pretos. Lagos insondáveis nos quais ela se afogava. Ele gemeu o nome dela:

— Tru.

As mãos dele continuaram explorando todo o corpo dela, os dedos provocando a parte interna da coxa. Não havia medo, não havia recuo. Nem tentativas de se afastar. Instintivamente, como se tivessem vontade própria, as coxas se abriram mais em boas-vindas, pois ela estava pronta para recebê-lo.

Os dedos foram subindo, acariciando, mergulhando dentro dela, entrando e saindo com uma lentidão torturante até que Tru ficasse ofegante e lágrimas aparecessem no canto de seus olhos.

Jasper, então, usou o polegar, buscando e acariciando o botão no alto do sexo dela em círculos constantes e firmes:

— Assim mesmo, meu amor. Aproveite.

Ela estremeceu contra o toque dele, um grito escapando por entre os lábios.

Totalmente dominado pela sensação do próprio gozo, o corpo dela relaxou pesadamente sobre o dele. Ela novamente sentiu como se estivesse se desfazendo.

Ele a abraçou, segurando-a com firmeza e erguendo-a só um pouco acima dele.

Os tremores continuavam se espalhando por todo o corpo de Tru, como ondas, enquanto o sentia grande e rijo prestes a mergulhar dentro dela.

Os olhares se encontraram, o dele queimando com um fogo escuro que ela sentiu até a ponta dos dedos dos pés. Aquilo a fez ferver, a emocionou e a transformou para sempre. Naquele olhar, naquele segundo, ela soube que nunca mais ia se sentir sozinha. Acontecesse o que acontecesse, aquele instante a sustentaria pelos momentos mais tristes e os mais felizes da sua vida.

— Jasper. — A voz não parecia dela, mas de alguma criatura sensual e livre.

As mãos dele pressionaram mais o corpo dela, os dedos afundando na pele enquanto ele entrava com um movimento suave, enterrando-se fundo dentro dela, preenchendo-a, ocupando-a de uma forma mais do que física. Que ia muito além do ato em si. Era mais do que qualquer coisa que ela já havia sentido antes. Era a verdadeira intimidade.

Tru sentiu a emoção fechar sua garganta. Mesmo com tudo que estava sentindo, ela não se deixou pensar *naquela* palavra. Não ousou dar forma a aquela ideia perigosa.

Ele continuou olhando para ela. E ela retribuiu o olhar. Ele se sentou, ajustando a posição, mas sem sair de dentro dela.

Abraçados, eles começaram a se mover juntos.

Nunca se sentira tão igual a alguém, tão conectada, em verdadeira união com outro ser humano. Ele mexia o quadril e ela correspondia, acompanhando o movimento, sentindo o corpo dele contra o dela, e se movendo até que ambos arfassem, buscando o mesmo objetivo.

A respiração ofegante e os gemidos dele se misturavam aos dela. As mãos subiram da bunda para os ombros. Era um toque constante, um abraço constante conforme ele entrava e saía. De novo e de novo e de novo, na busca do mais intenso e doce prazer. A fricção incrível a levando quase além do precipício.

O anseio que começara com o primeiro beijo contraía cada nervo do corpo dela até que tudo se rompeu em um grande gozo.

Ele cobriu os lábios dela com os dele, engolindo cada gemido enquanto ela explodia em pedacinhos e ele acelerava os movimentos ao mesmo tempo em que ela gozava.

Ela não conseguiu mais se mexer e os dois se aquietaram em um relaxamento profundo.

Ficaram imóveis por alguns instantes, grudados um no outro, pele na pele e olhos nos olhos.

— Nossa — sussurrou ela contra os lábios dele. — Isso foi maravilhoso.

Ele sorriu.

— Eu sabia que seria.

Ela deu uma risada leve.

— Sabia?

O sorriso de garoto dele sumiu e se transformou em algo mais sincero e adorável.

— Sim. O sexo é sempre melhor quando há sentimentos envolvidos.

Ela sentiu um aperto no peito ao ouvir aquilo.

— Faz sentido.

— Alguns homens podem até negar, mas é a mais pura verdade.

Ele se mexeu, tirando-a de cima dele e colocando-a na cama ao lado de seu corpo quente e sólido.

— Não podemos ficar assim a noite toda. — Foi a única coisa que Tru pensou em dizer.

Odiava ter de quebrar o encantamento adorável que viviam, mas não podiam ficar daquele jeito e arriscar serem pegos. E se Delia a procurasse no meio da noite, como às vezes fazia? Não era algo que acontecia com tanta frequência quanto quando era uma menininha, mas a possibilidade ainda existia.

— Eu sei. — Jasper a abraçou, puxando-a para si em uma enorme nuvem de conforto e segurança. — Só mais um pouco.

— Só mais um pouco — sussurrou ela, concordando, a letargia tomando conta de seu corpo.

Aquilo, percebeu ela conforme a nuvem que a cercava ficava mais densa e os pensamentos se perdiam… aquilo era como o amor devia ser.

A PAZ DO repouso da Mansão Chatham chegou a um fim abrupto.

Os gritos eram agudos o suficiente para serem ouvidos até a vila mais próxima. Decerto que Jasper e Tru não foram os únicos a pular da cama, no susto.

— Que horas são?

— Ainda não amanheceu — respondeu Jasper.

Tru balançou a cabeça com vigor, o cabelo roçando os ombros nus, lembrando-a de que ainda estava nua. Com um homem. Um homem que não era seu marido. Um lindo homem que a fazia se esquecer de coisas como dever, responsabilidade e seu papel como condessa de Chatham.

— Não acredito que dormi — murmurou ela, contrariada.

— Eu acredito — disse ele com um sorriso de aprovação. — Você se cansou muito.

— Não parece que você tenha dormido — acusou ela, analisando os olhos alertas dele com um ar de reprovação carinhosa.

Ou não tinha dormido ou era o tipo de pessoa que já acordava totalmente estimulada e alerta. Ela bem que gostaria de saber, percebeu com uma pontada. Gostaria de saber como ele se comportava nas manhãs. Tomava o café da manhã no quarto ou na sala de jantar? Tomava chá ou café? Comia um farto desjejum de ovos e linguiça ou se satisfazia com uma torrada? Tru meneou a cabeça mentalmente para desvanecer aqueles pensamentos inúteis.

— Não dormi — confirmou ele, colocando o roupão que usara para ir ao quarto dela. — Fiquei admirando a bela adormecida ao meu lado.

Ela riu com ar de deboche, mas sentiu um calor no coração. Ele a desarmava completamente, confundindo seus pensamentos... mas aquilo não era algo que a desagradava. Era, na verdade, revigorante. Tudo que ele a fazia sentir desde que se conheceram podia ser caracterizado daquele jeito. Ela não podia evitar imaginar se as coisas sempre seriam assim com ele. Não que *devesse* imaginar nada. Era algo que ela jamais saberia. Não além daquela noite.

Tentou ajeitar o próprio roupão, mas não conseguia nem amarrar direito. O laço não parecia alinhado corretamente na frente, mas não havia tempo.

Os gritos não paravam. Além disso, começaram a ouvir outros sons: portas batendo, passos apressados e vozes umas sobre as outras quebrando o silêncio da casa. Quanto mais tempo ela ficasse no quarto, maior seria o risco de alguém vir chamá-la e descobrir a presença de Jasper.

Ela olhou para ele.

— Vou sair primeiro.

Ela fez um gesto para que esperasse e abriu a porta, juntando-se ao caos.

Os convidados saíam dos respectivos quartos, usando roupas de dormir, todos procurando a fonte dos gritos angustiados. Correram em direção à escada. Mal olharam para ela, nem mesmo a própria filha e o marido. Todos estavam decididos a descobrir o que estava acontecendo.

Tru ficou perto da porta do quarto, esperando e observando. Quando todos passaram pelos seus aposentos e parecia que ninguém mais apareceria, ela deu um passo para o lado e fez sinal para Jasper sair.

Ele saiu para o corredor e juntos seguiram atrás de todo mundo, parecendo se juntar à multidão. Felizmente todos estavam distraídos demais. Ninguém olhou para eles. Ninguém notou Jasper saindo do quarto dela. E Tru estava grata por aquilo.

Os gritos silenciaram, e o grupo de convidados parou no alto da escadaria. Um murmurinho geral se espalhou, sussurros escandalizados que ela não tinha conseguido ainda entender.

Com o máximo de delicadeza possível, Tru abriu caminho até a frente (afinal, era a anfitriã) e olhou para o fim da escadaria.

Lá embaixo, caído no chão, estava o corpo quebrado e retorcido do duque de Dedham. Sem se mover. Sem vida. Tru levou a mão à boca, abafando um grito.

Ela olhou em volta, apavorada, procurando a amiga. Viu Valencia no meio do grupo, com uma expressão chocada no rosto, a pele azeitonada pálida como papel. Sem cor. Como se tivesse visto um fantasma. E aquele era o caso.

Os olhos escuros e assombrados de Valencia olhavam lá para baixo onde o marido estava caído, e não havia dúvidas.

O homem estava morto.

Capítulo 29

Casamento é para sempre. A morte é a única escapatória. A minha. Ou a dele.

— Valencia, a duquesa de Dedham

O funeral do duque de Dedham foi um grande acontecimento que contou com a presença de toda a sociedade. O próprio reverendíssimo Howley presidiu a cerimônia. A procissão engarrafou as ruas por horas. Não houve nenhum membro da alta sociedade que não tenha comparecido para prestar a última homenagem, e não houve nenhum cidadão que não tenha lotado as ruas para observar as carruagens forradas de tecido preto, puxadas por cavalos pretos belgas adornados com plumas igualmente pretas, atravessando as ruas e seguindo os tocadores de sino.

Tru mal tivera tempo de ficar a sós com Valencia desde o ocorrido. Quisera estar lá para apoiar a amiga naquela terrível tragédia, mas começaram a surgir vários familiares, que mais pareciam abutres. Isso sem mencionar os advogados e agentes do ducado que pressionavam a duquesa. A união deles não tinha produzido herdeiros. No início do casamento, quase acontecera. Valencia tinha engravidado duas vezes e perdido os bebês. Toda esperança de um filho desapareceu depois do acidente de Dedham. Ele não tinha deixado herdeiros. Haveria um novo duque agora. Tru esperava ardentemente que, quem quer que fosse o próximo na linha de sucessão, fosse bondoso e generoso com a amiga. Ela merecia aquilo depois de todas as suas provações.

Valencia, a duquesa recém-enviuvada, passou por tudo aquilo usando um vestido preto de seda e exibindo um ar de pesar. Ainda estava com a mesma expressão assombrada que Tru vira na noite da morte do duque. As sobrancelhas arqueadas de forma dramática pareciam ainda mais marcadas no rosto extremamente pálido. Os olhos escuros brilhavam, estranhamente vítreos, sem expressão, como se ela estivesse em algum outro lugar e não dentro do próprio corpo.

Pelo menos, a festa na casa de campo acabara e ela estava de volta a Londres. Afinal, nunca desejara aquilo. Tudo terminara quando mal tinha começado, na noite em que descobriram o falecimento de Dedham. Como era de esperar, não havia mais festa depois do aparecimento de um cadáver.

Tomadas as providências para o transporte do corpo do falecido duque para a cidade, todos partiram, inclusive os convidados, saindo em um grande êxodo da Mansão Chatham.

Uma coisa muito necessária, pelo menos, tinha acontecido com a partida de todos. As coisas chegaram ao fim com Jasper. Tru e ele tiveram um tempo juntos, por mais fugaz que tenha sido, e agora estava acabado.

Felizmente, a ocasião exigia uma expressão sombria, porque Tru achava que não seria capaz de demonstrar nenhum outro sentimento ao voltar para a cidade.

Jasper não estava mais sob o mesmo teto que ela. Aquela indiscrição seria um evento único. Não a repetiriam. Não correriam mais riscos. Não haveria a ameaça de um escândalo. Por sorte, não tinham sido descobertos no caos daquela noite na Mansão Chatham.

Tudo aquilo era um alívio... e uma ferida profunda ao mesmo tempo. Tru sentia uma dor quase física. Esperava que fosse melhorar com o passar do tempo. A lembrança, o vislumbre, o gosto passageiro que ele lhe dera de como poderia ser entre um homem e uma mulher que se desejavam e se gostavam, *que talvez até se amassem*, decerto esmoreceria.

Aquilo era ainda mais provável se ele continuasse mantendo distância dela. Não o via desde o retorno para a cidade na semana anterior.

A agitação do velório tinha começado e acabado e ele não tinha feito nenhuma visita. Tru já havia recebido uma visita do marido, bastante barulhenta e cheia de reclamações.

— Onde é que se meteu o sr. Thorne? Que inferno!

Delia e ela tinham enfrentado juntas a indignidade da visita de Chatham. O conde tinha demonstrado toda a sua fúria, andando de um lado para o outro da sala, exigindo saber o que tinham feito para repelir o pretendente. Porque só podia ser culpa delas. É claro.

— Chatham, o velório foi há quatro dias. — Tru tentara argumentar com ele. Talvez fosse imprudente, mas tentou mesmo assim.

— Dedham não era parte desta família, nem da de Thorne. Não precisamos seguir os rituais do luto. Onde está o homem?

— Pai, talvez ele simplesmente tenha decidido que nós não combinamos.

Tru percebeu a esperança na voz da filha. Como não tinha notado antes a total falta de interesse de Delia em Jasper?

— Inferno! Dei a vocês duas uma única tarefa! — Ele brandiu o dedo de forma violenta. — A porcaria de uma tarefa! Não é tão difícil conquistar um bastardo de origem humilde na caça de uma debutante de sangue azul, não é? Eu já tinha dito que ele poderia ficar com você! Você não precisava fazer nada. Só precisava mantê-lo interessado. Eu consegui um homem e você o afugentou. — O conde praguejou e parou para olhar pela janela.

Tru envolveu a filha em um abraço reconfortante, desconcertada ao sentir que os ombros da filha estavam trêmulos.

— Não é o fim do mundo, Chatham. Haverá outras oportunidades. Outras chances para Delia.

O conde se virou, parecendo bem mais calmo do que o esperado. Ele assentiu e respirou fundo, passando a mão na casaca, como se precisasse restaurar as coisas.

— De fato. Não temos tempo a perder. Vamos ao baile de Fairmont hoje à noite.

— Hoje à noite? — perguntou Delia em tom agudo.

— Não planejávamos ir... — disse Tru.

— Eles vão adorar nos receber. Vão ficar animados de ouvir todos os detalhes da queda de Dedham na nossa casa. É uma fofoca e tanto. Aonde quer que eu vá, é só do que todo mundo quer falar. — Ele voltou o olhar para a filha, apontando novamente o dedo ameaçador para ela. — E quanto a você, filha... Acho bom você *brilhar*; seja muito charmosa e consiga novos pretendentes.

— Sim, pai.

A única coisa que *brilhava* naquele momento era o sofrimento nos olhos da filha. Chatham voltou o olhar para Tru.

— E você se certifique disso.

Tru assentiu, fingindo obediência. Parecia normal enfrentar mais uma das demandas do marido. Assim como parecia normal planejar fazer o que achava necessário e certo, e que o marido fosse para o inferno.

Não precisava obedecê-lo, nem Delia. Foi aquilo que disse para si mesma enquanto se arrumava para o baile daquela noite.

Mais tarde, quando as duas entraram no grande salão de baile de Fairmont, ela apertou a mão da filha e lhe disse:

— Faça o que quiser. Dance com quem quiser ou com ninguém. Vá encontrar suas amigas e se divirta. Não se preocupe com nada. Prometo que vai ficar tudo bem.

— Sim, mãe. — Delia deu um abraço rápido e forte na mãe antes de sair apressada na direção das amigas.

Tru ficou sozinha por um momento, observando Delia e se perguntando como poderia manter aquela promessa. Chatham detinha todo o poder. Ela podia até pensar que não precisava obedecê-lo, mas, no fim das contas, tinha de ceder.

Uma voz profunda soou de repente atrás dela, fazendo sua pele se arrepiar inteira e o coração apertar no peito ao ponto de quase doer.

— O que preciso fazer para ganhar um abraço como o que acabou de dar na sua filha?

Em vez de desencorajá-lo como seria esperado, ela se virou e sorriu com uma saudade no coração daquele homem que estava tão próximo, tão próximo que ela conseguia ver as marcas nos olhos castanhos.

— Por que não me convida para dançar, sr. Thorne? Podemos começar por aí.

O BAILE DE Fairmont era sempre um evento popular da temporada, mas estava muito cheio naquela noite, e Hazel desconfiava que tivesse tudo a ver com o fato de que aquela era uma das primeiras festas desde o velório do duque de Dedham.

Embora não fosse surpresa nenhuma que o homem tivesse morrido, já que vinha definhando desde o acidente tantos anos antes, ninguém imaginara que fosse morrer de uma forma tão escandalosa. Ser encontrado aos pés de uma escadaria em uma casa de campo e não na própria cama? Todo mundo queria saber os detalhes mais sangrentos. E é claro que havia rumores de que o duque não tinha caído nem perdido o equilíbrio. Especulações sem sentido, naturalmente. Não havia nenhuma evidência do contrário. Decerto que aquilo não daria em nada. Afinal, eram apenas rumores, uma fofoca suculenta, mas sem base. O tipo de coisa que movimentava a alta sociedade. Ninguém com bom senso considerou o mérito da questão. Hazel sabia daquilo muito bem.

A quantidade de gente querendo saber dos detalhes parecia fazer do salão lotado um lugar ainda mais frenético. Mais de um cavalheiro passou a mão em Hazel. Considerando seu histórico, ela estava acostumada com homens assanhados. Porém eles pareciam estar agindo de forma mais grosseira do que a usual.

Hazel se escondeu atrás de um conjunto de samambaias, grata por estar usando uma saia verde-esmeralda que permitia que se confundisse com as folhagens. Pelo menos era o que esperava, e que não parecesse o que era: uma mulher se escondendo de atenções indesejadas.

Era covardia, com certeza, mas precisava respirar um pouco.

Estava acostumada com a abordagem de cavalheiros de seu passado. Eles viviam nos bailes da alta sociedade. Mas já estava casada com o marquês de Sutton havia anos. Tempo o suficiente para aceitarem que ela era membro da sociedade e para tratarem-na sem olhares prolongados e desejosos.

Ou pelo menos *deveria* ser tempo o suficiente.

Infelizmente, a memória da alta sociedade era muito boa, e uma vez amante... sempre amante.

Ah, não, ninguém a desrespeitava diretamente. Afinal, era a marquesa de Sutton. Não importava quem ou *o que* tinha sido no passado, ela se casara com alguém *melhor*, escapando do mundo que lhe fora destinado.

Ainda assim, as esposas a fulminavam com o olhar, ao passo que os maridos... Bem, bastava dizer que os maridos não tratavam a esposa de *outros* homens com cantadas, piscadas e sussurros pedindo que saíssem para um encontro com eles no jardim. Não, aquilo era reservado a Hazel, que era obrigada a aguentar tal comportamento grosseiro.

Conhecia bem o papo. Fofocas maldosas eram o cerne da sociedade, no fim das contas. Não era adúltera. Diferentemente do que acreditavam, não tinha levado outro homem para cama desde que se casara com Sutton. Valencia, porém, acreditava nas fofocas, as quais também encorajavam outros homens da sociedade a continuar tentando alguma coisa.

Burton era um daqueles homens. Mais agressivo e persistente do que a maioria. Não tinha sentido falta dele quando ele fora para a Mansão Chatham. Infelizmente, a morte de Dedham colocara um fim na festa no campo. Agora Burton estava de volta e a perseguia com a obstinação de sempre.

Naquela noite, ele estava sendo especialmente inconveniente. Hazel espiou por entre as folhas para verificar se ele ainda estava procurando por ela no meio do salão.

Não o viu. Na verdade, conseguia ver muito pouco além de dois cavalheiros diante das samambaias, os quais bloqueavam parcialmente sua visão.

— Que surpresa vê-lo aqui, Chatham. Você não costuma participar desse tipo de festa.

Ela olhou para os dois homens que, por sua vez, olhavam para o salão. Reconheceu Chatham na hora. Mas não conseguiu ver o suficiente do outro homem para identificá-lo. Provavelmente era um nobre, pois vestia uma casaca impecável em um tom de azul-pavão.

— Sim, mas eu tenho uma filha em idade para casar, então, vou começar a aparecer até resolver essa questão. Logo, espero. Tenho um homem em mente para ela. Já é praticamente oficial.

— Ah, meus parabéns nesse caso.

— Obrigado, Crawford.

Chatham inclinou a cabeça e Hazel se perguntou se Tru sabia daquilo... se ela concordaria que o compromisso da filha já era praticamente oficial.

— Não é a sua mulher ali, Chatham?

— Hum. Onde?

— De vestido vermelho?

Hazel espiou a pista de dança e viu Tru, linda, rodopiando pelo salão nos braços de Jasper Thorne.

— Ah, sim. É ela.

— Ela está muito bonita. Que homem de sorte você é por tê-la na sua cama sempre que quiser.

— Sou?

— Decerto que sim. Olhe para ela. Uma mulher muito bonita.

Hazel olhou pensativamente para as costas de Chatham enquanto ele observava a mulher, inclinando a cabeça e avaliando-a. Por algum motivo, ela sentiu uma pontada de temor. Considerava a condessa uma amiga. Tru e Valencia até podiam ser como unha e carne, mas aquilo não impedia Tru de tratar Hazel com respeito e bondade.

Hazel sabia que o casamento de Tru não tinha sido por amor. Aqueles eram raros na alta sociedade. Duvidava que a amiga desejasse despertar o interesse do marido, mas desconfiou que as palavras de Crawford estivessem conseguindo justamente aquilo.

Conhecia homens bem o suficiente para saber que nada fazia de uma mulher mais atraente do que perceber que outro homem a considerava desejável.

Crawford continuou:

— Sou casado há tanto tempo quanto você, mas minha mulher está longe de ser tão encantadora. Depois dos filhos... bem, ela nunca mais foi a mesma. Mas isso não foi um problema para sua mulher.

— Creio que não.

— Com quem ela está dançando?

— Aquele é Jasper Thorne.

— Ele é o Thorne? Ouvi falar dele. Ele acabou de construir aquele grande hotel na cidade, não é?

— Sim.

Crawford assoviou baixinho.

— Rico. Aquele hotel dele é um sucesso. — O homem deu risada. — Pelo jeito que ele está olhando para sua mulher, eu diria que ele a acha bastante atraente também.

— Realmente — murmurou Chatham.

— Parece que está abraçando-a muito apertado, não?

— Parece que sim.

Hazel seguiu o olhar deles para ver por si mesma. Tru e o sr. Thorne pareciam um casal bastante íntimo. O homem a segurava bem perto do corpo dele, os lábios quase lhe tocando os cabelos.

— Não posso culpar o homem.

— Acho que não.

— Pelo menos você é o sortudo que vai levá-la para casa. Esse é um privilégio que é só seu.

— Verdade. — Pausa. — Verdade.

Hazel mordeu o lábio. Não era verdade. Os dois viviam vidas separadas havia anos. Sabia que não compartilhavam a cama, nem a mesma casa.

Ela se remexeu atrás das samambaias, preocupada. Algo naquela conversa a deixou muito desconfortável. Sim... estava ouvindo a conversa alheia e aquilo por si só devia ser o suficiente para ficar constrangida, mas havia mais alguma coisa.

Estavam falando de Tru de um jeito que a deixaria para morrer. Além disso... aquele era o marido de Tru. O marido negligente e indiferente. Chatham ignorava completamente a esposa, e era assim que ela preferia. Nunca tinha dito tais palavras diretamente para Hazel, mas ela sabia. Afinal, não tinha chegado aonde chegara sem observar atentamente as ações dos outros, deixando que isso ajudasse nas próprias decisões.

— Se me der licença — disse Chatham. — Acho que vou recuperar minha esposa.

Recuperar minha esposa.

Hum. Tais palavras inquietaram Hazel. Ela tinha quase certeza de que Chatham já não *tinha* a esposa havia muitos anos.

Hazel espiou por entre as folhas frondosas das plantas, vendo Chatham seguir para a pista de dança. Nunca, desde que frequentava os salões de baile da alta sociedade, ela vira o conde na pista. Na verdade, nunca o tinha visto conversando com a mulher naqueles eventos, menos ainda dançando com ela. Ele costumava se ocupar no salão de jogos.

Ele parou ao lado de Tru, interrompendo a valsa com o sr. Thorne. O cavalheiro bonito entregou Tru ao marido, mas o maxilar estava contraído e havia um brilho possessivo nos olhos dele, deixando bem claro que não queria abrir mão da condessa, mesmo que fosse para o marido dela.

Chatham *dançando* com Tru era uma cena bastante incomum, e Hazel sabia que Tru também achava isso. Uma olhada na expressão contraída confirmou que ela estava abalada com tudo aquilo. Ela mantinha um sorriso educado, contudo. Era uma dama respeitável e experiente demais para baixar a guarda. E parecia uma dama imponente e feliz enquanto dançava nos braços do marido. Mas Hazel sabia que aquele não era o caso.

Capítulo 30

Nunca tive um amante. Só benfeitores.
— Hazel, a marquesa de Sutton

— O que você está fazendo, Chatham? Nós não dançamos — perguntou Tru entredentes, deixando um sorriso educado brilhar nos lábios para o caso de haver alguém olhando para eles.

Não podia parecer nada além de uma dama feliz e calma, dançando com o marido. E mais: ele interrompera a dança dela com Jasper, e Tru não precisava que ninguém notasse o quanto *aquilo* a decepcionava.

Jasper.

Não esperava encontrar Jasper naquela noite... E, com certeza, não esperava cair nos braços dele, nem ser inundada de lembranças da noite que compartilharam, e nem ser tomada por um desejo tão intenso que lhe fazia doer o peito.

— Jasper, por que está aqui? — perguntara ela, assim que ele a levara para a pista de dança.

— Estou aqui porque você está aqui, naturalmente.

Ela meneou a cabeça, mas se controlou. Não queria parecer contrariada. Alguém poderia estar observando. Na alta sociedade, todo mundo estava sempre observando.

— Como sabia que eu estaria aqui?

— Uma moeda bem colocada na mão de um criado, milady.

Ela arregalou os olhos.

— Você subornou um dos meus criados?

Um sorriso apareceu nos lábios dele.

— Você parece horrorizada.

— Você subornou um dos meus criados — repetiu ela, como se fosse algo que não conseguisse compreender.

— Um deles, apenas.

— Qual? — Ela exigiu saber na hora, a fim de repreender o criado, como exigia a situação.

Ele inclinou a cabeça.

— Não seria muito gentil da minha parte comprometer a posição dele.

— Mas e se ele começar a falar sobre o seu interesse descabido em mim para outra pessoa? Tenho certeza de que ele deve ter ficado com a pulga atrás da orelha.

— Eu não disse por que eu precisava da informação... Com certeza, ele achou que era por causa da sua filha.

— Ah, sim. — Ela soltou o ar de forma mais relaxada. É claro que aquela seria a conclusão mais natural. Quem desconfiaria que ele tinha um desejo pela Condessa Contida? Nem ela conseguia entender. As pessoas só poderiam concluir que ele estava interessado em Delia. — Decerto que é o que ele acha. Você realmente está certo.

Ficou pensando naquilo por alguns momentos, um lembrete sombrio de que ela *não deveria* ter nenhum interesse por aquele homem. Ele não era para ela. Ela não era para ele. Ninguém sequer desconfiava que fossem amantes. Ela era conhecida como uma mulher que nenhum homem desejava.

Ele franziu a testa.

— O que quer que esteja pensando, eu não gosto. Esqueça tudo agora mesmo.

Ela piscou para ele, arfando e se sentindo afrontada.

— Agora é capaz de ler os meus pensamentos?

— Eu a conheço, Tru.

Ela piscou de novo.

Aquelas palavras simples provocaram um arrepio, pois desconfiava que fossem verdadeiras. De alguma forma, aquele homem a conhecia. Em um curto período, ele tinha passado a conhecê-la. De forma íntima também, mas não apenas isso: tinha passado a realmente *conhecê-la*. De uma forma que talvez ninguém conhecesse.

Tru sentiu um aperto dolorido no peito diante da impossibilidade daquilo tudo. Ela podia desejar aquilo, poderia sonhar e fantasiar, mas jamais conseguir.

— Você não me conhece — insistiu ela, com o mesmo sorriso distante no rosto para o caso de alguém estar olhando.

Ele deu uma risada leve.

— Eu conheço você. Sei que está mentindo bem na minha cara. E está mentindo para si mesma também.

Os olhos escuros dele estavam fixos nela.

— Você abdicou de muita coisa na vida. Abdicou do amor. Da felicidade. Do prazer e da paixão na cama. De todas as coisas que você merece. A questão é: por quanto tempo vai continuar fazendo isso? Para sempre?

Ela respirou fundo.

— Não posso pedir que pare de frequentar a sociedade, mas não precisa falar comigo. Com certeza, não deveríamos nem estar dançando. — Eles deveriam evitar toda e qualquer interação. — Pelo que sei, o senhor precisa encontrar uma noiva, uma mãe para sua filha, e é nisso que deveria concentrar todas as suas energias.

E me deixar em paz.

— Pois creio que já a encontrei.

Ele olhou para ela naquele momento, os olhos brilhando sob as sobrancelhas. A determinação que viu ali a fez arfar.

— Não. — Ela negou com a cabeça. — Não seja tolo. Isso é ridículo.

— Eu a encontrei — insistiu ele, sereno e calmo.

— Não. Nunca vai acontecer.

— Eu quero você.

Era impossível, e ele sabia muito bem. Tru olhou em volta enquanto dançavam, temendo que alguém pudesse ter ouvido.

Claro que ele tinha falado baixo, mas não queria aquelas palavras lançadas para o mundo, flutuando no ar daquele salão lotado de pessoas com o poder de arruiná-la e destruir a família dela. Ela começou a entrar em pânico. De repente, viu Hazel, o cabelo louro avermelhado aparecendo entre as folhas de samambaias onde parecia ter se escondido. Os olhos dela se estreitaram de forma pensativa e especulativa em Tru, observando enquanto ela rodopiava na pista de dança.

— Tem de haver um jeito. — Ele abriu mais as mãos nas costas dela, cada dedo deixando uma marca quente na pele, marcando-a através do tecido do vestido. — Podemos encontrar uma forma.

— Não existe uma forma. — Ela fez um gesto com a cabeça cumprimentando a esposa do embaixador português, que fez contato visual com ela por sobre o ombro do parceiro de dança. A mulher tinha um filho que ela queria que se casasse, e Tru sabia que ela tinha grande admiração por Delia. — Nem mesmo sua riqueza é capaz de abrir um caminho para nós…

— Não subestime o poder do dinheiro.

— Esse é um sentimento bem cínico.

— Não menos verdadeiro por isso.

Ela sentiu uma centelha ilusória de esperança, a qual rapidamente apagou. Ele estava errado. Não poderiam ficar juntos de forma legítima. Nem mesmo com a influência e as maquinações dele.

— Você não tem como comprar isso.

— Mas gostaria de tentar.

— Você não pode *me* comprar.

Ele a fulminou com o olhar enquanto rodopiavam pela pista de dança.

— Não foi isso que eu quis dizer. Não a vejo como uma propriedade. No entanto, não creio que Chatham diria o mesmo.

Ela fez uma careta. A verdade ali era irrefutável.

Jasper continuou:

— Você merece mais.

— Isso arruinaria não só a mim, mas a todos que são próximos de mim…

— Não estou pronto para desistir. — Ele a puxou para mais perto, a pressão nas costas dela aumentando. — Ainda não estou pronto para desistir de *você*.

— Aquele esclarecimento simples anuviou os pensamentos dela, assim como a sensação da proximidade deles, o corpo grande irradiando um fogo que incendiava por dentro. — Você está?

Ela umedeceu os lábios.

— Eu preciso estar.

Ele aproximou o rosto, a bochecha quase tocando a dela, os lábios a milímetros de distância do ouvido dela.

— Não foi essa a pergunta que lhe fiz, meu amor.

Eles giraram e ela se sentiu um pouco tonta... e não era por causa da dança. Era ele. As palavras dele. A proximidade dele. A respiração quente próxima ao seu ouvido.

Jasper continuou tentando enfeitiçá-la:

— Vamos lá, Tru. Você realmente achou que apenas uma vez seria o suficiente? Para qualquer um de nós?

— Mas é tudo que vamos ter.

— Você ainda me deseja.

A respiração dele na orelha dela provocou um arrepio delicioso por todo o corpo de Tru. Não conseguiu falar nada naquele momento, mesmo sabendo as palavras que deveria usar para convencê-lo, para convencer a si mesma... mas não disse nada.

— Você quer mais — acrescentou ele, com aquela autoconfiança enlouquecedora.

A respiração de Thorne envolveu a orelha dela e fez suas pernas ficarem bambas ao despertar as lembranças de estar enroscada nele. Os corpos unidos, juntos e se movendo em um só ritmo... nus, pele com pele. Ela enterrou os dedos nos ombros dele, buscando um apoio. Como se estivesse sentindo que ela estava perto de desmoronar, ele a puxou mais para o peito, o braço envolvendo-a e sustentando-a.

A voz sedutora continuou:

— Está disposta a ir embora? Você já cansou de mim? De nós dois? — Um brilho de desafio cintilou nos olhos dele, que perscrutavam o rosto dela. O olhar pousou nos ombros nus e no decote profundo.

Tru sentiu os seios ficarem pesados dentro do corpete. De repente, respirar deixou de ser uma tarefa tão simples. Ela só conseguiu assentir, confirmando.

Jasper aproximou os lábios do ouvido dela novamente:

— Pois eu aposto que eu a faria ofegar e implorar pelo meu toque em menos de trinta segundos.

Trinta segundos? Ela engoliu em seco. Infelizmente, era verdade. Não que fosse se atrever a confessar. O orgulho, assim como a sobrevivência, exigia que ela se mantivesse firme e forte na resistência.

— Você está indo longe demais.

— Com você? Sim. Esse sempre parece ser o caso. Você desperta o meu lado atrevido.

— Com licença, Thorne. Acho melhor eu assumir a partir de agora.

Tru quase teve um sobressalto de susto ao ouvir a voz do marido tão próxima e tão desagradável, quebrando aquele momento de intimidade. *Maldito fosse.*

O que aconteceu em seguida foi uma situação completamente constrangedora.

Ela ficou olhando de Jasper para Chatham, tentando determinar se o marido desprezível tinha ouvido alguma coisa da conversa deles.

Jasper olhou para Chatham com uma expressão fria e inescrutável, afastando os braços bem lentamente da cintura da condessa antes de dar um passo para trás.

— Mas é claro. — Ele inclinou a cabeça, mas os olhos brilharam em desafio.

Chatham não pareceu notar, ou talvez simplesmente não se importasse.

O marido a tomou nos braços e sugeriu para Jasper:

— Por que não dança com a nossa Delia? Eu a vi mais cedo e ela parecia bem tristonha. — Uma mentira. — Ela sentiu sua falta desde que voltamos da Mansão.

Tru fez uma careta.

Jasper assentiu com um movimento rígido, lançando um olhar demorado para Tru como uma promessa de que ainda conversariam mais.

O que você está fazendo, Chatham? Nós não dançamos.

A pergunta ficou pairando no ar, palpável entre Tru e o marido. Ela estava começando a imaginar se ele lhe daria uma resposta. Ele a olhou de uma forma peculiar que a deixou bastante nervosa. Avaliando e calculando. Como se nunca a tivesse visto antes.

— Talvez devêssemos dançar mais — disse ele.

Outra valsa começou, mas o marido a manteve firmemente nos braços.

Jasper seguiu para a lateral da pista de dança, ignorando o conselho de Chatham. Ficou parado ali, com os olhos fixos em Tru, apesar de Delia e outras damas estarem aguardando ser tiradas para dançar. Ela tentou enviar uma mensagem silenciosa com o olhar de que ele deveria parar com aquilo e desviar o foco da atenção para outro lugar.

O marido a conduziu pelo salão com facilidade. Enquanto rodopiavam, Tru vislumbrou a expressão de espanto no rosto da irmã e da filha. Sabia que elas também estavam chocadas por testemunhar o raro evento.

— Eu me esqueci de como você dança de forma graciosa, mulher.

Um elogio? Um tapa não a teria espantado mais.

— O-obrigada...

— Acho que eu nem sempre demonstrei meu apreço por você.

— Hum. — O que estava acontecendo?

— Mas vou me esforçar para melhorar.

Ela lançou um olhar desconfiado para o marido. Ou Chatham tinha sido trocado por um impostor ou estava brincando com ela.

— É muita gentileza sua, milorde — respondeu ela com cautela.

— Gentileza. Sim. É algo que deveria existir entre nós.

— Você está bêbado? — Ela quis saber, olhando, incrédula, para a expressão carinhosa do conde.

Ele riu e aquilo a convenceu. Ele devia ter bebido.

— A vida é curta demais para vivermos em sofrimento. A morte de Dedham deixou isso ainda mais claro para mim, minha querida.

Eles continuaram dançando, Chatham com um sorriso plácido nos lábios, do tipo que ela jamais vira nele antes. Ela olhou por sobre o ombro do marido para o borrão de rostos enquanto rodopiavam. Jasper, com olhar apático. Delia e a irmã, ainda boquiabertas. Até mesmo Hazel. Os olhos dela pareciam estar cheios de algo que parecia um... aviso? Tru não conseguiu decifrar naquele momento. Estava preocupada demais com a mudança de atitude do conde.

— Suas palavras me alegram, milorde — disse ela, ainda cautelosa.

— E deveriam. — Ele a puxou mais para si. — Só quero a sua felicidade, Gertie. Você tem de acreditar nisso.

Tru não sabia se *tinha* de acreditar, mas *queria* acreditar. *Queria* pensar que ele tinha sido atingido por um raio que produzira de repente um coração.

O olhar dela encontrou o de Jasper novamente, que ainda a observava de forma intensa da lateral do salão. As palavras dele ecoaram nos ouvidos dela. *Podemos encontrar um jeito.*

O coração de Tru se encheu de esperança. Talvez, se Chatham se importasse o suficiente com a felicidade dela... talvez eles conseguissem encontrar uma maneira.

Capítulo 31

*Não existe ninguém mais sábio do que uma filha que conhece
os erros mais constrangedores da própria mãe.*
— Gertrude, a condessa de Chatham

— Ah, eu devo ter esquecido as minhas luvas na sala de descanso. Vou até lá pegar e já volto.

— Pode ir. — Tru assentiu e observou Delia se apressar para entrar.

O criado mais próximo ofereceu a mão para ajudá-la a subir na carruagem, fechando a porta com um clique ruidoso.

Tru se acomodou com um suspiro, esperando o retorno da filha. Estava ansiosa por chegar em casa e ir para o quarto. Ansiosa por deitar na cama e ficar em paz para organizar os pensamentos acerca daquela noite mais que extraordinária.

Era uma tola por acreditar que o marido pudesse ter mudado, que ele talvez tivesse se tornado, repentinamente, um espírito generoso em relação a ela, desejando sua felicidade, ainda mais à custa da dele. A dissolução do casamento deles certamente teria um grande custo para ele. Era tentador acreditar que aquilo era possível, mas ela sabia que a probabilidade de uma coisa daquelas era quase inexistente.

Foi arrancada repentinamente dos pensamentos quando a porta do outro lado da carruagem abriu e Jasper entrou e se sentou ao lado dela.

— Jasper! — sibilou ela. — Mas o que está fazendo aqui? Você não pode ficar aqui. Minha filha vai voltar a qualquer momento e você…

— Você vai continuar, então? — desafiou ele. — Vai continuar existindo dessa forma? Sem felicidade? Sem viver completamente quando pode ter isso? Quando pode ter a mim?

Ele pegou o rosto dela com as mãos, os polegares acariciando-lhe a pele com uma ternura que fez o coração de Tru doer. Os olhos castanhos profundos olhando para ela, olhando *dentro* dela... A intensidade era tanta que ela sentiu o olhar como um toque, tão palpável quanto as mãos grandes que seguravam seu rosto.

Tru fechou os olhos, aproveitando a sensação do toque das mãos dele. Sentiu um aperto no peito ao olhar para ele, sentindo sua presença e ouvindo aquelas palavras.

— Por quê? — Ela conseguiu perguntar. — Por que eu tive de conhecer você? Por que eu não pude continuar... sem nunca saber... — A voz dela sumiu.

— Nunca saber? — sussurrou ele com uma urgência desesperada.

— Nunca *conhecer* você — respondeu ela baixinho. — *Nem saber o que é o amor.*

— Mas agora você me conhece — murmurou ele, e então as palavras saíram em uma torrente: — Você conhece isso. Sabe como pode ser entre nós, e você não pode acreditar que seja possível voltar para as coisas como eram antes. Vou contratar o melhor advogado de Londres. Podemos viver em outro país. O que for necessário... — Ele meneou a cabeça como se os detalhes não importassem. — O mundo não vai acabar porque nós nos amamos...

A porta da carruagem se abriu e eles foram confrontados com a exclamação chocada de Delia:

— Mãe! Sr. Thorne!

Tru se afastou rapidamente de Jasper como se tivesse sido atingida por um raio. O sofrimento a tomou por inteiro com o olhar da filha, que descobria que o pretendente *dela* estava mais interessado na mãe. A vergonha foi como uma chicotada.

Delia talvez não quisesse se casar com Jasper, eles podiam ter feito uma aliança secreta para fingirem um interesse mútuo, mas devia ser um choque para ela encontrar a própria mãe nos braços de um homem que todos consideravam um bom partido para ela. A menina estava boquiaberta, piscando da porta aberta da carruagem, o criado em algum lugar atrás dela, felizmente não conseguindo ver quem estava lá dentro.

Jasper ainda abraçava Tru. Não percebia que estavam à beira de um escândalo? Delia os flagrara e, pela expressão em seu rosto, estava rapidamente chegando às conclusões corretas.

Tru tirou a mão dele do braço dela.

— Vá embora agora, por favor.

Ele olhou para ela, a teimosia brilhando nos olhos. Ficou evidente que ele não se preocupava com o fato de Delia tê-los descoberto. O que ele estava pensando? Estava *tão* pronto assim para lançar a ambos em um escândalo? Ou simplesmente sentia que Delia era digna de confiança?

— Vou pensar no que disse. Agora vá, Jasper — implorou Tru. — Por favor.

A tensão estava evidente no rosto dele.

— Pois bem. — Ele se virou e saiu pela porta do outro lado.

Delia ficou observando enquanto ele saía e depois entrou na carruagem. O criado fechou a porta e ela se sentou diante da mãe em um farfalhar de saias de seda e movimentos artificiais, mantendo a expressão cautelosa e cruzando as mãos no colo. Aquilo por si só foi uma faca no coração de Tru. O silêncio entre elas. A filha olhando para ela como se fosse uma estranha.

— Agora é "Jasper", é? — perguntou Delia, arqueando uma das sobrancelhas.

Tru fez uma careta, arrependendo-se da distração de tê-lo chamado assim, uma vez que revelava a intimidade entre eles.

— Delia, por favor, permita que eu explique.

Tru estendeu a mão para a filha, que evitou o toque.

— Por favor, não — falou ela, com aspereza. — Prefiro que não.

— *Você... me odeia?*

A filha suspirou.

— Eu jamais poderia odiá-la, mãe. Eu... eu só... eu não sei bem ainda o que pensar. — Ela fez uma pausa e mordeu o lábio. — Mas eu sei que você merece ser feliz. Mais do que qualquer pessoa que eu conheço, você merece. Ele faz você feliz?

Tru só hesitou por um momento antes de decidir falar a verdade. Assentiu uma vez, sentindo um nó de apreensão na garganta, mas também outra coisa. Algo como alívio. Alívio por finalmente admitir a verdade, não apenas para a filha... mas para si mesma.

Felicidade era apenas uma das coisas que sentia quando estava com Jasper. Desejo. Excitação. Uma sensação de conforto e segurança. Era fácil estar com ele. Jasper fazia com que se sentisse bonita, valorizada. Ela queria isso. Queria ter isso todos os dias da vida.

— Tudo bem, então — disse Delia de um jeito que parecia bem definitivo e com muita aceitação.

A filha, uma das pessoas mais importantes da vida de Tru, sabia sobre o relacionamento dela com Jasper, e o mundo não tinha acabado. Ela não odiava Tru. Ela quase pareceu... entender.

Talvez Jasper estivesse certo. Talvez pudessem encontrar uma forma.

Talvez o mundo fosse continuar girando mesmo se a verdade sobre eles fosse descoberta.

JÁ ERA TARDE quando a carruagem de Tru parou diante da residência do marido. Era estranho... aquela saída discreta para visitar o próprio marido na calada da noite. Era estranho que parecesse um encontro secreto, tão clandestino e proibido... Como tudo que estava acontecendo na vida dela ultimamente.

Tinha a esperança de que aquilo logo fosse acabar.

Tru foi levada até a sala de estar por um criado que saiu em seguida para chamar o conde. O mordomo permaneceu lá, olhando para ela como se fosse uma mendiga pedindo restos e não a condessa de Chatham. Era uma circunstância esquisita. Os criados dela eram bem treinados para receber convidados. E ela nem poderia ser considerada uma convidada ali. Infelizmente, ela era a esposa do conde.

Chatham logo chegou com o seu roupão, parecendo bastante desgrenhado.

— Gertie? — perguntou ele, de forma mais educada do que da última vez que ela o visitara e fora recebida naquela mesma sala.

— Chatham, perdoe a visita a essa hora da noite.

O marido fez um gesto quase solícito em direção a uma poltrona para que ela se sentasse.

— Do que se trata?

Ela permaneceu de pé, ansiosa demais para se sentar.

— Pensei na nossa conversa de hoje mais cedo. Na sua preocupação com a minha felicidade, como você disse. Foi muito emocionante.

Ele sorriu.

— E isso a fez vir correndo para me ver esta noite?

Ela franziu o cenho e se virou, constrangida.

— Eu estava ansiosa por uma conversa...

— Ansiosa? — Ele praticamente a comeu com os olhos. — Não me diga.

— Sim. Para discutir... a minha felicidade, como você disse.

— A sua felicidade.

Ele repetiu a palavra devagar, demorando-se em cada sílaba como se pudesse saboreá-las... olhando para Tru como se pudesse saborear *ela*. Era desconcertante. Ele sempre a vira como uma criatura sem a menor sensualidade. O interesse repentino em seus olhos chegava a incomodar.

— Isso. — Ela engoliu em seco. — Nós já temos levado vidas separadas há muitos anos. Não estamos... juntos há mais de quinze anos. Nós não tivemos um casamento feliz. Nunca.

O sorriso sensual desapareceu.

— Aonde quer chegar com isso, mulher? Por que veio até aqui?

— Não vivemos mais como marido e mulher...

— Mas somos marido e mulher.

Ela meneou a cabeça, olhando intensamente para ele em uma súplica silenciosa.

— Sim, mas talvez não devêssemos ser.

Os olhos dele ficaram glaciais, toda a generosidade anterior desaparecendo em um piscar.

Ela respirou fundo para tomar coragem:

— Não quero mais continuar casada com você.

Pronto. Tinha dito o que precisava. Não tinha sido tão difícil quanto imaginara.

Na verdade, colocar aquilo em palavras tinha sido um grande alívio. Parecia que ela havia se libertado de uma prisão e agora respirava um sopro de ar puro pela primeira vez. Finalmente. Sua primeira respiração livre e desimpedida em quase vinte anos.

Ele ficou olhando para ela por um longo tempo, sem dúvida surpreso com os modos tão atipicamente diretos. Tru sempre cedia ao temperamento violento dele. Agora, estava determinada a sustentar o olhar. Desviar os olhos seria um sinal de fraqueza, e ela precisava ser forte agora... para conseguir aquilo. Não podia desmoronar.

Então, para sua surpresa, ele deu uma risada baixa.

— Você não acha que eu me senti do mesmo modo no decorrer de todos esses anos? Eu ainda podia estar tendo filho com diversas mulheres mais jovens e mais férteis. Eu poderia ter tido meia dúzia de filhos agora se eu tivesse me casado com *qualquer* outra mulher. Em vez disso, estou preso a você.

Aquilo não a afetou. Chatham se casar com outra pessoa teria sido uma bênção. Embora ela sentisse pena de qualquer mulher que pudesse casar com ele depois dela, Tru sentia que a liberdade seria muito bem-vinda e aquilo significava se livrar dele. Ela ficaria livre.

— Então, vamos dissolver essa farsa de união para que você possa seguir com sua vida e buscar uma situação mais feliz — sugeriu Tru.

Ele fez um muxoxo.

— Você sabe que as coisas não são assim. Não para pessoas como nós. É impossível.

— Sei que seria difícil. Mas não impossível. — Ela molhou os lábios. Eles podiam encontrar uma forma, como Jasper dissera.

Ele assentiu devagar.

— Vejo que você pesquisou sobre o assunto.

A esperança cresceu no peito dela, pois, pelo menos, ele estava ouvindo. Não tinha explodido de raiva. Talvez Jasper estivesse certo. Talvez ele realmente concordasse com aquilo.

Porém, ele continuou:

— Espero que tenha sido discreta ao conduzir sua pesquisa. Não gostaria que Londres inteira discutisse o nosso casamento. Essa sua idiotice não deve vir a público.

Ela abriu a boca para assegurar a ele que não tinha falado com ninguém, mas parou, pois estaria mentido. Jasper. Havia Jasper, é claro. Ela não estava sozinha. Ele era o motivo para tudo aquilo. Bem, não era o *único* motivo... mas ela encontrou a coragem de pedir aquilo por causa dele. Jasper lhe mostrara que ela valia mais, que ela não precisava sofrer infeliz nas mãos de um marido odioso que a tratava mal.

Nenhuma mulher deveria ter de passar por aquilo.

Tru tinha passado quase duas décadas em um casamento horrível. Era tempo mais que suficiente para dedicar a uma união sem amor e sem alegria. Tinha chegado a hora de se livrar daquela situação terrível. Não precisava desperdiçar mais uma década da vida com Chatham.

— Você ganhou coragem, mulher. Nunca achei que veria esse dia. Talvez seja por isso que pareceu, de repente, tão atraente esta noite. — Ele estreitou os olhos. — Comentaram sobre seu brilho.

Ela respirou fundo.

— Não sei o que quer dizer com isso.

Ele estendeu a mão e agarrou o rosto dela. E enterrou os dedos com força nas bochechas dela.

— Não minta para mim, mulher. — Ele se inclinou para ela, enterrando o nariz no cabelo dela. — Será que sinto cheiro de outro homem?

Ondas de pânico se espalharam pelo corpo dela. Decerto que era só conjectura. Ele não tinha como *saber*. Não poderia sentir o *cheiro* de Jasper nela. Só estava tentando assustá-la, e ela estava farta de sentir medo dele.

— Solte-me agora mesmo. — Ela fez um movimento para se livrar do toque dele e deu um passo para trás. Ergueu o queixo em desafio, esforçando-se por manter a compostura.

— Você acha mesmo que pode fugir de mim? — Ele deu um passo ameaçador em direção a ela. — Somos casados para sempre. Até o fim. — Os olhos azul-claros brilharam. — Até que a morte nos separe.

Talvez fosse imaginação dela, mas as últimas palavras soaram vagamente como uma ameaça.

— Eu quero acabar com tudo.

Ele inclinou a cabeça.

— Você é idiota? Não ouviu...

— É você que não está me ouvindo. Está acabado, milorde. — A voz dela soou com força admirável. — Está tudo acabado.

Foi quando ele estendeu a mão de novo e a agarrou pelo pescoço daquela vez. Ele apertou a garganta dela de leve.

— Não sei o quê... ou quem... está colocando essas caraminholas na sua cabeça, mas você é minha mulher, e isso não vai mudar. Você não vai me deixar. Eu não vou sobreviver ao escândalo. Eu mataria você primeiro. Será que isso está claro o suficiente para você?

Tru não sabia o que esperara. Sabia que as coisas poderiam ficar feias, mas jamais imaginara uma ameaça contra a própria vida. Não achara que ele seria capaz daquilo.

Ela assentiu com dificuldade, os dedos dele ainda apertando sua garganta, e encontrou uma estranha explosão de coragem. Ou estupidez. Talvez as duas coisas.

Já tinha aturado o suficiente daquele homem. Encolhida e com medo, mantendo-se bem longe dele, e agora ele ameaçava matá-la.

Tru não se importava mais com as consequências, ia se manter firme. Não se esconderia mais.

— Tem outro homem — confessou, com coragem.

Ele arregalou os olhos, apertando ainda mais sua garganta.

— Eu sabia. Sabia que sim. Diga, sua meretriz. Quem é ele?

— Ah, você há de aprovar. — Ela conseguiu falar, a voz estrangulada por causa da pressão que ele exercia. — Você o acha tão impressionante.

Os olhos azuis esquadrinharam o rosto dela, analisando, pensando, buscando. Ele os arregalou e disse, com desprezo:

— *Thorne*.

Ela assentiu uma vez com a cabeça.

— Ele me quer como você nunca quis — disse ela. — Ele é bom e respeitoso... e não me trata como algo a ser usado e descartado.

Ele apertou o pescoço dela mais um pouco e, por um instante, ela se perguntou se aquele era o fim. A visão ficou turva. Será que ele realmente a mataria?

Uma estranha calma se apoderou de Chatham. Os dedos relaxaram. O ar voltou a fluir para os pulmões dela.

— Sabe, Gertie, acho que você vai ficar aqui por um tempo, como castigo por ter agido como uma prostituta. Evidentemente minhas longas ausências a transformaram em uma pessoa impertinente.

Ela exclamou, ultrajada:

— Não! Eu não preciso ficar aqui. Por favor.

Ele soltou o pescoço dela.

— Ah, acho que é o melhor. — O tom de sua voz se tornara sereno e assustador. — Chegou a hora de me reafirmar como seu marido.

Ela negou com veemência, dando um passo para trás. Como aquilo podia estar acontecendo? Tivera a esperança de romper o casamento, e agora ele estava ameaçando mantê-la em sua residência particular, em cujo quarto provavelmente estaria a amante.

Tentou mais uma vez:

— Você foi tão gentil comigo esta noite. Tão humano. — Mais humano do que jamais o tinha visto antes. — Para onde aquele homem foi?

Ele deu uma risada alta.

— Ah, Gertie. Aquele homem nunca existiu.

Ela engoliu o choro e fez um movimento para sair da sala, passando bem longe dele enquanto corria para a porta.

— Baxter — chamou o marido.

O mordomo apareceu no corredor do lado de fora, bloqueando a passagem dela. Tru piscou diante da aparição repentina. Não havia dúvida de que ele ouvira toda a conversa.

Ela lançou um olhar constrangido para Chatham, que estava atrás dela. O conde encolheu os ombros e ergueu uma das sobrancelhas.

— Baxter, você poderia acompanhar minha mulher até o sótão?

Ela ofegou e olhou para o mordomo de expressão sombria. Era a imagem da servidão estoica e leal. Olhando além dela, para algum lugar acima da cabeça de Tru.

— Claro, milorde.

Ela fez que não com a cabeça.

— Não! — Ela tentou passar por ele, mas o mordomo a segurou firme pelo braço. — Como se atreve?! Solte-me! — Ela fulminou o homem com o olhar.

Baxter lançou um olhar de dúvida para o conde, procurando a aprovação final. Ela seguiu o olhar dele para o marido, sentindo um aperto no coração que se enchia de uma vã esperança.

Chatham assentiu uma vez.

— Leve a condessa lá para cima, Baxter. E não permita que ela saia desta casa.

Tudo dentro dela se encolheu. Sentiu um frio na barriga.

— Chatham, não. Você não pode me prender aqui.

— *Eu* posso fazer o que eu quiser com você. Você é minha mulher, *minha* propriedade.

Então, de algum lugar enterrado dentro dela, Tru ouviu o eco de uma voz, como se estivesse surgindo de um penhasco profundo: *Não confesse nada.*

Fez uma careta. Deus do céu. Madame Klara teria visto aquilo? Rosalind estava certa ao se preocupar com as palavras estranhas da mulher.

Foi quando Tru soube. Cometera um grave erro.

Jamais deveria ter confessado. Jamais deveria ter ido até lá. Jamais deveria ter enfrentado Chatham. *Jamais* deveria ter se colocado naquela situação arriscada. Tinha se sentido ansiosa, perdera toda a lucidez por causa do amor, ficara desesperada e otimista com as palavras de Jasper naquela noite. Tinha nutrido uma esperança vã. Um pensamento tolo de que talvez tivesse visto um lado mais brando de Chatham naquela noite. De que ele talvez fosse ceder e fazer a vontade dela.

Tru ficou olhando para o marido enquanto ele deixava o aposento.

Ela deu um passo em direção à porta, desesperada para fugir. As pernas pareciam bambas, de tanto que tremiam, mas tentou fugir mesmo assim, contornando Baxter. O mordomo a pegou, levantando-a nos braços brutos. Ela gritou e lutou, esperneando loucamente por baixo das saias.

— Você não pode me manter presa aqui! Chatham, você está ouvindo? Você não pode me prender aqui!

— Ah, faça-a se calar, Baxter — disse o conde em algum ponto além da sala. — Já ouvi a voz dela o suficiente por uma noite.

Em pânico, ela lutou ainda mais. Revirando-se nos braços do mordomo brutamontes. Ela viu um punho vindo na direção de seu rosto.

E então, mais nada.

Capítulo 32

Gostaria que os homens soubessem como é ser mulher. Talvez assim eles não se apressassem tanto em impor sua vontade sobre nós.

— Gertrude, a condessa de Chatham

Dor.

Tru acordou com um grito lamentosamente rouco em um quarto escuro, alerta ao fato de que cada pedacinho do seu corpo doía, e o rosto mais ainda. Fechando os olhos, levou a mão à bochecha quente e latejante e choramingou pelo esforço.

Baixou a mão e se encolheu toda, formando uma bola, no chão frio. Bom, imaginava que aquilo fosse o chão. Ficou totalmente imóvel por um momento, o medo congelando-a, até que foi abrindo os olhos devagar e começou a piscar para tentar se acostumar à escuridão.

A mente estava confusa. Não conseguia se lembrar do que tinha acontecido... nem de onde estava, mas o medo formou uma camada amarga como vinagre na sua língua, e ela soube que não estava em segurança. A dor que sentia por todo o corpo dizia aquilo. Dizia tudo.

Ela se virou um pouco. Uma agonia ardente atravessou-lhe o corpo e um choro fraco arranhou sua garganta.

As pálpebras pesadas como chumbo se fecharam de novo, puxando-a para a escuridão, na qual não havia dor, nem medo.

Apenas trevas.

***

DOR DE NOVO.

Tru abriu os olhos e soltou o ar em um sibilar.

Uma luz tênue vazava para o espaço que ela ocupava. O sol devia estar nascendo ou se pondo.

Flexionou os dedos, reconhecendo vagamente que não estava em um lugar que lhe era familiar. A superfície sob o corpo era dura. Ela levantou o rosto com um choro baixo, piscando devagar para desfazer a névoa dos olhos e enxergar o ar turvo à sua volta.

As lembranças voltaram todas de uma vez. Chatham. A mão apertando a garganta dela. O mordomo. O punho dele atingindo seu rosto.

Ela era uma prisioneira na casa do marido.

Tremendo, ela apoiou a palma das mãos no chão grudento para se sentar e observar o ambiente. Era um sótão pequeno. Havia um armário e uma escrivaninha estreita. Um catre. O mordomo não tivera o cuidado de colocá-la na cama. O corpo todo doía, e imaginou que ele simplesmente a tivesse jogado no chão feito um saco de batatas.

A saia completamente amarrotada estava embolada à sua volta, e ela se dava conta da nova realidade. Passarinhos cantavam lá fora e ela desconfiou que fosse de manhã. Um novo dia. Um novo dia presa naquele inferno.

Na noite anterior, atrevera-se a ser honesta com ele. Pedira a liberdade. Como pudera ser tão tola de acreditar que teria alguma chance? Que talvez pudesse ser livre? Uma mulher livre para entregar o próprio coração para outra pessoa? Livre para ficar com Jasper?

Não chegou nem perto. Não era livre. Chatham jamais lhe daria aquilo.

Os grilhões que sempre a prenderam estavam mais apertados do que nunca. Não havia escapatória.

Era prisioneira.

JASPER SE PERGUNTAVA se tinha pressionado Tru demais.

Girou a cadeira, olhando pela janela para a cidade que se espalhava diante dele. A filha dormia no quarto do outro lado do corredor, tranquila e sem ser afetada pelos problemas da vida, exatamente como deveria ser. Tinha sido o que prometera para a mãe dela. Percebia agora que seria muito mais importante para a filha se ele também tivesse uma vida feliz. Uma vida feliz com a esposa. Bettina aprenderia alguma coisa com aquilo. Seria uma lição que a acompanharia para sempre, guiando suas expectativas e modelando seu futuro.

Passara o dia relembrando tudo que dissera da última vez que estivera com Tru: as palavras de desespero para convencê-la a ficar com ele. Talvez tenha exigido demais. Ainda assim, não conseguia aceitar que não havia chance para ficarem juntos.

Queria mais do que um caso. Queria mais do que encontros às escondidas nas sombras. Queria amá-la de forma honesta, verdadeira e aberta. Queria viver em plena luz do dia com ela. Não estava pronto ainda para aceitar que aquilo era impossível.

Uma batida suave na porta o fez erguer o olhar. O segurança, Ames, entrou no aposento quando ele deu autorização.

— Sr. Thorne, tem uma mulher esperando para vê-lo. Está esperando no vestíbulo... — Ames fez uma pausa quando Jasper se levantou da cadeira. — Presumo que deseje vê-la.

Jasper foi andando na frente, o coração martelando no peito. Ela tinha vindo. Tinha vindo vê-lo. Pensara nas palavras dele e estava ali.

Tru estava ali.

Estava com pressa para chegar ao vestíbulo. Ainda assim, quando chegou, não encontrou quem esperava.

Parou abruptamente.

— Lady Delia?

Ela estava sozinha. Aquilo não parecia nada bom. A última coisa que queria era comprometer-se com a garota. Ele olhou para trás dela, procurando, esperando encontrar...

— *Sua mãe não veio com você...*

— Não a vejo desde ontem.

Ontem? Ele se sobressaltou com aquilo.

— O quê? Como assim? Estávamos todos juntos no baile de Fairmont.

— Voltamos para casa juntas, e então... — Ela encolheu o ombro. — Eu não a vi depois que chegamos em casa, e nem hoje cedo. Quando procurei no quarto dela hoje à tarde, descobri que a cama não tinha sido desfeita, achei que ela talvez estivesse... — Ela ergueu o queixo e olhou para ele direto nos olhos. — Bem, eu achei que ela poderia estar com o senhor.

— Não. — Claro que ela pensaria aquilo depois de tê-los visto juntos. — Eu não a vi.

Ela meneou a cabeça, preocupada, e continuou:

— Não consigo encontrá-la. Já perguntei para os criados e ninguém a viu.

Jasper seguiu para a porta, fazendo um gesto para que Delia saísse na frente dele. Ela deu um passo hesitante.

— Aonde nós vamos?

— Vamos voltar para a sua casa e questionar os criados de novo. Alguém tem de saber de alguma coisa. Você perguntou ao cocheiro? A não ser que ela tenha saído a pé, ele deve tê-la levado a algum lugar. Vamos descobrir lá.

Ela arregalou os olhos.

— O senhor? O senhor vai comigo? Mas as pessoas não vão se perguntar por que está comigo? Vão achar...

— Não dou a mínima para o que vão pensar — rosnou ele. — Sua mãe despareceu e nós vamos encontrá-la.

Capítulo 33

Não existe nada mais libertador do que a viuvez.
— Valencia, a duquesa viúva de Dedham

Um som de ranhura fez Tru se levantar. Ficou de pé e se preparou, um punho cerrado ao lado do corpo e a outra mão segurando um castiçal que pegara na cômoda em uma inspeção que fizera pelo quarto. Precisava de um elemento surpresa, e esperava conseguir usá-lo com sucesso.

Estava bem claro que Chatham não agiria de forma racional. Não poderia se considerar em segurança. Ele ameaçara matá-la e ela acreditava que ele seria capaz daquilo. Precisava sair daquela casa. Precisava sair daquele *quarto*. Apertou mais o objeto que lhe serviria como arma, pronta para dar o golpe, pronta para se defender e fazer o que fosse necessário.

Ninguém tinha se preocupado em alimentá-la. Imaginava que aquilo aconteceria em algum momento. A não ser que a intenção fosse matá-la de fome.

A porta se abriu devagar. O rosto que apareceu pela fresta não era do conde, nem do mordomo cruel. Não. Era... de Fatima. A amante de Chatham.

Tru não soltou o castiçal, pois a mulher poderia muito bem ter intenções ruins. Até aquele momento, todos naquela casa tinham. Ainda sentia dor pelo soco de Baxter, o mordomo pugilista. Sabia que não podia baixar a guarda, mas lembrou que a amante do marido tinha sido bastante gentil com ela quando se conheceram.

O olhar âmbar e caloroso de Fatima pousou em Tru. Ela fez um gesto com a cabeça indicando o corredor.

— Venha. Rápido. Ele ainda não acordou.

Tru balançou a cabeça, surpresa.

— O que você...

— Venha! — Com a mão, ela fez um gesto indicativo de pressa. — Você tem que fugir enquanto Chatham ainda está dormindo. Agora é a sua chance.

— Ah! — Uma onda de alívio a tomou. — Obrigada! Obrigada!

Tru saiu.

Fatima pegou a mão dela, e atravessaram rapidamente o corredor.

Tru ficou grata por estar sendo guiada. Não conhecia aquela casa além do vestíbulo e da sala de visitas. A mulher a levou até uma escadaria e, depois, outra. As portas passavam como um borrão, e ela não conseguiu deixar de se perguntar atrás de qual delas Chatham dormia.

Quando chegaram ao primeiro andar, quase chorou de alívio. Passaram por um criado que ficou olhando para elas como um idiota e praguejou quando quase deixou a bandeja que carregava cair no chão.

Com o coração disparado e a respiração ofegante, elas viraram em um canto e colidiram com uma verdadeira parede que obviamente era o odioso mordomo.

Baxter arregalou os olhos ao ver Tru.

— Garota! — Ele a agarrou pelo braço com a mão gorda e a sacudiu, fazendo os dentes baterem, e rosnou: — O que está fazendo fora...

Fatima interrompeu o resto do discurso com uma joelhada precisa no meio das pernas dele, libertando Tru. O homem caiu no chão gritando.

Tru olhou para a mulher com admiração.

— Boa — disse ela.

Fatima pegou a mão dela de novo.

— Tenho certeza que Chatham acordou com todo esse barulho. — Ela fez um gesto com a cabeça em direção ao homem que se retorcia e gemia no chão.

Saíram correndo de novo, passando pelas portas da sala de estar e em direção à promessa de liberdade: a porta da frente. O coração rugia nos próprios ouvidos no ritmo dos passos delas.

Tru parou e disse, ofegante:

— Venha comigo!

Não conseguia nem pensar em deixar aquela mulher para trás depois de ela ter se arriscado para libertá-la, derrubando o mordomo no processo. Chatham não ficaria nada feliz com aquilo. Provavelmente a expulsaria de lá.

Fatima fez um gesto na direção da porta.

— Vamos tirá-la daqui primeiro, milady. Eu vou ficar bem. Sempre fico. Não se preocupe comigo.

O som do odiado apelido de repente trovejou de dentro da casa:

— Gertie!

Ela lançou um olhar aterrorizado para Fatima.

— Ele acordou!

Os passos ressoaram pelos degraus como explosões de artilharia.

Tru olhou para trás e o viu chegando ao primeiro andar, parecendo mais zangado do que jamais vira alguém na vida. O olhar chocado pousou na amante.

— Fatima!

Com o rosto vermelho e inchado, o conde parecia prestes a ter um ataque… ou uma explosão. Talvez ele morresse bem ali de apoplexia.

Usava apenas calça. O rosto rubro em contraste com o torso branco de quem nunca havia tomado sol. Os olhos claros se voltaram para Tru e passaram para Fatima antes de voltarem para a mulher. O veneno ali era mais do que palpável. *Ele vai me matar.*

Ele apontou um dedo acusador para Tru.

— Você vai aprender o seu lugar!

A mão de Fatima apertou mais os dedos de Tru, puxando-a com ela. Elas aceleraram a corrida para chegar até a porta da frente.

Chatham se movia mais rápido do que ela achava que seria possível.

Conseguia *senti-lo* atrás dela, a presença próxima demais. Conseguia *ouvi-lo*. A respiração ofegante como a de um touro raivoso.

Fatima chegou à porta no mesmo instante que as mãos de Chatham agarraram Tru pelo cabelo. Os dedos mergulharam nas mechas e deram um puxão forte. Tru gritou, levando a mão à cabeça em uma tentativa de aliviar a dor que ele provocava.

Ele puxou de novo e ela caiu contra ele. Com uma das mãos ainda no cabelo dela, ele a agarrou pela cintura, arrastando-a de volta. Os pés dela escorregaram pelo piso de mármore e ela não conseguiu fazer nada enquanto ele a afastava da porta.

— Aonde pensa que vai, sua meretriz? Acha que pode me deixar? Acha que pode ficar com *ele*?

Fatima escancarou a porta e os raios de sol e o ar fresco entraram no aposento. Os sons alegres e agitados de Gresham Square os saudaram. O barulho dos cascos de cavalo e das rodas das carruagens. O grito lírico de um vendedor de flores. Tudo incongruente ao extremo com o drama que se desenrolava ali. Tudo... tão... perto.

A liberdade. Tão próxima. Ela quase conseguiu. Quase chegou.

Tru estendeu os braços como se ainda fosse possível alcançá-la, tocá-la, conquistá-la.

— Fatima, feche a maldita porta agora mesmo! Mais tarde você vai ter o que merece. Ninguém vai sair desta casa.

Um soluço estrangulado escapou pelos lábios de Tru, que ainda tentava resistir e lutar com o marido.

Fatima se virou, sua silhueta contornada pela luz que entrava pela porta, os olhos brilhantes e escuros passando de Chatham para Tru, claramente pensando nas opções.

— Por favor, Chatham. — Uma ruga de preocupação apareceu no rosto bonito. — Você não pode mantê-la presa...

— Esse assunto não lhe diz respeito, Fatima. Eu não a mantenho aqui para ouvir suas opiniões sobre o que devo fazer ou deixar de fazer com a minha mulher. Enquanto eu a sustentar, você me pertence. Assim como ela.

Ele puxou mais o cabelo de Tru, torcendo a mão como que para reforçar o que dizia. As lágrimas começaram a brotar nos olhos dela por causa da dor.

Não. Não! Ele não faria aquilo com ela. Ela não permitiria.

Com um grito de indignação, ela soltou toda a fúria retida dentro dela em relação a tudo que tinha aguentado como esposa daquele homem. Com o punho cerrado, Tru se virou e deu um soco com toda a sua força, acertando a lateral da cabeça dele, bem na orelha, a ponto de sentir dor nos nós dos dedos.

Ele gritou e a soltou.

Ela correu.

Fatima deu um passo para o lado, abrindo caminho e gritando palavras de incentivo.

Tru não olhou para trás. Simplesmente correu. Levantando as saias, desceu correndo a escada da frente da casa de Chatham como se o próprio diabo estivesse em seu encalço... e, na verdade, estava.

Ela conseguia ouvi-lo. Os gritos. Os xingamentos chegando aos seus ouvidos enquanto passava correndo pela luz da manhã. Sabia que, se ele a alcançasse, tudo estaria acabado. Ela virou na calçada e continuou correndo até sentir os músculos queimarem, desviando-se de outros pedestres que passeavam languidamente.

Fatima gritou um alerta.

Tru lançou um olhar rápido para trás e sentiu um aperto no peito. Chatham estava vindo. Estava correndo atrás dela com uma expressão assassina.

De repente, outro grito. Era o nome dela de novo, mas, daquela vez, era uma voz que não fazia seu peito doer.

Daquela vez, o som de seu nome soava belo.

Ela esquadrinhou o quarteirão agitado e seu olhar pousou em Jasper, que vinha do outro lado da rua. Ele corria pela calçada, a figura alta passando ansiosamente por um grupo de crianças passeando com a babá.

Ela não esperou. Não hesitou. Simplesmente se virou e atravessou a rua, quase sendo atropelada por uma carroça de frutas, antes de chegar a Jasper e se atirar nos braços dele. Ele a pegou, envolvendo-a em um abraço quente. Ele ergueu a mão e lhe acariciou os cabelos.

— Meu amor — disse ele, e tudo dentro dela derreteu enquanto se apoiava nele, sentindo-se grata por estar livre. Estava nos braços dele. Nada mais importava.

Não importava que fosse casada com um homem cruel e louco que a perseguia. Não importava que não tivesse direito àquilo, ao calor e à segurança que encontrava nos braços de Jasper. Enterrou a cabeça no peito dele mesmo assim, regozijando-se com as mãos que acariciavam suas costas, reconfortando-a. Errado ou certo, ela não se importava. Ela iria encontrar alguma forma de ficar com aquele homem. O homem que amava.

Levantando a cabeça, olhou para trás. Ficou tensa ao perceber que Chatham continuava perseguindo-a, os olhos brilhando de fúria selvagem, o peito ofegante. O conde parou na calçada, avaliando a mulher nos braços de Jasper. Ele arreganhou os dentes e deu um passo para a frente, atravessando a rua bem na frente de uma carroça de leite que por ali passava.

O estalo terrível e o som dos cavalos e da carruagem sobre o corpo dele foram ensurdecedores.

Tru abriu a boca em um grito silencioso.

Jasper a abraçou com mais força, sua expressão refletindo a dela.

Tru não sabia se o grito agudo era dos cavalos, das testemunhas ou do próprio Chatham.

Assistiu, horrorizada, ao corpo do marido desaparecendo sob os cascos do cavalo e das rodas da carroça, que passou por cima dele e continuou um pouco mais pela rua até conseguir parar.

Ela congelou, ainda presa nos braços de Jasper, apreciando o conforto daquele abraço mais do que nunca.

Um homem foi até a rua e examinou o corpo ferido do conde bem de perto. Não demorou muito até ele erguer a cabeça, tirar o chapéu e declarar em tom pesaroso:

— Ele está morto.

Um murmúrio passou pelos pedestres que se juntavam na rua.

— Morto — repetiu ela em um sussurro.

Ela fechou os olhos com força para bloquear a visão horrenda do corpo esmagado no meio da rua. Alguém se aproximou e o cobriu com um casaco.

Ela olhou para o rosto de Jasper, perdendo-se em seu olhar suave, a única coisa pura e bonita naquele dia. Ele era a única coisa que ela queria ver. Seu refúgio. Seu abrigo em um dia de tempestade.

Ele acariciou devagar a pele ferida do rosto dela, os dedos tocando-a de leve.

— Ele machucou você? Você está...

— Eu estou bem. — Ela assentiu, engolindo o nó que se formara na garganta. — Em choque... mas bem.

— É claro que está.

Ele confirmou com a cabeça e a abraçou de novo, os lábios roçando o cabelo dela com um beijo suave.

Era verdade. Ela ficaria bem. Os dois ficariam. A tempestade tinha passado. Ela estava livre.

Epílogo

O passado importa apenas quando influencia o presente.
— Gertrude, a condessa viúva de Chatham

Onze meses depois
Rio Tâmisa
Londres, Inglaterra

Era o aniversário da duquesa viúva de Dedham e a comemoração seria em grande estilo.

— Tem certeza de que é uma boa ideia? — perguntou Maeve, como sempre preocupada com questões de etiqueta. — Ainda não fez nem um ano.

Tru, Maeve e Ros tinham chegado ao iate mais cedo para se certificarem de que estava tudo certo para a chegada de Valencia e dos outros convidados.

— Mas já se passaram onze meses. — Tru deu um passo para o lado, abrindo caminho para os criados passarem pelo deque com tudo que carregavam.

Ela fez um gesto indicando onde deveriam colocar as esculturas de gelo sobre uma toalha de linho. Aqueles eram os últimos itens a chegar, por motivos óbvios. O sol já estava se pondo sobre o Tâmisa, tingindo o céu de um tom cor-de-rosa. A condessa continuou:

— E não é como se Valencia tivesse de continuar de luto. — Um luto que já durava tempo demais, desde a queda do marido do cavalo tantos anos antes. Tinha sido ali que ela realmente o perdera.

— Tru não guardou o luto. — Rosalind estava acomodada em uma das *chaises* de brocado que decoravam o deque do iate.

— Verdade — concordou Maeve, devagar. — Acho que me esqueci disso.

Maeve esqueceu porque Tru só guardou o luto mínimo pela morte de Chatham. Ah, ela usava cores mais escuras. Mas não apenas preto. Também se abstinha de bailes, festas e saraus por escolha própria, não pelo luto. De resto, fazia o que queria.

E o que ela queria fazer era ficar em casa com Jasper, seus filhos e a querida Bettina. De vez em quando, andavam a cavalo no parque. Aproveitavam raras noites no teatro ou na ópera. A sociedade não sabia da devoção que tinham um pelo outro, nem das noites que passavam um na cama do outro. Só as amigas mais próximas de Tru sabiam sobre aquilo... e Tru e Jasper planejavam se casar no ano seguinte, depois de transcorrido o tempo adequado.

Estava feliz. Muito feliz.

Como se o pensamento o tivesse conjurado, Jasper chegou, saltando de uma carruagem. Tru sorriu e acenou do deque do iate, animadamente e sem o menor decoro. Ele sorriu e jogou um beijo. Como combinado, Fatima o acompanhava. Tru tinha se tornado uma das benfeitoras mais leais da cantora de ópera. É claro que Tima faria uma apresentação no aniversário de Valencia.

Uma celebração para ficar na memória.

Era hora de Valencia se livrar do luto e da solidão da viuvez. Tinha se escondido na mansão de Mayfair, esperando pela chegada do novo duque de Dedham, algum parente distante de Deus sabe-se onde, que, assim que chegasse, provavelmente a mandaria para a casinha destinada às duquesas viúvas, o que aconteceria a qualquer momento.

Jasper se juntou a Tru no deque. Depois de perceber que eram só eles, Ros, Maeve e Tima e alguns criados, ele a beijou nos lábios.

— Boa noite, meu amor — murmurou ele. — Pronta para a festa?

Ela deu um sorriso lânguido.

— Vai ser esplêndida.

— Tem certeza? — perguntou Ros secamente, fazendo um gesto para o ancoradouro.

Todos se viraram e viram Hazel chegar nos braços do marido senil no exato instante em que Valencia descia da carruagem, em um vestido vermelho maravilhoso, adornado com milhares de contas douradas e brilhantes.

As duas mulheres se olharam com frieza.

— Talvez tivesse sido melhor não termos convidado Hazel? — perguntou Tru, preocupada.

— Bobagem. — Maeve fez um gesto com a mão. — Elas são da mesma família. Não poderíamos deixar o pai de Valencia de fora da lista de convidados. Isso significa que a esposa dele precisava ser convidada também.

Só que aquela noite deveria ser a comemoração do aniversário de Valencia, que não suportava a madrasta.

Tru deu um sorriso forçado e fez um gesto para o champanhe.

— Venham, vamos saudar nossa amiga.

Todos seguiram para a rampa de entrada para dar boas-vindas à convidada de honra... e Hazel.

Jasper pegou o cotovelo de Tru, detendo-a por um instante.

— Eu já disse que você está linda esta noite?

Ela olhou para o vestido ousado que estava usando. Era de seda cor-de-rosa com detalhes de plumas brancas. O decote profundo fora feito especialmente para ela, que decidira abandonar os vestidos mais discretos e as cores mais escuras. Só que ele não estava olhando nem para o vestido nem para o decote. O olhar dele estava fixo no rosto dela, nos olhos dela... *nela*. Sempre nela.

Ele pegou duas taças de champanhe em uma bandeja e entregou uma para ela. Eles brindaram.

— A você. — Ele se inclinou para beijá-la.

— Não — corrigiu ela, ficando na ponta dos pés para beijar Jasper mais uma vez. — A nós.

Impressão e Acabamento:
BARTIRA GRÁFICA